田園閨事

1

文創風 165

莞爾 著

風文創 165

目錄

自序

莞爾

從小，我就在農村中住過一段時間，那時想起，山是山，水是水。可惜年少的我還不能明白農村中那種自然山水的風味，也不能明白那就是住在農村裡的樂趣，有時候，那種簡單的生活，也是一種幸福。

在長大後，看多了種田類的小說，我開始喜歡起農村，也喜歡起農村裡的山水，我開始想，也許每個作者在寫到種田文時，心中也有裝著一個夢。都市的生活雖然繁華，但卻脫離了悠然之樂，與山水之美。大家喜歡這類文時，也許也只是在編織一個美好的夢想，讓壓力大的我們，共同的沈醉下去。

每個人心中一定也會有個嚮往簡單生活的夢，這也是我寫《田園閨事》的初衷。回想起當初的生活時，有苦，也有樂，更有許多難得的收穫，我想將這些奉獻給大家，讓大家一起隨我的文字，能將我童年時，發現的一些樂趣事兒，交代出來。

從小不喜歡的，在長大後看來，也許另有一番體會，尤其是在我寫完《田園閨事》後，回想起當初的種種來，總會有種代入感。對於當初不懂得珍惜時光的遺憾，在我寫完小說之後，如同彌補了不足一般，好像是用文字，能將我當時的心情與體會，也許還有一種對於悠然山水之樂的嚮往，都寫進了其中。

《田園閨事》之中，有青梅竹馬之情，以及兄妹之愛，每個人都有自己獨立的個性，我儘量讓他們的生命豐富，每個人都希望能寫出每個人不同的味道來。若是能讓看過的人印象深刻，那便已經是我成功之處了。

所以這也是每回聽到有人說，文裡哪個人物讓人恨得牙癢癢時，我開始會感到鬱悶，因為每個人物都是作者手裡描繪出來的一個孩子，可鬱悶之後，我開始開心，能讓大家記得這麼深刻，是不是也代表我的文筆已經有了進步？

文中除了情感與內容劇情的起伏外，還承載了作者一個關於童年時錯過而毫不知情的美麗山村景象，作者想要用文筆編織出一個故事，希望大家也能在其中找到自己遺失過而來不及珍惜的美好。

第一章

太陽漸漸西斜，夕陽橘紅色的光柔柔的照在人身上，村子中的房舍四處已經冒出炊煙來，許多婦人端著盆子，一邊呼喚著還在外頭玩耍的小子回家。

崔薇揹著一個大籮筐，小小的身子幾乎被籮筐掩沒，筐裡裝滿了苕藤，這一路走來她滿頭大汗，路上不時有收工回家的人與她打著招呼，崔薇抹了一把額頭的汗，笑著回了，想著回家晚了恐怕又得遭到一頓罵，連忙就緊了緊勒在自己肩頭籮筐的帶子，抿著唇，加快了腳步。

她原本是現代一個白領上班族，沒料到半年前一覺醒來時就已經變成了古代一個名叫崔薇的小女孩兒，置身在一處名叫大慶王朝的地方。崔薇想盡了法子，甚至連撞頭都私底下撞過好幾回，痛暈過去倒是有，可是卻沒一回能回到現代的，漸漸地也就熄了那個心思，又怕崔家的人發現了她的異樣，於是整理了原主的記憶之後，她整日悶不吭聲的，學著原主沈默寡言的模樣，這才沒有引起旁人注意，就這樣過了大半年。

好不容易揹著一個沈重的籮筐回了家中，崔薇只覺得雙腿沈得都有些走不動了，崔家大門卻是半敞著，這會兒天色已經暗了下來，但屋裡卻連燈火都未點，裡頭沒有聽到傳來說話的人聲，只聽到圈裡的豬與雞鴨餓得「咕咕」叫的聲音。她抹了把汗，將籮筐放在院中一個搭起來平日放東西也可以坐的青石條上，這才大聲喚道：「娘，我回來了！」

「回來就回來，咋呼什麼？」楊氏一手抱著剛出生半年的孫子，皺著眉頭看女兒拿了瓢打水洗手，嘴裡喝斥道：「小心別吵醒了妳侄兒，若是哭了起來，我可饒不了妳！」她是崔薇的母親楊氏，手中抱的是崔薇大哥崔敬懷剛出生半年的兒子，當初就是因為崔家大嫂生孩子，崔薇被指使得團團轉之下，不小心被擔心的崔敬懷推了一把，腦袋撞到大石頭上，昏了過去，後來才讓崔薇「住」了進來。

這會兒聽楊氏喝斥自己，崔薇也不以為意，撇了撇嘴，回來若是不喊上一嗓子，回頭她母親又得說她天黑了還不回家，做事再多不說人家又不知道，有什麼用？這個母親最是重男輕女，這大半年來她已經從一開始的憤憤不平，到如今的淡然處之。崔家雖然只是普通村戶，但人口卻也不少，除了父親崔世福與楊氏二人之外，崔薇上頭還有三個哥哥，她是楊氏老來得女，但因為是個女兒，並不得楊氏看重。

大哥崔敬懷一年多前娶了隔壁村的王氏為妻，如今生了一個兒子，專門去村頭的夫子處就著排字輩佑字，取了個祖的名字，有祖宗庇佑的意思，足可見崔家對這個第三代的期望，為了怕給孩子折壽，平日只喚乳名小郎。

二哥崔敬忠今年十六歲，還在說親，但至今還未談攏，她上頭還有一個哥哥崔敬平，今年十歲，比她大了兩歲，因她是個女孩兒，注定往後不是崔家的人，因此出生之後楊氏等人也沒給女兒論宗排輩的取名字。倒是當初崔薇出生之時，崔敬忠剛進學堂，就給妹妹取了個薇字，崔氏夫婦也不以為意，覺得不過是個丫頭而已，因此這名字倒是定了下來。

崔薇在這一點上，心中倒是感激這個二哥，若是不然，恐怕她當初也會像村裡許多丫頭一般，光是她所處的這個小灣村，名叫大丫、二妮的就最少有七、八個！出去喊聲大丫，最少有三個以上的姑娘同時回頭看妳，以楊氏為人，恐怕到時喚她崔四丫的可能性極大，崔薇這個名字雖然普通一些，但至少她心下倒是有些慶幸。

估計是剛剛楊氏的聲音大了些，她懷中抱著的嬰兒突然之間掙扎了兩下，抽噎了兩聲，竟然張嘴哭了起來。這還是楊氏頭一個孫子，寶貝得跟什麼似的，平日抱在手上輕易不肯離人的，這會兒見寶貝孫子哭，楊氏連忙抱著孩子抖了抖，也顧不得再責備女兒了，雙腳在原地踏了兩下步，嘴裡「哦哦」的哄了起來。

「死丫頭，還愣著幹啥？趕緊去做飯！妳嫂子如今還在餵奶，若是吃得遲了，小心她又拿妳說嘴！」楊氏拍了拍孫子，看女兒還站在原地細細地拿了草灰洗手，不由撇了撇嘴，又叮囑道：「那豬也該餵了，妳趕緊將苕藤給切了，混些玉米麵給煮上，妳爹和妳大哥再過陣子也應該要回來了，若是飯菜還沒好，老娘可饒不了妳！」楊氏看手中的寶貝孫子又有要哭的架勢，連忙又哄了兩聲。外頭如今天熱，鄉下蚊子又多，過沒一會兒工夫，小孩子柔嫩的臉上就被叮了個紅疙瘩，楊氏心疼得直抽抽，小孩子更是難受得越哭越大聲，令她心裡也有些煩了起來，也沒看女兒一眼，轉身進屋裡去了。

崔薇鬱悶無比，恨恨地將手洗乾淨了，連忙從外頭院子後的柴房裡抱了一捆剛收割下來不久的玉米稈枝進廚房裡頭，拿了圍裙穿在身上，將灶裡的柴灰撥了一些出來，將灶清空了，挽了兩把玉米稈，塞進了灶臺下。

這玉米稈被曬乾了之後，倒是極好點火，她剛掏出火摺子，「轟」地一聲裡頭就已經燃上了。原本上一世時崔薇可是標準的十指不沾陽春水，她家裡只得她一個獨生女，父母將她看得跟眼珠子似的，那時自個兒連鍋鏟都沒碰過，沒想到來了古代，倒成了十項全能的家事女強人！她一開始因為手生，可沒少受罪，這崔薇在崔家就是個悶不吭聲做事的人，為人老實又木訥膽小，不擅言辭，幸虧一開始有這丫頭的記憶，崔家人對她又忽視得很，以至於她安全地度過了最開始的一個月，到後來才漸漸對這些事情上手了些。

將火點燃了，又挽了一把柴塞進灶裡頭，崔薇這才起身打水洗了鍋，又裝了半鍋水，將鍋又放到了灶間的大洞上，火苗不時從鍋沿邊竄上來，這會兒她卻是忙得很，外頭圈裡還有兩隻豬等著她煮好了提去餵，以及雞鴨等也要她伺候。

大嫂王氏自生了兒子之後，只當自己是崔家的大功臣，都養了半年了，還說在坐月子，一天到晚懶散得不願幹活兒，楊氏要帶孫子，崔大要跟著崔世福每日出門做事，此時正是農忙的時候，父子倆每日忙得歇不了腳，有時楊氏與崔薇也得一塊兒去地裡幫忙。崔二崔敬忠是個讀書的苗子，因此每日只管讀書，不問窗外事，崔三崔敬平別提了，他是一個真正的小孩子，又被楊氏寵得狠了，整日逗雞追狗的，皮實（注）得不像話，因此崔家的家事，倒是幾乎都落在了崔薇頭上。

她恨恨地將一只大鍋加了水放到灶臺上的另一個洞口，這個灶當初建時弄得極為寬大，一個灶臺可以同時燒熱兩個鍋，而另一邊還有一個灶臺，方便同時煮豬食或是煮全家人的飯菜與燒熱水等。崔薇人小，力氣也不大，只能裝了小半鍋水，踩在凳子上將鍋放上灶了，又拿葫蘆瓢再舀了水往鍋裡倒，眼見著有大半鍋了，她這才跳下凳子，抹了把額頭的汗，拿了專門餵豬的桶，從廚房邊的小間裡裝了些玉米麵進去，拿一枝細竹棍攪了攪，又吃力地提回廚房，顫巍巍地倒進了鍋中。

這玉米麵是今年剛收成後磨的，才弄好不到半個月時間，此時的東西一切都是純天然的，倒進鍋中就能聞到一股極香的玉米味兒，不過村裡人都不愛吃這個，嫌這個太粗糙，平日都是磨成細麵，摻在米糠裡餵豬或者是雞鴨的。

崔家環境相比起村裡許多戶人家來說，條件只能算中等，雖不至於到飯也吃不上的地步，但要想聞到一絲肉味兒，還得等到年節的時候。因這豬關係著過年時一家人的收成，這會兒便伺候得極小心，這段時間有玉米麵頂著，餵豬倒是不用摻糠。崔薇想到之前母親楊氏吩咐的話，連忙又取了菜刀，跑到外間拿了專門切豬食的菜板，將之前自己割下來的苕藤又切了起來。

聽到這切苕藤的「唈唈」聲，圈裡面的豬像是知道了這是自己的口糧般，頓時都扯開嗓子叫了起來。外間院子大開著，幾隻雞這會兒看著天色晚了，漸漸朝屋裡走了進來，崔薇鼻

注：皮實，意指身體強健結實，亦有禁得起折騰的意思。

尖處全是汗珠，屋裡卻響起了一聲嬰兒的啼哭，一個如同嗓子被人捏住的尖叫聲就響了起來——

「四丫頭，小郎哭了，妳趕緊來給我哄一哄他！」這是崔薇的大嫂王氏，估計楊氏是瞧著天色晚，崔家父子還未回來，因此有些擔心，這會兒出去了，家裡沒個使喚的人，王氏就將主意打到了崔薇身上。

被這聲音突然一嚇，崔薇那快速宰藤的菜刀頓時沒留意，一下子就切到了自己按著苕藤的食指上頭，頓時一陣鑽心的疼，殷紅的血立即從染了綠色菜汁的傷口處滲了出來，她下意識地將刀丟在一旁，將受傷的手指放進嘴裡含著，頓時一嘴的血腥味兒，直疼得倒吸冷氣。

裡頭哭聲越發厲害，王氏像是發怒了般，又扯著嗓子尖叫，聲音都有些淒厲了。「死丫頭，看小郎哭得如此厲害，妳還不趕緊來哄著，看我不回了娘，好好教訓妳一頓，一天到晚只知偷懶的死丫頭……」

平日楊氏就是這麼罵崔薇的，原本忍了大半年，這會兒聽到王氏的聲音，崔薇心裡的火騰的一下子就燒了起來！

到底是誰好吃懶做的？王氏一個十七、八歲的人，如今一天到晚躺床上啥事也不幹，要她一個七歲的小丫頭來伺候，還真當自己是個少奶奶了不成？崔薇想到自己上一輩子的生活，來到古代這大半年，每日活得比童工還不如，每天做得比牛多，吃得比雞少，還不時要被人罵上幾句，楊氏脾氣又是個火爆的，偶爾說急了還會上藤條，她兩輩子為人，可是頭一回挨打，當時還有些發懵，只疼得倒抽冷氣，臉皮上又受不住，到後來挨打的次數多了，她才漸漸學會了認清事實。

王氏在裡頭罵罵咧咧，崔薇卻是深呼了一口氣，也不理會屋裡王氏越來越大聲的叫罵，污言穢語不時鑽進耳朵裡頭，令她嘴角不住地抽了抽，卻是自顧自地忍了疼，倒抽著冷氣洗了手，那傷口約莫有指甲長短，砍得深，連裡頭骨頭都快看到了，這會兒洗完之後血還不住的流，俗話說十指連心，這一下子挨得，令崔薇忍了大半年的眼淚都忍不住流下來了。

「這是怎麼了？」聽著屋裡越來越淒厲的哭聲，楊氏急匆匆地趕了進來，跟在她身後的是崔家父子，還有剛下學回來不久的崔敬忠，崔世福與崔大臉上都帶著關心擔憂之色，楊氏更是急得眼淚都快流出來，聽到孫子震天的哭聲，只心疼得眼角直抽抽，回來也沒顧上站在陰影裡捧著一隻還在不住淌血的手，咬著嘴唇，一副倔強樣子的崔薇。

天色漸漸昏暗下來，崔世福倒是看到了一旁站著的女兒，瘦弱的身子，穿著她娘楊氏改小的舊衣裳，表情倔強，站在冷冷清清的院子裡，身影像是都跟天邊的暮色混在了一起般，瘦弱得令人心疼，崔世福心裡一軟，看她站著沒動，將肩上扛著的鋤頭交給了一旁站著的兒子崔大崔敬懷，一邊朝崔薇走了過來，嘴裡笑道：「薇兒怎麼了？」

崔世福身材高大結實，長相憨厚，是伺候農活兒的一把好手，他手上沾滿了泥，在這家中，他對崔薇這個女兒倒是比楊氏上心一些，這會兒聽他問話，崔薇眼裡的淚水怎麼也忍不住，背過身子替他打了一瓢水，一邊倒著讓他沖手，一邊吸了吸鼻子，稚聲稚氣道：「爹，我沒事。」

聽到女兒話裡的哭音，崔世福倒是愣了一下，捏了一旁的草灰搓了兩把手，這才將水在身上擦了擦，摸了摸女兒的腦袋，一隻蒲扇似的大手捏著她肩將她扭了個圈兒，就看到女兒雙手迅速背到了身後，一張瘦弱得巴掌不到的小臉上，哭得跟花貓似的。

「這是怎麼了？」崔世福一開始只是打趣似的問女兒，這下子可是當真有些心疼了，這個小閨女一向聽話，性子又柔順，不只是勤勞，還很乖巧，楊氏就嫌她不是個兒子，因此對她並不上心，崔世福倒還好，已經有了三個兒子，來個閨女也並不覺得有什麼不好的。可他一年到頭大部分的時間都在外頭伺候農活兒，沒事的時候還得去幫別人做些事貼補家用，對這個女兒難免疏忽了些，這會兒見她哭成這副模樣，忍不住眉頭微微皺了皺，伸手就將她抱了起來。

「她有什麼？」楊氏怒氣沖沖的抱著孫子出來，小嬰兒哭了如此久，這會兒已經打起了嗝來，更是讓她心疼不已，將一腔怒火都發洩到了女兒頭上，一邊抱著孫子就衝了過來，騰出一隻手就要往女兒臉上抽。「妳死人呀？妳大嫂喚妳這麼久，妳聽小郎哭得這麼厲害，為什麼不進去哄一哄、抱一抱？妳是成心想讓小郎哭壞了是不是？妳這死丫頭，老娘今天不打死妳，妳倒是翅膀長硬了！」

崔世福抱著女兒，下意識地身子側了一下，躲開了妻子伸過來的巴掌。

楊氏這一掌落了個空，心裡的火氣登時如同沾了熱油一般，騰地一下就燃了起來，連雙眼都噴著火。「妳這死丫頭，這麼大了還要讓妳爹抱，妳爹忙了一天，妳以為妳還是不懂事的丫頭？妳趕緊給老娘下來，今日我非得打死妳不可……」一邊說著，一邊就要四處找竹棍。

崔二皺著眉頭看母親罵罵咧咧的樣子，小妹被爹抱在懷中，還在抽噎，頓時被吵得腦門兒疼，勸說道：「娘，妹妹本來就小，再說她這麼乖、這麼聽話，您……」

「二郎，話可不是這麼說的。」王氏這會兒倚在門口看熱鬧，想著剛剛喚這小姑子進來，她卻是硬在外頭杵著不吭聲，心裡就來氣，這會兒見她挨打，別提有多幸災樂禍了，臉上掛著一抹刻薄的笑，打斷了崔敬忠的話。

「這三歲可是看到老的，小姑子如此懶惰，眼見著年紀大了，往後怕是找不到婆家！」

這話一說得，楊氏更是來氣。

崔薇卻是火大了，她早忍這王氏很久了，平日好吃懶做的，還沒少仗著因生了兒子欺負她，這會兒竟然還敢惡人先告狀。崔二說得對，她這會兒本來就是小孩子，之前倒是想岔了，一心要跟著原主一樣，卻忘了自己才不過八歲，哭鬧本來就是情理之中的事情。她一想到這兒，抽了抽鼻子，哭了起來，一雙小手環著父親崔世福的脖子，哭得聲音一抽一抽的，嘴裡卻天真道：「爹，大嫂都這麼說，大哥為啥還要她？」

「噗哧！」這話一說出口，崔三忍不住笑了起來！

他本來性子就皮實，又是楊氏眼中的老來子，看得跟個寶貝疙瘩一般，平日就連王氏也不敢來惹他的，這會兒聽他笑，王氏雖說心裡恨得牙癢癢的，卻是不敢拿他怎麼樣，只是扠著腰又罵起崔薇來。「哎呀，妳個死東西，作踐的下流胚子……」

王氏原本是氣急了才開罵，但如此一來楊氏卻是不滿了。崔薇再不得她喜歡，也是她肚皮裡爬出來的，王氏這樣罵，可是在指桑罵槐呢，崔薇從她肚皮裡爬出來是下流胚子，那生了下流胚子的她成什麼了？

楊氏當下冷著臉沒有吭聲，崔大放完鋤頭回來，就見到現場安靜的氣氛，唯有自己老婆王氏罵個不停，爹娘臉上表情都有些不好看了，頓時有些尷尬，連忙走到王氏身邊扯了她一把，嘴裡低斥道：「妳嚷嚷啥呢，還不趕緊閉嘴了！」

王氏還有些不甘，她生了兒子之後氣焰十足，但她也知道自己丈夫的脾氣，若是惹得急了，恐怕要被一頓好打，因此看他臉色不善，也就識相地住了嘴。

而另一頭楊氏看兒媳不出聲了，那冷冷的目光才落到了女兒身上，崔薇被她一打量，渾身雞皮疙瘩直往身上竄，忍不住一手抹著眼睛，嚎啕大哭了起來。

崔世福看女兒哭得難受，一手還背在背後，想到她剛剛也是這樣躲藏著不肯給自己看手的模樣，心下不由有些著急，伸手過去握她小手，卻是握到了一手的黏膩與溫熱的液體，頓時將她小手拉到自己面前來，借著暮色，看到她手掌上已經淌滿了鮮血，頓時愣了一下，心疼得直吸冷氣，提高了聲音吼道：「這是怎麼了！」

楊氏目光落在寶貝孫子身上，沒有看女兒這一邊，聽到丈夫的抽氣聲，只當他是被女兒吼著心軟了，冷笑了兩聲，嗤道：「這丫頭鬼精著呢，故意逗你心疼，好不挨打而已……」一聽這話，崔薇只覺得這半年來受的委屈頓時湧上心頭來，她又氣又怒，聽了楊氏的話，頓時放聲大哭！

崔世福臉色鐵青，一手抱著女兒，捏著她的手都覺得自己心疼得直抽冷氣，難為她一個孩子剛剛還忍得了，這會兒聽女兒哭著，心裡跟有人拿刀剜一般，頓時怒聲喝道：「阿淑！薇兒也是妳身上掉下來的一塊肉，妳瞧她這樣，妳就不心疼？」

崔世福難得對妻子生一回氣，楊氏為人勤勞持家，將這家裡家外打理得井井有條，兩夫妻成婚二十年了，還從未有過紅臉（注）的時候，這會兒聽他喝自己，楊氏愣了一下，也顧不得懷中的孫子，下意識有些疑惑地朝女兒看了過去，卻見她手掌已經全部是血，還在不住滴答往下淌，頓時心重重一疼，下意識叫了出來。「哎呀，妳這孩子，妳怎麼……」

崔薇抿著嘴唇，看到一旁倚在門邊的王氏，頓時怒從心上起，惡向膽邊生，她以前一向老實沈默慣了，才接連被人欺負，這會兒她也狠了心，崔家的女兒過得簡直不是人的日子，她這樣沈默下去，可以想見自己往後一輩子的命運。她眼睛裡帶著淚水，轉了轉眼珠子，突然間更是大聲哭道：「我切苕藤時，大嫂在屋裡躺著，小郎哭了，大嫂大聲罵我，嚇了我一跳，把手切斷了，她還一直罵我，哇……」她說完，哭得更是大聲，小脖子上青筋都鼓了起來，小孩子特有稚氣的哭聲尖銳得在這個安靜的傍晚裡，更是傳得遠遠的村子裡都能聽得

注：紅臉，意指發怒、怒容相對。

到。

王氏沒料到這丫頭竟然敢告狀，她還沒開口，門口處就傳來一陣腳步聲，一個高大的漢子身後跟著一個年約五十許的白髮婦人就大步跨了進來，那漢子嘴裡還叼著竹煙桿，進門就看到崔薇哭得厲害，皺眉道：「老二，你打孩子了？」

崔世福不知不覺的被大哥扣了頂屎盆子，看到一旁老娘面色有些不善，又聽到女兒說手指被砍斷了，登時這個高大健壯的人身子都顫抖了起來，連話也說不利索了。

楊氏身子也開始抖了起來，要是女兒被砍斷了一隻手指，那往後可是殘疾了，以後怎麼好說婆家？更何況崔薇再不得她喜歡，也是她肚皮裡爬出來的，只是因為這個女兒平日太溫順、太聽話了，又安靜得像是不存在一般，只管老實做事，她也是習慣了女兒這個乖巧的模樣，覺得省心，可這會兒聽她哭得撕心裂肺的，不由心中一陣陣的疼。

楊氏連忙將孫子交給一旁也要湊過去的二郎崔敬忠，朝丈夫走去，對女兒伸出手來。

「薇兒來，娘看看。」

崔薇將頭別開，一把將小臉埋進父親的胸膛裡。崔世福身上還帶著沈重的汗臭味兒，可是父親寬大結實的胸膛卻是令人安心。

楊氏見伸了手過去，女兒卻抗拒的樣子，不由心中酸楚，看她在丈夫懷裡小小瘦弱的身子，這才察覺這個女兒不過是個孩子而已，頓時就有了些心疼與內疚，再加上慌張，臉色蒼白，身子軟了兩下，險些也倒了下去。

崔母林氏看到二兒子一家人的情形，頓時嘆了口氣，見到站在門口不吭聲的王氏，頓時氣不打一處來，再想到之前孫女兒哭叫的話，眼皮一掀，嘴裡就罵了。「家門不幸啊，娶了一個敗家娘兒們，喪門星一般，好吃懶做的貨，當真是要來霉透我崔家一門的啊！妳這不安好心的死婆娘，我倒是要問問，那王家是怎麼教女兒的，光是教一個會挑撥是非，又懶還討人嫌的女人，自個兒家裡裝不下了，來禍害咱們一家，到底安的是什麼心？」她說完，拍著大腿就開始哭喊了起來。

王氏臉皮臊紅，氣得身子打轉，又覺得心虛，卻不敢與林氏頂嘴，只是委屈地看了丈夫一眼，示意讓崔大替她出頭的意思，崔大也正擔心妹妹的傷勢，沒注意到妻子的眼神，更何況他此時心中也有不滿，妻子一天到晚好吃懶做的，村裡都傳遍了，人人都嘲笑他。每回在田裡看到人家送飯的是媳婦兒，自己一家人送飯的則是辛苦挑著小擔子的妹妹，他之前倒是沒覺得有什麼，畢竟家中男人主外，女人主內，可最近兩日還有人拿這話打趣自己，只說崔薇太能幹，他也當誇自己妹妹，這會兒被祖母林氏一罵，回過味兒來，才明白旁人暗地裡嘲笑自己呢，臉上頓時如火燒一般。

崔薇哭得小臉脹紅，眾人都擔憂著，大房那邊崔世財的媳婦兒劉氏也過來了，還有崔世財的兒子兒媳們，頓時院裡站了滿滿一圈。楊氏剛剛被女兒無言拒絕的動作打擊得這會兒還回不過神來，林氏是老人，因此這會兒雖然不滿王氏，但看二兒媳無精打采的模樣，也令崔三進去將油燈點上了，一邊招呼著臉色難看的崔世福進屋裡來。

第二章

崔家人都擔憂崔薇的手指真給切斷了，這可是一輩子的大事，少了一根手指，做事不靈活了，好多農戶人家不愛要這樣媳婦兒的，縱然是多給些嫁妝，也要被人說嘴。更何況崔家這點家底，日子也是過得緊巴巴的，雖說不至於到吃不上飯的地步，但家裡人口多，又哪裡有多餘的銀錢？林氏正自擔心著，楊氏也內疚得說不出話來。

王氏心裡害怕，深怕這死丫頭手指斷了，照崔家人今日的模樣看來，恐怕不會饒過自己，因此又是有些害怕，又想到崔薇剛剛告自己狀的模樣，有些幸災樂禍。

大哥崔敬懷心下內疚，倒是主動打了盆水進來，連妻子王氏不忿之下擰了他一把，他也沒有放在心上，直將王氏氣得不輕，待他進門來，靠了過去，嘴裡輕聲罵道：「要你獻能，你娘不會打水是怎麼的？要你去？」一邊說著，一邊又狠狠擰了崔大一下。

這下子崔大如同被蜂螫了一下般，頓時跳了起來，聽到王氏這話，氣不打一處來，劈頭蓋臉就要一巴掌抽過去，嘴裡大聲罵道：「我妹妹，我打盆水怎麼了？要妳這敗家娘兒們在一旁唧唧歪歪的，再說一聲，妳信不信我抽妳？」

頓時眾人的目光就被崔大一句話引到了王氏身上，王氏臉頰脹得通紅，看到婆婆不善的眼神，以及剛剛險險躲過一巴掌，沒料到崔大竟然會打自己，這樣的情景之下她不知該如何是好，頓時張嘴嚎啕大哭了起來，一邊想往地上蹭。「崔大，你敢打我？你這沒心沒肺的，我為你生了兒子，你如今竟然為這麼一個丫頭片子打我，你還是人嗎？我要回娘家，這兒是沒法子待了！」

若是以往，聽到王氏這話，楊氏為了家庭和諧，少不得要兒子趕緊道歉才是。但此時她先是聽到王氏嚇得女兒砍了手指，接著又惡人先告狀，最後崔大給女兒打盆水，她也心裡不樂意了，是不是哪天這個兒子要伺候自個兒，這個兒媳婦也會背地裡罵自己？

不管崔薇她如何不喜歡，但總歸還是自己的女兒，楊氏之前只注意王氏肚皮去了，又得了孫子歡喜，難免就放任王氏了一些，如今看來倒是錯了，她瞇了瞇眼睛，沒有開口。

崔大早就氣不打一處來，聽了王氏這話，咧嘴一笑，露出一口白生生的牙。「妳回吧，妳回去之後與妳爹娘好生說道，就說妳好吃懶做，虐待小姑子，看妳爹娘有臉收妳沒！」

王氏氣結，她知道如果自己真回家這麼說，她老子娘非得拿掃帚追得她滿院亂竄不可，幾個哥嫂也不會容得下她，因此也不敢再提回家的話，剛剛不過是嚇崔大而已，這成婚一年多以來她每回說這樣的話都是百戰百勝，倒是沒料到楊氏剛剛竟然不勸和了。王氏下不了臺來，又見崔大雙手抱胸，眼神不善地看她，頓時心中一虛，沒人喚她起來，眾人都冷眼瞧她，她也只能硬著頭皮，自個兒站起身來，拍了拍裙子上頭的泥灰，不吭聲了。

崔薇看她這作派（注），險些沒氣壞，這王氏也是夠厚臉皮的，這樣的情況下自己也能裝作若無其事的起身！她正自氣憤間，手腕卻是微微一緊，回頭一看，爹崔世福一雙濃眉皺得緊緊的，將她小手握在了掌心裡頭。崔世福長年握鋤頭砍刀的，那手掌厚實繭又多，被他握住手腕，就跟被砂紙磨似的疼，但崔薇看到他臉上憐惜的神色，卻是想到了自己上一世的父母，也不知道如今怎麼樣了，這樣一想，又是悲從中來，眼圈一紅，眼淚又落了下來。

「妳這孩子，怎麼這樣愛哭了！」楊氏訕訕地看女兒掉眼淚，一邊拿了帕子看她還在滴血的手，掌心中已經被血塊凝固了起來，一層層的血淌過，倒是結了厚厚一層血鍋巴，頓時也心疼，眼圈紅了，忍不住背過身去抽了兩下鼻子，這才拿了清水替她清理手上傷口。那傷口在食指處，這會兒時間過了一陣，咧開了嘴似的一道口子，指頭沒有斷，楊氏鬆了口氣。

林氏等人也跟著鬆了口氣，不過那傷口可真夠大的，林氏愛憐地摸了摸孫女兒的頭，嘴裡笑道：「妳這孩子，人小，力氣倒不小，切個豬食，也能將手切這樣大一個口子。」她說完孫女兒，又轉頭怒目對媳婦兒楊氏說：「妳也是，這弄刀的事，明明該大人做，薇兒這麼小，妳就讓她幹這個，她好歹也是從妳肚皮裡爬出來的，妳還當真以為她是撿來的不成？絲毫不心疼！」

「我怎麼不心疼了？」楊氏看到這傷口，再也忍不住眼淚就流了出來，她這會兒心尖兒都在顫抖，疼得說不出話來，女兒疼得臉色蒼白，就像傷口在她身上一般，這會兒聽婆婆一罵，有些委屈。「不過最近家裡忙了些，您也知道花兒剛生孩子，家裡忙得轉不開身來，這才讓薇兒也跟著幫忙……」花兒是王氏閨名，這會兒楊氏倒也一時間還沒遷怒到她身上，因

注：作派，意指派頭，故作的姿態架勢。

此喊她之時並未直接喊她王氏。

「哼，該忙的不忙，不該忙的瞎忙！我看妳這樣對妳閨女，早晚薇兒與妳離了心，妳就歡喜了！妳這樣，簡直是連個後娘也不如了！人家後娘好歹還得避著人家的眼睛偷偷虐待兒女，妳倒好，正經眼皮子底下就讓她給切出了這麼一個窟窿！王氏如此大一個人了，難道連個小孩也不如？更何況她生完孩子都多久了？半年多了，也沒見過妳這樣嬌慣兒媳婦的。當初我生完福哥兒，還不到半個月，田裡忙了，人手不夠，還不得紮緊腰帶跟著下田？誰像她這樣了？以為是個千金小姐不成，可惜托生到了咱們鄉下人的肚皮裡頭，也就是泥腿子的命！」林氏說話毫不避嫌，她輩分最高，在場人人都得聽她的。

王氏臊得臉頰通紅，連崔大被祖母這樣一罵，也是又氣又羞，回頭狠狠瞪了她一眼，打定主意回屋再修理她。

楊氏被婆婆罵得抬不起頭來，心裡不服，有心想爭辯，但想想確實又是這麼一個理，頓時羞得說不出話來，只是想到這一年多來兒媳婦蹬鼻子上臉(注)的模樣，頓時對女兒就有了些愧疚。

三郎崔敬平一貫嬉皮笑臉的神態也沒有了，只是盯著妹妹手上豁大的傷口看，還在淌著血，他趁著大人爭吵，轉身跑了出去，沒多久舉著手回來，趁著大人沒注意，一把將手上的東西往崔薇傷口上按。

眾人被崔三郎這舉動嚇了一跳，楊氏下意識地就一巴掌拍在兒子背脊之上，回頭才發現這是自己最寵愛的兒子，又有些心疼，但看到女兒傷口處糊了黑乎乎一層東西，被血浸濕了，又氣不打一處來。「死小子，你幹的什麼壞事？你妹妹可還傷著呢！」她說完，就要拿水洗了。

林氏定睛一瞧，倒是樂了，阻止了她的動作。「慢著，這是牆上的老網灰，止血最是靈驗不過，這小子平日皮實，估計受傷多了，對付這事可有經驗了！」

崔三郎被說得不好意思，耳根都紅了，不過看妹妹蒼白的小臉，瞪著一雙大眼睛，越發顯得那臉巴掌似的小，他想到這個妹妹平日比自己還要小，自己卻成日只顧玩，頓時小小的心靈裡有些內疚了起來。「都怪我，早知道該幫著妹妹做些事的，不然她也不會受傷。」

其實楊氏是覺得男孩子家不該做這些婦人家才做的事情，但此時女兒都受傷了，她也不好意思偏心得太過，也就沒斥責他這句話。

崔三郎看到崔薇抿著嘴唇不開口，更是內疚。「妹妹其實受傷都不止一回了。」

這話一說出口，眾人愣了一下，連楊氏也露出愕然的神情來。

崔三郎道：「當時大嫂生侄兒，大哥推了小妹一把，讓她當時就昏過去了，我給扶回房，腫了好多天，腦後的包才消散的。」

他話音剛落，崔大郎臉色就變了變。「我推了小妹？」

崔三郎點了點頭。「當時小妹燒了熱水幫著抬進來，拿了剪子等東西出來時，你聽著侄

注：蹬鼻子上臉，意思是得寸進尺，越來越不像話。

兒哭聲，就推了她一把，撞到了門口的那青石凳上。」他說完，轉身指了指院外。

楊氏身子開始不住顫抖了起來，她不知道自己當時險些就失去了女兒，心下更是愧疚。

崔大郎卻依稀記得有這麼一回事，當時像是真的推到了東西，不過卻沒想到是崔薇，臉上不由露出內疚的神色來。

崔薇倒是沒料到自己當時昏倒還被崔三郎瞧在眼裡，想到醒來之後自己床邊還放過一回雞蛋，頓時就明白了怎麼回事，看向崔三郎，眼睛有些濕潤，嘴裡軟軟喚道：「三哥～～對我真好。」

被人點名誇獎了，崔三郎嘿嘿笑了兩聲，耳根泛起紅暈來，連眼睛都有些不敢看妹妹了。他一向天不怕地不怕的，皮得跟牛魔王一樣，倒沒料到這時會露出這樣的神情，眾人不由得都好笑。

楊氏看女兒肯說話了，心下鬆了一口氣，想到她剛才拒絕的神情，不由有些吃味。「妳這丫頭，倒是親近妳三哥，連娘也不要了。」

「三哥對我好！」崔薇鼓了鼓小臉，轉過頭沒有看楊氏，顯然還在生她的氣。

楊氏心中不是滋味，崔薇還從沒有這樣跟她發過脾氣，她一向溫順聽話，這會兒發起脾氣來，楊氏倒是有些不知所措，看她不理自己，又是有些酸楚。

一旁崔三郎得到妹妹肯定，頓時精神一振，大聲道：「我以後還會對妹妹更好的！」

眾人聽他童言童語的說得有趣，都忍不住一陣好笑，末了崔大嫂劉氏才開口道：「既然薇兒這邊沒事了，我們也得回去煮飯了，幾個小的還張著嘴等吃呢！」

崔世財與崔世福兩兄弟是早早就分了家的，林氏為人開明，也不興非要兩個兒子擠在一塊兒住，這樣一來矛盾也多，分開了，她一邊過一年，倒也自在，不過因二兒子家中困難，她幾乎年年都是住在老大家，崔世福只消每年給她些口糧便成。

兩個兒子都是個孝順的，娶的媳婦兒也好，大兒媳婦劉氏性情溫順，相夫教子那是沒得說的；二兒媳婦楊氏性格有些潑辣，但操持家務卻是一把好手，對自己兒子也是一條心，家裡又打理得井井有條的，對她這個婆婆也孝順，兩家人分開過，平日又不紅臉，逢年過節的一塊兒聚聚，住得又近，兄弟倆之間的關係，倒是比村裡不少沒分家的人要強得多。

劉氏也生了兩個兒子，都已經娶了媳婦兒，孫子大的都已經三歲了，這會兒因天色晚了，哭鬧著肚子餓，兒媳婦在家裡哄著他，沒有過來，否則這也是個橫的，一惹到他能哭得翻天覆地的，鬧得人頭疼！

「都是這小丫頭鬧的。」楊氏這會兒也有些不好意思，看婆婆虎著一張臉，又有些心疼女兒，再加上王氏之前一嚎叫，她手中的孫子又哭了起來，更是令楊氏心中如火烤一般。

林氏想著老大家中還等著張嘴吃飯的曾孫子，點了點頭，看到崔薇已經止了血的手，誇獎崔三郎。「你這小子，倒是個有出息的，往後也別總顧著玩，多照顧一下你妹妹，你瞧著你一天到晚跟猴兒似的瘋跑，薇兒都會洗衣做飯了！」

崔三郎連連點頭，楊氏聽了這話卻是嘴唇動了動，有些不滿，崔三是她生下來的老來子，跟心尖子似的，與丫頭又不同，再者男孩子家，又哪裡能做這婦人做的事情？楊氏心中有些不豫，但看這會兒女兒受傷的神色，也沒有多說。

林氏放心了些，見媳婦楊氏雖說重男輕女，但好歹還知道分寸，看了崔薇一眼，也就跟著崔世財一家回去了。

崔老大一家人剛走，崔世福臉色就虎了下來。他是一個性情極為老實憨厚的中年人，平日只要閒暇的時候，幾乎都在地裡忙著，畢竟家中三個兒子，如今又添了孫子，外人瞧著倒是子孫滿堂的，但眼見著老二也大了，崔敬忠又是個有出息的，這唸書給夫子的束脩不少，一個月也要五十個大子兒，崔家雖然過得去，但也不是富裕人家，若是閒著不幹活，一家人日子也不可能過得像現在這般，好歹不像許多人家，每個月至少還能吃上好幾回乾飯。

崔薇坐在父親崔世福懷裡，一張哭得已經花了的臉上還帶著淚珠，楊氏想要替她擦下眼淚，她卻是一把將頭扭了開去，楊氏看女兒這模樣，倒是心裡生出一絲愧疚來，動作輕柔地替她處理完手上的傷口，見好不容易血止住了，拿帕子替她擦了擦掌心，感覺到女兒身子一縮一縮的，難得生出些憐惜來，回頭衝一旁還在哭嚎的王氏罵道：「瞧四丫頭都傷成這模樣了，妳還不趕緊打些水來，在那兒嚎個什麼喪？」

王氏有些不甘願，不過這會兒面對公公的沈默以及婆婆難得一回的喝斥，一旁丈夫臉色都冷了下來，她也不敢再多說什麼，嘴裡嘀咕了兩句，不情不願地挪了身子，只是還未出房門，原本睡著擱在屋裡頭的崔小郎卻是突然間醒了，扯開嗓子大哭了起來。

楊氏一聽孫子哭了，哪裡還顧得上女兒，連忙起身就要進去抱孫子，王氏磨蹭的腳步頓時停了下來，又悄悄摸回丈夫身邊。

崔世福嘆了口氣，蒲扇似的大手摸了摸女兒還不及他巴掌大的腦袋，溫和道：「薇兒，爹去給妳打水將手洗了，妳受了傷，暫時就先歇著別動，今日等妳娘做飯。」他說到這兒，才想起平日裡做飯洗衣裳的就是這個八歲的女兒，頓時又心生憐惜，想到妻子，嘆了口氣，見崔薇乖巧地應了，將她放在凳子之上，這才起身打水去了。

崔三郎見崔世福一走，鬆了很大一口氣，原本挺直的背脊也鬆了下來，他雖性子皮實，可是對於平日不大說好歹的崔世福卻是有些怕，這會兒見他一走，猶如孫悟空脫了如來的手掌心一般，登時活了過來，拖了張矮ㄉ凳坐在崔薇面前，一雙英挺的濃眉皺了起來，盯著她手看。「妹妹，還疼不疼啊？三哥給妳吹一吹吧！」他說完，鼓足了腮幫子，吹了幾下，那眼神，像是想伸手去摸崔薇傷口處，又不敢的模樣。

崔薇忍不住笑了起來，她以前倒是沒有發現這個頑皮得跟猴子似的崔三郎還有如此可愛的時候，聽他問話，頓時苦著臉就點了點頭。「疼～～不過三哥對我這麼好，也沒那麼疼了！」

崔敬平見她這樣撒嬌，小小的心靈裡一股男子漢的自豪與責任感油然而生，腰背挺得更直了些，將小胸脯拍得「啪啪」作響。「妳放心，以後沒人敢再欺負妳，以後三哥就保護妳！」

不過是小孩子的童言童語而已，崔薇也沒有放在心上，不過見崔敬平極為認真的樣子，花貓似的臉板得極緊，她忍不住想笑，連忙就點了點頭。

崔三郎原本還想放些豪言壯語寬慰妹妹的心，誰料他剛張了張嘴，眼角餘光就已經看到一旁端了水盆進來的崔世福，身子當下如泥鰍一般滑了開去，哪裡還有剛剛的小男子漢風範。

崔薇忍不住別開臉偷笑，就連崔世福也忍不住抽了抽嘴，皺著眉看這小兒子，一邊斥道：「你妹妹受了傷，你小心些別撞著了她，一天到晚毛毛躁躁的！」

他剛說著兒子，楊氏在裡頭聽到動靜，卻是捨不得自己的心尖子受人責罵，連忙抱了孫子出來，見崔世福拿著水盆，一旁王氏卻是站在一旁偷懶，頓時氣不打一處來。「王花，咱家可養不起不做事的閒人，妳若是想躲懶，不如回妳娘家躲個夠去！」楊氏今日是真火大了，見自己女兒受了傷，王氏還在偷懶，心中看她更是不順眼，拿眼神剜了她一下，王氏縮了縮肩膀，不甘不願的被崔大郎推著往廚房去做飯了。

來到古代半年之久後，崔薇才真正意義上的享受了一回飯來張口的待遇，不過這待遇卻是用一處令她自個兒瞧了都發毛的傷口換來的。

飯桌子上，崔家吃飯的都是自己人，也沒那麼多講究，一家人全坐在四方桌上，以往崔薇是沒有坐下吃飯的資格，一般都是端了碗挾些菜坐到一旁去吃，今兒拜她受傷所賜，也難得上了一回桌。

楊氏一手抱著孫子，一手拿著筷子，一邊吃著飯，一邊皺著眉嫌棄。「妳說說妳，這麼大個人了，做個飯還是半生不熟的，簡直是連四丫頭也比不上，妳家又不是什麼大戶人家，妳也不是什麼千金小姐，連這些小事也做不好，早知道，我們家還當真高攀不上妳！」

王氏許是很久沒做飯，今日好不容易做上一頓，手藝生疏了不說，還被楊氏一直嫌棄個不停，她今兒因崔薇受了傷，桌子上沒她位置，全家人都坐著，唯有她一個人挾了菜站到一旁，心裡早就火大了，這會兒聽楊氏這樣一說，頓時撂臉色。「娘既然覺得我煮飯不好吃，那您自個兒煮唄！」王氏嫁到崔家來一年多，因剛進門就懷了身孕，極得全家人喜歡，平日都供祖宗似將她供著，將她脾氣也養了出來，若非今日崔薇一事讓楊氏心中對這個兒媳婦生了不滿，這會兒還體諒著她生了兒子，心中對她寬容一分。

若是以往，她主動做了飯又被楊氏嫌棄，這樣使使小性兒也就罷了，偏偏今日楊氏火氣還沒熄，一聽這話，頓時狠狠將手中筷子拍到了桌子之上，厲聲道：「妳還膽大了不成？當我們這崔家是妳那王家，有沒有規矩了，妳娘就這樣教妳和婆婆說話的？」

楊氏這樣厲聲大喝，王氏愣了一下，顯然是沒料到她有這樣大的反應，還有些不服氣，那頭崔大郎卻是早已忍耐多時，古時村裡可沒有不打女人的規矩，自己的媳婦兒自己管教，他乾脆放了筷子起身，一把拖起王氏，兩個耳刮子就抽了下去。

「啪啪」兩聲清脆的耳光響起，屋裡頓時安靜了下來，王氏愣了一下，臉頰漸漸腫起了指頭的印記，她沒料到崔大郎當真會對自己動手，嫁人一年多以來，她早已忘了當初在娘家也是伏低做小的日子，自恃生了兒子，如今卻見崔家對待她這樣的功臣，王氏頓時張嘴就嚎哭了起來，向崔大郎衝過去，兩隻爪子一下子就在他臉上撓了幾個血印出來！

「你這殺千刀的，你敢打我，我當時沒嫌你窮，嫁給你，還給你生了個兒子，你還敢打我！」

王氏如同瘋了一般，崔薇連忙端了碗，站在身材高大的父親身後躲著，一旁的崔三郎也是同樣的動作。

崔大崔敬懷原本只是想教訓一下王氏，可她這樣往自己臉上一撓，恐怕明日外出幹活村裡人都瞧得見，到時自己面子往哪兒擱？一想到這兒，崔大頓時真怒了，一把反擰了王氏雙手，也不顧她呼痛聲，冷著臉道：「爹娘，你們先吃，我去教訓一下她！」

王氏一聽丈夫這話，頓時知道他是真生了氣，心下也有些後悔之前的撒潑，她不由想到自己在娘家時被父兄打的情景來，臉上露出一絲懼色，想向楊氏求情，可楊氏剛剛恨王氏敢對自己兒子動手，這會兒哪裡會讓她求情，反倒火上澆油——

「大郎，你教訓她一回，然後將她東西收拾了，等下送回她王家去，咱們崔家可不敢要這樣的兒媳！」

崔大甕聲答應了一聲，拳頭捏得「咯咯」作響，王氏真怕了，又見楊氏見死不救，深怕崔大拳頭落到自己身上，他長年做農活的，力氣可不小，王氏連忙用自己之前百試百靈的話來威脅他。「崔敬懷，你敢打我，信不信我抱著兒子回娘家去！」

「哼！咱們崔家的小郎，我看有誰敢抱走！」楊氏這會兒在氣頭上，也不吃她這套，若是以往王氏這樣說，她少不得要看在自己大孫子分上，勸她一、兩句，多少忍著她一些，畢竟孫子如今還沒斷奶，若是離了親娘，沒得吃的要挨餓。

可是今日王氏竟然敢對自己頂嘴不孝不說，還敢對大郎動手，令楊氏有些忍耐不了，一個家中容不得兩個主事的女人，王氏如今不安分了，活該受些教訓！「叫她走！她若不走，我今兒親自將人捆了給王家送回去！王家養出的好女兒，好吃懶做不說，一張嘴還敞著愛挑是非，咱們崔家門戶小，可要不起這樣的！」楊氏今日是真火大了，抱著孫子站在門口衝王氏笑。

王氏原本只是威脅他們的，可這會兒竟然見楊氏不吃自己以往那一套，頓時心裡就慌了。若是自己今日真被婆家趕回娘家去，往後哪裡還能在這小灣村裡抬得起頭來？她臉色青白交錯，可這會兒狠話都放下了，一時間也說不出求饒的話來，憋了半天，臉色脹得通紅。

「若是我走了，小郎可沒吃的！」

「咱們崔家的種，輪不著妳來說三道四！沒有妳，我不信去別家勻一些不成了！村頭郭三嫂剛生過孩子沒多久，人家沒像妳這樣金貴的，我明兒去找她討要一些奶子，不用妳了，趕緊自個兒走吧！」楊氏這會兒算是看清了這個兒媳的性格，完全就是欺軟怕硬的，拿捏到了她的短處，自然更是有恃無恐，認定了她不敢走的。

王氏被她這樣一唬，倒是心中真有些心虛害怕，掙扎著從崔大手裡逃脫出來，一下子跪在地上哭了起來。「娘，我錯了，您饒了我一回吧！」

崔薇見她這模樣，頓時眼皮子抽得厲害，之前看王氏鬧得凶，原本以為這是個橫的，沒料到是個紙老虎，一戳就洩了氣。

不過她這樣一服軟，不只是崔大郎心中鬆了口氣，連帶著楊氏提起的心也放了下來。要知道她趕王氏回去一來是出口氣，二來不過是讓女兒順心一些，讓她知道自己態度，三是氣不過王氏囂張敢打自己兒子，可私心裡自然是不希望她走的。若是王氏被趕回娘家縱然王家丟臉，可崔家名聲也是好不了的，新媳婦剛過門不足兩年，又給自己添了孫子，縱然王氏有錯，可人家也會說自己這做婆婆的太苛刻，更何況孫子還要喝她的奶，王氏若是乖巧一些認個錯，她也不是非得要將人趕了回去。

楊氏這樣一想著，拍著孫子的背回頭便看了女兒一眼，卻見她低垂著頭，瘦小的身子在地上拉出一道長長的影子來，卻是根本沒看自己這邊，剛剛那一套說唱頓時如同演給了瞎子看，心中頓時不舒坦，臉色也沈了下來。「既然知道錯了，就自個兒勤快一些，還不趕緊將屋裡收拾了，難不成等我親自動手了？」

崔薇聽楊氏哄著崔小郎一面進屋裡去了，立刻捧著一隻已經漸漸能感覺到疼的手衝崔世福道：「爹，我也睏了，想睡了。」

她來到古代這麼久，還沒有自己獨立的房間，如今還跟父母住一個屋裡，極為不方便，可是這也是實在沒法子的事，這村裡每家人都是這樣過的，崔家又不是有錢人家，自己又不是年長到十歲上了，自然沒有單獨享受一間的資格，就連崔家最受寵的崔三郎，如今還跟崔二郎同住一個屋裡呢！

聽到女兒喊睏，崔世福伸出蒲扇似的大手在她頭上揉了揉，溫和道：「爹給妳打了洗臉水，妳洗把臉，自個兒先去睡吧！」

崔薇點了點頭，接過崔世福遞來的帕子抹了把臉，又洗了腳，這才穿著一雙破舊的布鞋往屋裡去了。

她的床就挨在崔世福夫妻倆的床邊，其實也算不上床，只是臨時用拆下來的門板搭就的一張簡易榻子而已，上頭鋪的是稻穀草，雖然上頭鋪了一層草蓆，但睡著總歸有些硌人。崔薇來到古代之後最不習慣的也就是這一點，連忙將掛在上頭已經洗得泛黃的蚊帳放了下來，又拿衣裳在裡頭揮了揮，驅趕了蚊蟲，這才躺了上去，這樣一折騰下來，渾身又是一些大汗。

原本晚上該洗澡的，可惜崔家沒有水井，要吃用的水都得到村頭的井裡去挑，最近又正是農忙時節，眼瞧著這幾日收高粱與玉米等，屋裡眾人都忙得厲害，崔世福等人不到晚上是不會歸家的，挑水的事別指望著王氏，楊氏又要帶孫子，挑水的事便落到她頭上。

崔薇年紀小，又挑不動多少，平日用水便得省著，連澡也不敢多洗。一想到這個事情，崔薇臉上又露出一絲煩躁之意，卻又沒法子。蚊帳放了下來雖說是沒蚊子了，但屋裡卻悶熱得厲害，取了一把自個兒縫的蒲扇出來搖了搖，這才覺得心火稍滅了些，迷迷糊糊地合上了眼睛。

也不知睡到了哪個時辰，屋裡亮起了一絲光線，崔薇感覺到蚊帳被人拉了起來，楊氏探了半邊身子過來，見她閉著眼睛，只當她是睡著了，嘴裡便笑道：「這丫頭，也是個忘性大的，這樣快就睡著了！」

崔薇聽她這樣一說，眉頭皺了皺，卻是裝睡，不理睬她。

崔世福正收拾著床鋪，又在屋裡拿煙燻了蚊子，鄉下蚊蟲多，晚上若是不折騰一番，那野蚊子能咬得人睡不著。一聽楊氏這話，他嘆了一口氣。「閨女總歸大了，在妳身邊又留不了幾年，往後出了嫁，妳想見都沒得見，如今對她這樣厲害做什麼？」

「若是我不教她多做些事，往後去了婆家什麼也不會，可不是招人戳咱倆脊梁骨嗎？」楊氏有些不服氣，嘴裡咕噥了幾句。

崔世福卻是嘆息了一聲，說睡吧，沒多久，屋裡光線便陡然暗了下來。

崔薇睜著一雙眼睛，卻是再也沒有了睡意，眼淚忍不住就流了下來。

第三章

因昨夜被楊氏那樣一鬧，半宿沒能睡得著，快到天亮時才瞇了下眼睛，崔薇起來時已經是日上三竿了。

她來到古代之後還從未睡到這樣晚起過，若是過了寅時末她還不起，楊氏的竹片兒可是不饒人的。崔薇前世時五點還沒睡的情況有，可是從小到大還從未有過五點不到就被人逼著起身的，來到古代之後卻天天如此，若是稍微慢了一些，楊氏便罵罵咧咧，只說懶丫頭，今日倒不知太陽是不是從西邊出來了，竟然讓她睡到這會兒，而沒人過來喚她。

崔薇一出來，便碰著抱了孩子坐在堂屋裡的楊氏。

見她出來，楊氏掀了掀眼皮，眉頭雖然皺了皺，但好歹還是沒有罵出來，只是懶洋洋道：「醒了？鍋裡還放著玉米餅。」楊氏說完，看到女兒紅腫的眼皮，頓時心中也有些不忍，嘆了口氣，到底沒有開口說什麼。

王氏卻是坐在一旁，手裡拿著一塊金黃色的餅子咬著，咬一口便配口稀飯，一聽楊氏這話，她頓時有些不樂意，昨晚被崔大郎教訓了一回她雖然收斂了一些，但這會兒見崔薇睡得比她還要晚起，頓時口氣便不太好聽。「小姑子怎麼睡到這會兒才起？昨晚是不是睡不著了？那餅子給我留上兩塊，也別吃完了！」

她話音剛落，楊氏臉色唰的一下就沈了下來，見女兒死氣沈沈的臉，心下也有些不忍。「拿吃的也堵不上妳那張刷過大糞的嘴，若是沒事幹，吃完趕緊拿了衣裳去洗！一天到晚只知道吃，妳已經吃了四、五塊了，一天到晚不做事的懶婆娘，長得五大三粗的，還吃什麼，吃多了也拿不出半把子力氣！」

沒料到自己開了回口便劈頭蓋臉被人罵了一輪，王氏心中委屈無比，頓時有心想將手裡的餅子給砸了，但想到崔家生活，若她敢這樣糟蹋糧食，恐怕不只楊氏，連崔世福也饒不了她，不由將餅子塞進口中嚼了，哭嚎了起來。「娘罵我做什麼？我吃這樣多還不是為了崔佑祖這小東西嗎？我吃這樣多不是全進了他肚子嗎？娘寶貝女兒，難道還能少了孫子一口吃的？」崔佑祖是剛出生半年的崔小郎的大名，但一家人平日為了給這小東西祈福，輕易不肯喚他名字，就怕折了他好運，因此都稱小名的，這會兒王氏知道自己的兒子就是楊氏罩門，因此這樣一吆喝，果然見楊氏不吭聲了，心下不由得意，就回頭看了崔薇一眼。

崔薇也不理她，自個兒木著一張臉先去打了水用一隻手擰了帕子擦了臉，又拿梳子將頭髮綁了，這才進了廚房。她昨晚被割的手指這會兒已經腫得跟洗衣棒似的，疼得厲害，也不敢沾了水，上頭黑糊糊一層，也不知道昨兒崔三郎給她弄了什麼東西在上頭。不過這會兒她也沒心思管了，來到古代這樣久，她開始時消極過，但日子總是要過下去的，原本以為自己逆來順受些崔家人總有良心，可昨日才發現自己太老實了，連帶著人家當自己做什麼都理所當然的。

這樣一路想著收拾妥當去了廚房，大鍋上蓋著竹蓋，她用沒受傷的手揭開蓋子，卻見裡頭已經空空如也，想到剛剛楊氏所說的話，明明給自己留了玉米餅子的，如今沒有了，屋裡統共就這幾個人，哪個吃了自然一目了然！崔薇火冒三丈，將蓋子又扔回鍋上，洗了碗盛了碗稀飯，也不虧待自己，沒受傷的手從罈裡抓了一小把剛泡進去沒兩天的豇豆出來，切碎了就著稀飯喝了兩碗，才覺得身上有了些力氣。

王氏這會兒吃得肚子都險些挺出來了，崔薇進來時也沒見她有絲毫不好意思的，反倒是瞧著日頭不早了，一邊衝崔薇笑。「屋裡衣裳這樣多，四丫頭還不出門？若是這會兒不洗了，晌午過後乾不了，晚上爹和夫君、叔叔們哪有衣裳穿？」

剛剛楊氏明明是讓她去洗的，這會兒又提到自己身上，崔薇冷笑了一聲，也不理她，自個兒回了屋裡。

一見她這作派，王氏不滿了，一下子站起身來，指著崔薇離開的方向罵。「四丫頭，今日睡到快午時才起便罷了，不洗衣裳，難道連飯也不想煮了，等下爹和夫君回來，沒吃的算怎麼回事？」

楊氏見她這樣咋咋呼呼，頓時心下不滿。「妳嚷嚷啥呢！盡會指使人，妳說得厲害，怎不自己去做？」

「娘，我這不是怕我出去了等下小郎餓了嗎？」王氏一瞧楊氏臉色沈了下來，頓時討好道。

楊氏想想了對，便衝屋裡喝了一聲。「崔薇，還不趕緊出來，妳嫂子等下還得要餵小郎呢，妳趕緊去將衣裳洗了，抱捆柴回來，過會兒要燒飯，我瞅著昨兒廚房裡柴不多了！」

崔薇頓時從屋裡出來，衝楊氏揚了揚自己那隻腫得險些有一旁細指頭兩倍大的食指道：「娘，我受傷了，您讓大嫂去吧！」

這還是她頭一回明目張膽的使喚王氏，王氏呆了一下，像是沒有反應過來一般。

崔薇冷笑道：「再說我早上只吃了些稀飯，大嫂將玉米餅子都吃完了，人吃得多力氣也大，恐怕不到小郎餓了她就回來了！」崔薇以前沈默慣了，就怕讓人覺得自己有一點兒不同的地方而對這王氏忍了很久，這會兒決定不再忍了，自然也不替她兜著。

楊氏一聽這話，頓時眉頭就豎了起來。「妳這懶婆娘，吃這樣多，吃吃吃，撐死妳這好吃懶做的鬼東西！」

王氏沒料到崔薇竟然敢告她，頓時吃了一驚，聽楊氏這樣罵著也有些發慌，她自己又理虧，再加上昨日才被崔大郎收拾了一回，如今老實了不少，聽楊氏這樣罵著雖然不服氣，但也不敢還嘴，心裡罵罵咧咧的卻仍是被楊氏趕著挑了一擔衣服準備去河溝邊洗衣裳。

一路王氏被人指指點點的，不時有人還和她說笑幾句，只說崔大郎一向心疼她，如今怎麼也捨得讓她做事了。王氏臉色臊得通紅，只覺得裡子面子都丟了個乾淨，心裡將崔薇恨了個半死，衣裳也只是匆匆在溪裡漂了一圈兒，只去了些汗味便擰了裝回桶裡，往屋裡挑。

只是王氏已經許久沒有做這樣的事，自嫁到崔家之後命好，過沒多久懷了身孕，又一舉得男，平日過的日子跟少奶奶似的，如今冷不防挑了這樣一擔子，回到屋時背心都被汗濕透了。

見崔薇卻正搬了凳子坐在院子裡，拿了米糠在那兒逗著雞，這樣悠閒的，額頭連半絲汗跡都沒見，王氏頓時氣不打一處來，「砰」的一聲狠狠將自己肩上的擔子取了下來，兩只木桶被撂到地上發出響聲，裡頭裝著的深藍色粗布衣裳也跳了跳。但崔薇卻不理她，只拿著手中的米糠逗著院裡四處閒步的兩隻母雞。

王氏見她這模樣，更是生氣，高聲喝罵道：「妳死人呀！見我回來也不來搭把手，坐那兒動也不動，以為自己是大戶人家的小姐呢，什麼作派！可就妳，還沒這個命！」

王氏這會兒肩膀痠疼，已經接近兩年不幹這樣的粗活，頓時有些受不了，揉著胳膊就開罵，也有些口不擇言。屋裡楊氏聽到動靜，臉色陰沈得可怕，朝外頭走了過來。

崔薇聽到腳步聲，抿了抿嘴唇衝王氏笑。「大嫂的意思，可是嫌棄咱們家沒錢，我大哥也是沒本事給妳過大戶人家少奶奶的生活？」

原本王氏心裡也並不是這個意思，剛剛不過氣憤崔薇不肯過來幫自己的忙罷了，這會兒聽她這樣一說，還沒有開口，楊氏已經陰著一張臉出來，王氏再是蠢笨，也知道不好，連忙解釋。「我什麼時候說過這樣的話？死丫頭，年紀不大，就學會歪曲了！」

正說話間，外頭崔世福父子倆回來了，兩父子手裡還各自挑著個擔子，裡頭裝滿了剛掰下來的玉米，聽到屋裡又吵鬧開來，崔世福拿了搭在肩頭的帕子抹了把汗，有些無奈。

「這又是怎麼了，大老遠就聽到妳們在嚷嚷！」他們父子原是挑一擔玉米先回來，地裡事情還沒忙完，只是想空出籮筐後又再去裝而已，這會兒忙得厲害，偏偏屋裡幾個女人又閒得很，崔世福忙了一大早，肚子裡早就「咕嚕」作響了，原想回來拿些東西墊肚子，卻看到屋裡清冷得很，廚房連煙都沒冒半絲，頓時臉就沈了下來。「妳們一天到晚若是沒事，地裡忙得很，晌午後跟我一塊兒出去！」

王氏一聽這話，連忙就要拒絕，在地裡做事可是累得要死，偏偏吃力還不討好的。崔世福自己農活一把手，就見不得人家做事手腳不麻利，若是跟他一塊兒出去，恐怕不到天色大黑是回不來的，因此搖頭就想拒絕，崔薇卻是笑了起來。

「爹回來了，先喝口涼水！大嫂剛剛在嫌棄咱們家沒銀錢呢，只說恨沒嫁到大戶人家享清福、當大少奶奶，偏她還要做事！」她將王氏的話歪曲著說了一通。

崔大郎的臉色頓時就陰了下來。只要是個男人都受不了老婆在這兒嫌棄自己，這是除了嫌棄他不是男人之外的第二大侮辱！

他看王氏的眼神都帶了綠色，直看得王氏發毛，連忙搖頭，心裡恨死了崔薇。「這死丫頭胡說的！」

「娘也聽見了！」崔薇甩了甩腦袋，雖說剛剛王氏那話是在嫌棄自己，不過自己跟崔大郎也同是姓崔的，說自己跟說他沒什麼區別。

崔薇這會兒殷勤的取了水遞給崔世福喝，又端了盆涼水過來，扔了帕子進去給崔世福擦把臉，崔世福頓時心裡感動得嘩啦啦的，見妻子顧著抱孫子不管自己死活，兒媳又是這樣一個不著邊兒的，反倒是平日這個不聲不響的女兒最是體貼，不由對她露出幾分笑容來。

「妳早上吃了沒有？受了傷多睡一會兒，那傷口見不得水的，妳晌午時去找村裡的丫頭說說話玩耍一陣，這兩天別化膿了！」他說這話時沒有理睬王氏，顯然是記恨女兒嘴裡所說王氏嫌棄崔家的話來。

王氏委屈得眼淚汪汪，卻見丈夫看自己目光不善，她原也想上前學著崔薇的法子討好，遞了涼帕子過去，崔大郎卻是不領情，將她手拍開了，陰陽怪氣道：「我是個沒本事的，禁不起妳這少奶奶服侍！」一句話說得王氏臉色臊紅，卻是再也不敢湊上前去。

「早晨喝過兩碗稀飯。」崔薇見王氏吃癟，眼睛不由自主地笑成兩汪清泉一般。

崔世福愣了一下，聽她這樣一說沒想到其他，只是道：「妳娘早晨起來烙了玉米餅子，小孩子家饞這個，妳三哥可是吃了好幾塊，妳怎麼沒吃？」

「大嫂說她要餵小郎奶，所以要吃好的！」崔薇故作不懂事一般，開口給王氏上了眼藥（注）。

頓時崔世福臉色有些不好看了起來，連帶著崔大郎看老婆的眼光都添了絲絲涼氣，冷笑道：「這懶婆娘，丫頭身子小姐心，一天到晚好吃懶做，吃得比豬多，幹得比雞還少，娶妳

注：上眼藥，就是有眼淚樣的東西流出來，意指使人委屈，包括被打小報告、被欺負、被耍弄、被誤會……小小的，不是很強烈的讓你不舒服。

回來有啥用？若光為了生孩子，我還不如娶頭母豬回來！」他還在記恨剛剛妹妹那句老婆嫌棄自己沒本事的話。

崔大郎平日不聲不響的，但說話也繼承了楊氏的毒嘴毒舌，一席話說得王氏羞得恨不能找條地縫鑽下去，心裡已經隱隱有些後悔起早晨不該貪吃來，但她吃了那樣多，早晨洗了一大挑衣裳，早餓了，這會兒還平白無故被罵上一通，她不由要嚎哭，崔大郎警告似的看了她一眼，王氏知道自己今日若是真的哭了，恐怕回頭少不了一頓打，也就將要鬧騰的心思歇了下來。

王氏這頭心裡暗恨，崔薇卻是咧了咧嘴角，看王氏難看的臉色一眼，原本低沈了一早上的心卻突然間飛揚起來。

她這會兒給崔世福等人端了洗臉的水，難免這父子倆都覺得她行事體貼，兩相對比之下，王氏吃得多，好不容易做件事情卻又不情不願罵罵咧咧，還諸多意見，難免心裡更加不喜。

崔大郎這會兒倒是父母在前不好意思給王氏好看，只是一想到王氏嫌棄自己沒本事，心裡就受不住，冷冷刮了她一眼，喝了幾口冷水，便將擔裡的玉米倒在院子裡的壩上，又挑著空籮筐跟在崔世福身後出去了，那眼神瞧得王氏心中直發涼，又看楊氏表情不善抱著孩子站在門口看她，頓時頭皮發麻，也不敢多說，連忙就轉身擰了衣裳上的水，掛在院子中的竹竿子上。

崔薇冷冷一笑，見王氏吃癟，這才心裡頭稍微舒服些了，忍著手的疼痛將那涼水倒進院子角落的池塘裡頭。她雖然手受了傷，但如今正是農忙季節，楊氏不會真讓她金貴的養著傷不做事的，若全靠王氏，恐怕今日的事情到明日還做不完。

楊氏不出聲，不過看女兒仍是幫著做些事情，臉上到底露出了些笑容來，衝王氏吆喝。「昨兒那豬也沒怎麼餵，妳過會兒去田裡割些苕藤回來，再砍些紅苕進去煮了，把豬餵好再做飯。」

王氏一聽這話，眼都紅了，將手裡的衣裳又扔回桶裡，表情有些難看。「娘，我一個人哪裡忙得過來？」而且那苕藤裡頭有許多肥碩的綠蟲，一瞧見這個王氏渾身就直竄雞皮疙瘩，再加上昨日崔薇才切豬菜時被砍了一刀，她當時瞧著傷口都犯怵，也怕自個兒一年多不做事，手藝生疏之下若是也來這樣一刀，她哪裡吃得了這個痛苦？王氏一想到這兒，更是不情願做事，連忙就道：「砍完苕藤回來都快晌午了，爹與夫君要回來吃飯的，更何況餓著三郎也不好了。」

一說到小兒子，楊氏倒是有些猶豫，崔薇心下冷笑，故作為難站了出來。「既如此，娘，我便幫著大嫂生火做飯吧，反正我手雖然受了傷，重活兒雖然做不得，但一些輕巧的也是能幹的。」

楊氏聽到女兒表態，心下滿意，難得對她露出一個笑容來，點了點頭。「就這麼著！」

「那怎麼成？」王氏有些不滿，出去弄豬菜不是個好活兒，別說在田裡彎著腰割苕藤有多難受，更何況割上那樣一大背筦（注），就是揹著都吃力，況且那田地離家還有一段距離，王氏不肯吃這個苦頭，連忙就道：「我跟四丫頭換吧，我來做飯……」

楊氏腳步還未轉回屋裡，就聽到王氏這話，眉頭不由就豎了起來。她就是再不待見崔薇，可崔薇也是從她肚皮裡爬出來的，兒媳婦雖然對崔家有功，生了孫子，不過到底是別人家的姑娘，平日楊氏自己怎麼打罵女兒都成，但一見王氏耍這種滑頭，她心裡便有些不痛快，冷笑了一聲。「瞧妳那懶樣，若是妳馬上將手也宰上一刀，我二話不說，割苕藤的事我自己去了！一天到晚吃得多嚼得多，做事時就推三阻四，妳煮的飯菜，連豬都吃不進口，也不知當初王家怎麼教妳的！若是不想去地裡割苕藤，妳自個兒去山裡割上一背筦豬草回來，今日妳便伺候這畜牲，我二話不說妳了！」

這樣熱的天，鄉下蚊子又多，而且咬人還疼，王氏如今養得白白胖胖的，哪裡願意去受這個罪，見楊氏表情不善，知道她心中是下了決心，也不敢再辯駁，將崔薇在心中罵了個狗血淋頭，這才忍著怒火板著臉應了下來，不過那神情極為不快活，像是人家欠了她多少銅錢不還似的。

楊氏看到這喪門星似的臉心下也煩，冷哼了一聲，跺了跺腳警告似的看了她一眼，也抱著孫子進了屋裡。

崔薇也不顧王氏的冷眼，見她在那兒招呼著自己幫忙晾衣裳，也當作沒聽到一般，自顧自去廚房的屋後抱了一捆曬得極乾的玉米稈出來放到廚房，氣得王氏在後頭直罵咧。這玉米稈是剛收割沒幾天的，如今天氣又熱，曬得極為乾燥，拿火摺子一晃就點著了，扔進灶臺下頭頓時噼哩啪啦燃得正旺。

崔薇忍著手指間的疼痛，洗了鍋摻了水架到灶上，一邊又取了幾只紅苕出來洗淨了放在一旁。這紅苕也就是後世她所吃過的地瓜，不過這小灣村稱它為紅苕，因它外皮透著紅色，煮好了倒是極甜，這東西不只是豬愛吃，連人也愛吃。

鄉下地方窮得厲害，平日沒有零嘴吃，崔三郎有時嘴饞了直接拿了生紅苕洗淨就開啃也是有的。崔薇也試過一回，確實好吃，不過這東西種得雖然多，但一年到頭也不夠餵豬的，人雖然也吃，但畢竟吃得少。

王氏進來時就見她一手夾了紅苕，一手吃力地削了皮在那盛豬泔水的桶裡頭，想到這丫頭剛剛膽大包天的模樣，頓時氣不打一處來。「妳這丫頭，見我做事也不知道來搭把手……」

崔薇動作登時就停了下來，手裡握著刀冷冷的看她。「我平日做事，大嫂也沒來幫過我一回的。」

她目光銳利，倒是讓王氏嚇了一跳，竟然一時半會兒說不出話來，待她回過神來時才知道自己被這丫頭眼神嚇到，頓時有些惱羞成怒。「我平日要帶小郎，妳當我一天到晚沒事幹的呀！」

注：背篼，竹、藤、柳條等做成的揹在背上運送東西的器具。

有沒有事幹，崔家人都是瞧在眼裡的！崔薇懶得與她爭辯，只聽王氏還在那兒罵罵咧咧的，崔薇也不理睬她，王氏自個兒罵到後來也沒勁了，喝了幾口涼水，見崔薇沒主動提出要幫忙，想到楊氏剛剛的冷臉，頓時心下一沈，哭喪著垮了臉出去了。她這會兒出去已經是遲了，若是再遲上一些，恐怕回來晌午的飯都得是人家吃剩下的。早晨時雖然吃得多，但出去洗了一趟衣裳回來早餓了，若是再挨上一段時間，等崔家父子回來吃完飯，恐怕給她剩的就不多了。一想到這兒，王氏腳步又快了幾分。

第四章

見王氏出去了，崔薇扯了扯嘴角，將紅苕切成細丁，又往灶裡添了把柴，見火苗燒得大，鍋中已經開了，連忙就淘了米連帶著紅苕一塊兒倒了下去。她攪了攪，才又坐到了灶臺前。

如今天氣熱了，坐在灶邊火苗印在她臉上，其實熱得極為不舒服，不過這會兒她也覺得唯有這狹窄的廚房裡，遠比堂屋正房要令她感到自在得多，四周像是只剩了她一人般。崔薇只是機械似的挽了玉米稈進灶中，不時還拿火鉗撥了兩下，身體本能的反應熟悉得可怕，雖然才到古代沒多久的時間，她對於做這樣的活兒早已是印入心間了，動作自然得令她自己都嚇了一跳。

「小妹，小妹。」

一個歡喜的聲音在她耳邊響了起來，直到喚了好幾聲，崔薇才反應過來，原本還有些晃神的雙眼頓時明亮起來，看到快湊到自己面前的崔三郎，她眉頭皺了皺，放下火鉗伸手將他臉推遠了一些。

「三哥，你幹麼！」這個哥哥平日不到吃飯時間是不會回來的，一般都在與村裡其他交情好的男孩兒一起玩耍，楊氏雖說疼愛兒子，但向來不拘著他，如今又有了孫子要帶，這小子更是如脫韁的野馬一般，成日蹦躂（注）得歡。

「妳瞅瞅我給妳帶啥好東西來了！」崔三郎滿頭大汗，連鼻尖上都掛著汗珠，崔薇剛剛推了他臉一把，這下子略有些古銅色的皮膚上頓時染了些柴灰印，雙手還死死護在胸前。

想到這個哥哥昨晚的樣子，她心下一軟，起身拍了拍裙上的灰塵，打了水要擰帕子替他擦臉，崔三郎卻自個兒老老實實抓了把柴灰，去外頭水塘邊將一雙手洗淨了，回來拿了帕子抹臉，不多時整個人便乾淨了許多，少了汗意，多了幾絲沈穩。

崔三郎長相不差，尤其是一雙漆黑的眼珠，亮得驚人。這會兒獻寶似地將衣襟敞了開來，裡頭滾了一大堆蛇果子！這蛇果子是山上一種特殊的植物，每年到夏季時都愛長，成熟之後滋味酸酸甜甜的，村裡許多孩子都愛這個，不過平常許多人見到這個就採來吃，如今能找到一串都是運氣，崔三郎懷裡卻是密密實實兜了一大堆。

「三哥，你哪來這麼多蛇果子！」崔薇一邊說完，一邊嘴裡口水直氾濫，忍不住伸了爪子過去捉了一顆扔進嘴裡，酸酸甜甜的味道令她感動得眼淚都快要流出來了。到古代之後一天到晚吃的就是麵粉煮的稀疙瘩湯，再不就是稀粥配鹹菜，她這個原本就喜歡吃零食的人，如今作夢想到前世時一些吃食口水便跟著不住地流！

原本有些小器吃獨食的崔三郎見她伸爪子來拿，並未拒絕，反倒獻寶似的，取了只碗，將胸膛裡頭的蛇果子全部都倒了出來，滿臉得意之色。「我就知道妳喜歡，今日一早我就跟聶二以及猴子去山裡採的，可多了！」少年說完，還有些得意洋洋的樣子。

他說的聶二是隔壁不遠處聶秀才家的二兒子，也是個調皮到無法無天的，同樣是聶家的老來子，被聶秀才家的孫氏寵得跟眼珠子似的。而這猴子也是村子裡不遠處王家的，大名叫王寶學，只是因為人長得瘦弱，跟猴子似的，就被取了這麼一個名號，平日這兩個人跟崔三郎關係最好，幾個傢伙一塊兒逗雞惹狗的，調皮得很。

崔薇拿蛇果子吃的動作愣了一下，聽到他這話，頓時心中一股酸酸澀澀的滋味便爬上了心頭，眼眶有些發濕。「三哥專門去為我摘的？」

「那是當然！不過我能不能也吃一些啊？」小孩子開始還義正辭嚴，說到最後忍不住露了饞相。

崔薇忍不住「噗哧」一聲笑了出來，當下打了清水將蛇果子洗淨了，兄妹倆就端著碗蹲在灶臺邊上，也不嫌熱得慌，你一口我一口的就吃了起來。崔薇吃得滿臉帶笑，嘴角邊都被蛇果子染了些紅色，眼珠轉了轉，看崔三郎吃得正歡。「三哥，娘要是知道你進山，會罵你吧？」

崔三郎愣了一下，頓時吃東西的動作就慢了下來。

他四、五歲時就膽大包天，跟隔壁的聶二，大名聶秋文的進山去玩耍，結果兩個孩子被困在山中最後找不到路出來，半夜之後還是村子裡的人打著火把進山，才將這兩個趴在樹上睡著的孩子抓回來的。楊氏平日寵兒子，但那回兒子險些跑丟了，使她心中對兒子進山玩耍

注：蹦躂，意指活蹦亂跳。

一事很是抵觸，因此耳提面命，縱然她再是喜歡崔三郎，可若是崔三郎要進山，總免不得要吃上一頓竹筍炒肉絲！可孩子的好奇心本來就重，楊氏越是拘著不肯讓他們進山，崔三郎就越是一天到晚想往山裡鑽，母子倆鬥智鬥勇，崔薇也對這個三哥進山的事有所耳聞，但她以前對崔三郎感情不深，又覺得崔家不是自己的家，歸屬感並不強，因此對這些事也不肯多管，這會兒突然提了出來，崔三郎才意識到自己又闖禍了！

「小妹，小妹！」崔三郎頓時吃著這平日饞得要死的蛇果子也沒胃口了，一把將碗推到崔薇面前，討好地哀求道：「妳可千萬要給我保密了，不能跟娘說，否則她要打我的，我全給妳吃，妳記得保密啊！」

少年的眼睛清澄得如同水晶一般，映出她的倒影來，崔薇忍了笑，見他一臉不捨的模樣，將碗端了過來，一邊往嘴裡塞蛇果子，一邊點頭如搗蒜一般。「三哥對我好，我不說。」

她一句話引得崔三郎喜笑顏開，笑容如太陽一般燦爛，雖說還有些不捨，但他性格也不是那等放不開的，既然都給了崔薇，也不能與妹妹搶，因此忍著嘴饞，看她吃得歡快，漸漸地，心裡也生出一種快樂的泡泡來，頭一回覺得就是自己沒有吃東西，光是看妹妹吃心裡也高興得很。

兩兄妹蹲在灶邊說著話，一大碗蛇果子很快便只剩了半碗，崔薇原本只是想逗逗崔三郎而已，這會兒見他討好，便將碗遞了過去。「三哥，你吃！」

崔三郎吞了口口水，別開臉，不去看碗中那誘人的蛇果子，一邊口不對心道：「我時常都能吃，我不吃了，妳吃吧！」

崔薇原本要遞到他手上的，誰料此時王氏的聲音響了起來——

「什麼東西你們兩個都推來推去不肯吃的？」王氏這會兒割了一背簍紅苕藤回來，餓得正是心慌的時候，人還沒進門，聲音就傳了進來。「飯做好了沒有？」她一進門就看到崔薇手中端著的碗，頓時目光一亮，三步併作兩步跨了過來，仗著她人胖又是大人，一把將碗搶了過去，兩、三口就將裡頭的蛇果子倒進了嘴中，一邊嚼著，一邊模糊道：「你們兩個不吃，我吃了就是，還躲在這兒偷嘴，有好的也不知道拿出來……」

王氏聲音尖銳，罵罵咧咧。

她一邊說著，一邊嚼著蛇果子便去揭那灶臺上正冒著熱氣的鍋蓋，誰料鍋蓋一揭開，一陣飯香味兒便撲鼻而來。剛剛沒吃過東西還好，可嘴裡嚼著蛇果子王氏越發覺得餓得厲害，這飯聞著倒是香，可王氏定睛一看又是一大鍋稀飯，頓時變了臉色，狠狠將鍋蓋扔回鍋上，一邊大聲淒厲道：「又是稀飯，還讓不讓人活了！幹了一天活兒，天天吃這個不經飽的東西……」

崔薇不由自主地翻了個白眼，王氏不過是做了兩件事而已，也好意思叫幹了一天活兒。她以前半日做的事可比王氏多得多，也沒見自己叫得像她這樣厲害。不過剛剛崔三郎替她找的蛇果子這會兒剩的半碗卻是全進了王氏嘴裡頭，兩兄妹都氣憤得不行，崔三郎是有些傻了眼兒，他一向橫慣了，可從未有哪個敢在他虎口裡奪食的，在村中也是一個小霸王的存在，頭一回被人幹了劫鏢的勾當，還有些回不過神來，傻愣愣地看著王氏發呆。

崔薇一瞧這情景，不由擰了崔三郎一把，見他吃疼，自個兒衝他擠了擠眼睛，接著便大聲哭了起來。

聞弦歌而知雅意！崔敬平本來就是個精的，這會兒見妹妹打算，哪裡還有不明白的，崔三郎一向橫慣了，心裡完全沒有男子漢流血流汗不流淚的崇高理想與咬牙精神，見妹妹一哭，頓時跟著扯了嗓子哭了起來。

「搶人啦，搶人啦！」

王氏被他這樣一呼喝，頓時傻了眼，她還扠著腰站在灶臺前，可被這兩個小孩子同時鬧著如同魔音傳腦一般，腦袋瓜突突地發疼，心裡煩躁得厲害，頓時大喝了一聲。「別嚎了！」

她這聲音一響起，原本還在堂屋裡哄孫子的楊氏坐不住了。如果只是崔薇哭，她抱著孫子自然是不可能過去瞅瞅的，但一聽到自己看作眼珠子的崔敬平哭了起來，頓時炸了毛，接著她又聽到王氏的大喝，理所當然地楊氏就以為是兒媳婦膽大包天竟敢欺負自己兒子，頓時心裡一股無名火就冒了起來。

反了天了！王氏這小東西竟然敢欺負到崔敬平身上來，楊氏連忙抱著孫子就往廚房趕，雖說天氣熱，以往她也怕熱著了孫子從不抱他進廚房的，可這會兒情況不同了，孫子雖然重要，但好歹不是從她自個兒肚皮裡爬出來的，總要隔著一層，更何況往後這孫子一個個只有多的，兒子卻只得這幾個，每一個都是她身上掉下來的肉，身分自然是不同。

這頭王氏被鬧得頭大，瞪著眼令這兩個小的不要哭了，那頭楊氏抱著孫子三步併作兩步來到廚房，就見到小兒子哭得那叫一個傷心，臉上鼻涕眼淚的慘不忍睹，頓時就心疼了。見王氏站在廚房之中，本能的就覺得是她欺負了自己兒子，不由衝她怒目而視。「妳一個大人，怎麼把屋裡兩個孩子都弄哭了？」

王氏被婆婆這樣一喝，不由有些莫名其妙，也覺得有些委屈，她實在不知道這兩個死小孩為什麼就哭了起來，楊氏一進來不分青紅皂白地就喝斥，王氏自覺做了一上午的事，這會兒累得厲害，不只沒人安慰，反倒罵她，心裡生出委屈來，不由耷拉下臉，不滿道：「我還能幹什麼？我剛忙完一回來就見這兩小東西偷吃，我餓了半天，娘，您可不能這樣一來就指著我！」王氏是有些火大了，她嫁到婆家來這樣久，還從沒受過昨日與今日這樣的委屈，心裡早就鬱悶得要死了，楊氏還因為崔三郎跟崔薇來罵她。

若是崔敬平也就罷，他平日好歹也是楊氏心尖兒上的，崔家人都知道若是犯著楊氏，不過給你些眼色瞧，可若是惹了崔三郎不快，楊氏是要跟人拚命的。崔三郎是個男孩子，楊氏偏疼也就罷，但如今崔薇這死丫頭也跟著哭，憑什麼因為她被罵？一早上的就吃了這鬼丫頭的虧，王氏這會兒心裡正氣不順，見楊氏罵人，也有些不服。

「我一早上就沒歇過，這會兒餓得眼都花了，連小郎都沒餵口奶，一回來不過是找口水喝，為什麼來罵我？」王氏說完，看楊氏臉色一滯，心裡就明白了過來，哪裡有不順竿爬的，一面哭喊著，一面便是坐到了地上拍打起自己雙腿來。

她哭嚎得凶，崔三郎倒是愣了一下，崔薇見他不哭了，楊氏臉色也不像之前那樣難看，王氏這會兒反倒硬氣了起來，不由眼裡閃過狡黠之色，抽抽噎噎道：「娘，哥哥好不容易跟人一塊兒摘了些蛇果子回來，本來說想讓我洗了給您送去，大嫂卻一下子進來全倒進了她嘴裡。」

王氏一聽這話，頓時愣了一下，想到自己剛剛確實是將蛇果子吃了個乾淨，至於之前這兩小東西是不是要將這東西送給楊氏的，她卻不知道，只聽他們在推來推去，讓對方吃，她餓得心裡慌，也沒多想，這會兒聽崔薇這樣一說，她拿眼神偷瞄楊氏，果然見她臉色沈了下來。

「王花，妳可當真是長出息了，若是當初那保媒的說妳是這樣一個好吃懶做，連小孩子東西也要搶著吃的，我崔家是怎麼樣也不敢納妳進門的。」楊氏感動兒子的孝心，原本就偏心得厲害，真假也不去追究了，當然就一心信崔三郎是懂事了知道孝敬自己，不過卻被這王氏截了胡（注），難怪哭成這樣。楊氏一想到這兒，只是盯著王氏冷笑，縱然是這會兒還沒大聲厲罵，但她的生氣屋裡人都瞧得出來。

許是感受到這股凝重的氣氛，她懷裡的小嬰兒突然間蹬著腿開始大哭起來。王氏一見兒子哭，楊氏低頭去哄，不由鬆了很大一口氣，狠狠瞪了崔薇一眼，不由翻著白眼也跟著哭了起來。「我的命真苦喲，生了個兒子，可憐你娘就是個不會做事的，連帶著你日子也不好過，我們娘兒倆的命苦啊！」

王氏的舉動不只是令崔薇對她不齒，連帶著崔三郎也吸了吸鼻子，滿臉詫異之色，不過他剛剛只是一時被唬住，這會兒回過神來，也乾脆學著王氏的舉動，一屁股坐到了地上扭動雙腿大哭了起來。

崔薇頓時額頭滑下三條黑線，看楊氏臉上的猶豫剎那轉為心疼，她也猶豫著自己要不要也學崔三郎一般，坐在地上扯自己的衣裳，哭得撕心裂肺涕泗縱橫，一看就是十分傷心的樣子……不過她猶豫了三秒鐘，看到崔敬平鼻涕已經快流到嘴裡，他卻「呼哧」一聲吸了回去，又伸舌頭舔了舔上嘴皮，將鼻涕末都舔了，心裡一陣反胃，頓時打消了自己心裡的念頭，乾脆偽裝柔弱小白花弱弱的站在一旁抹眼淚。

「妳要作死啊！連孩子的東西妳也搶，八輩子沒吃過東西吧，上輩子餓鬼投胎啊！老娘當初真是眼瞎了才看中妳，那作媒的王媒婆不得好死！」楊氏這會兒是真怒了，將哭泣個沒完的崔小郎往王氏懷裡一塞，各找各的兒子去了。

當初與王氏保媒的也算是她本家一個嬸嬸，可如今被楊氏這樣指著鼻子一罵，王氏心裡不忿，可又不敢與她頂嘴，兒子在她懷中哭得厲害，令她心煩意亂的，想到這兩日崔大郎冷颼颼的眼神，到底是將這口氣忍了下來，不過卻是將帳算到了崔薇身上，灰溜溜的抱著兒子

注：截胡，原是麻將術語，引申為斷人財路，在別人快成功時搶走別人的勝利果實。

進屋去了。

借著崔敬平贏了這一回，崔薇心中很惆悵，連帶著楊氏哄著自己的兒子走了沒來得及看她一眼，她也是完全沒放在心上。如今她已經墮落了，墮落到要與王氏這樣的渾人爭鬥，還得靠崔敬平那小孩子耍賴大哭才能贏！這一刻，崔薇一副無精打采的模樣，連帶著中午崔世福父子兩人回來吃飯時，也是一副懶洋洋的模樣。

這兩人也只當王氏欺負了她，不由又將帳算到王氏頭上，王氏鬱悶無比，今日早晨破天荒幹了這樣多事，不只沒人誇獎，反倒人人都說她懶婆娘，沒討到好反挨到一頓罵，不就吃了些蛇果子麼！王氏淚流滿面，卻是敢怒不敢言。

最近正是農忙時候，地裡玉米剛收割完，一家人忙得團團轉，但田裡的稻穀也差不多再過半月就開始到收割的時節。一家人每日要做的事情不少，光是將這玉米天天挑出來攤在院子裡曬，便是一個極麻煩的事情。

崔薇養了幾日，手上的傷口也結了痂，平日也能幫著做些事情。前幾日王氏說話不經意被崔薇上了一回眼藥，這幾日最忙的時候沒躲得到懶，天天被崔大郎勒令著她洗衣送飯以及割豬草等事，最近天氣又熱，她沒兩日下來臉色便曬黑了一層，心裡將崔薇詛咒了個半死，卻又無可奈何，每回心裡罵完便好受一些，但依舊要硬著頭皮做事，以前養的一身肥肉，倒是這幾日的時間裡被磨去了一些。

一大清早崔薇起身先是取了新磨的玉米麵以及米糠等物混和著餵了雞鴨等，又打開院門將鴨子趕了出去，那雞每日都是在外頭放著玩耍的，這會兒見門一開也不怕生，跟著崔薇身後便搖了出去。鴨子群們熟門熟路的朝著自己平日裡常去的田裡走去，崔薇趕了一半，見著鴨子下了田才趕緊回了家，一邊拿了用細竹條捆的一枝約有她人高的掃帚打掃起了院子。待太陽一出來時，院子裡要收拾乾淨，否則等下曬玉米時便又要清掃一通。

好不容易吃力掃完院子，崔薇又進雞鴨棚裡取了昨夜雞鴨們下的蛋，這才小心地放回屋裡。這些蛋平日崔家人是捨不得吃的，一般都是要拿到集上去賣，因這會兒農忙，楊氏早已跟著丈夫兒子下了地，崔二郎平日要去私塾，天不亮就得起身，而崔三郎平日就是一個閒不下來的主兒，應該是早早就跟著崔世福出門去了，如今雖然是農忙時節，但也同樣是村裡孩子們最喜歡的時候，夏天能做的事情不少，屋裡只有崔薇與王氏二人而已。

楊氏一出門，王氏就得在家帶孩子，她這幾日估計是被折騰得夠嗆，到這個時辰了還在摟著兒子睡覺沒起來，院子裡看起來就有些冷冷清清的。崔薇去後頭抱了兩捆玉米稈出來，先是淘了米煮粥，又將另一個灶孔架了一大鍋水到上頭，待水溫熱時自個兒舀了些洗了臉和手，剛把頭髮重新梳過，崔世福等人就回來了。

「先把這些玉米倒回來，再去裝一些。」崔世福抹了把汗，就見女兒提著一只裝了水的桶吃力的過來，桶邊還搭著一條汗巾。

楊氏接過帕子抹了把臉，頓時覺得舒坦了不少。玉米地裡不只是有蚊蟲等物，而且玉米葉割在人身上弄出細小的血口，又痛又癢，滋味十分難受，再加上汗跡一沖刷，更是讓人想不停的用力抓，只是越抓越難受，這會兒拿濕帕子擦過了，不由覺得脖子領口處露出來的皮膚舒服了不少。

就這會兒，楊氏心裡也不得不承認丈夫說的話有理，這個女兒確實乖巧貼心，可惜長大了是別人家的。楊氏心裡的想法一閃而過，洗過了手和臉，這才看了女兒一眼。「妳自己洗漱過了沒有？」

「已經洗過了。」

她問一句，崔薇就答一句，楊氏突然間覺得跟女兒竟然無話可說，場面頓時尷尬了起來。

崔世福看了臉色有些不自在的妻子一眼，心下暗嘆一聲，就溫和的衝女兒笑。「妳是個乖巧的，妳大嫂可是起身了？」

「還沒有起來，可能小郎這會兒還在睡吧。」崔薇搖了搖頭，也不去看崔大郎頓時漆黑的臉色，看了父親一眼，見他們三人各挑了一擔玉米倒在地上，她拿了竹耙過來撥了撥，頓時一堆黃澄澄的玉米棒子便滾了開來。崔薇一邊吃力的撥著，一邊開口道：「爹、娘、大哥，這會兒眼見著時辰不早了，不如吃了早飯再去吧。」

女兒年紀小，卻是已經早起將事情做得差不多了，這會兒連一家人的飯都煮好了，一家人回來她還提了熱水過來給大家擦臉。王氏一把年紀，卻連一個十歲不到的小姑娘都比不上，崔大郎臉色難看，咬著牙往屋裡看了半晌，捏著拳頭就想往屋裡走。

崔世福嘆了口氣，衝兒子喝道：「你要幹啥？」

「爹，都這個時辰了，小妹年紀比她小一半多都知道做事，她卻一天到晚只知道睏覺。」崔大郎深感無顏面，想到村裡人嘲笑自己娶了個懶婆娘，他頓時臉色更難看。

崔世福嘆了口氣，擺了擺手。「我是不知規矩的，但也曉得家和萬事興。」

崔薇對她爹這種中庸的想法不以為然，卻也沒有開口去打斷。在她看來，崔世福一味忍讓王氏這樣的人，說什麼家和萬事興的，只是會助長王氏的性子，天長日久了，也容易將崔大郎現在的這股子傲氣打散，到時王氏形成習慣，要想再扭轉過來就難嘍，往後吃苦的，只是崔世福夫妻二人而已。不過崔薇也不以為意，反正楊氏沒將她看做崔家人，一天到晚將她當成別人家的看待，使喚起來沒停歇的，反正他們崔家的事情她也不管，往後長大了嫁得遠遠的，也懶得與崔家的事情扯上關係，自個兒過自個兒的小日子，自家裡操持好了，怎麼也比看崔家這一天到晚雞飛狗跳的強。

只是她不開口，卻不代表崔大郎就這樣算了。他如今正是年輕氣盛的時候，原本娶媳婦兒時的得意，可是後來卻全在人家的嘲諷之下化為羞辱。若是平常崔世福一句話崔大郎自然就此作罷，但崔大郎此時哪裡受得了這個閒氣，前些天王氏無意中說出口的話至今仍讓他記恨在心，這會兒聽崔世福阻止，他黑著臉道：「爹，這事您甭管了。」說完捏著拳頭便進了屋裡。

崔薇不厚道的跟後來進院子的崔三郎交換了一個得意的眼色，不多時，屋裡便響起了一陣殺豬似的嚎叫聲，王氏披頭散髮的連鞋也沒穿便竄了出來，動作敏銳，臉頰紅腫，一邊尖叫大哭。「殺人啦，打死人啦……」她說完，看到院裡的眾人，頓時縮了下肩膀。

崔大郎滿身煞氣揑著拳頭出來，氣得臉色鐵青，見到王氏還要追上來再打，王氏胖碩的身體卻敏捷如猴似的一下子跑到楊氏身後，捶胸頓足的大哭。「娘，崔大不分青紅皂白就來打人了，您管不管？」

自古以來婆媳便沒有親如母女的，楊氏又一向是重男輕女，偏疼兒子得厲害，就算崔大郎有錯，她也是聽不得別人說的，更何況這會兒王氏睡到日上三竿還不起來，如今又鬧得這般模樣，頓時楊氏臉色便有些不好看，幸虧此時正是農忙時節，周圍許多人出去地裡幹活了還沒回來，家醜還不致外揚，但就因為如此，人家都往地裡鑽，王氏卻只知躺床上挺屍，令楊氏更氣，劈頭蓋臉便給了她一巴掌，厲聲喝道：「妳還有臉說！瞧瞧這已經是多少個時辰了，妳當妳是大戶人家的少奶奶呢，還睡著不起！」

王氏原本仗著自己生了兒子，沒少在屋裡橫行霸道的，若是今日她在屋裡偷懶早些時候起身便也罷，可她睡到這會兒才起來，還被崔大郎捉了個正著，如今又被楊氏打了一巴掌，雖然心裡不服，但也不敢再鬧，垂著頭不敢多說話，心裡卻是又將崔薇恨上了。

收到王氏遞來的白眼，崔薇覺得自己躺著也中槍。不過王氏這樣的人縱然對她掏心掏肺的，她也不見得領情，因此她的恨與怨崔薇也不放在心上，只是衝她咧了咧嘴。「大嫂，鍋裡還有剩的早飯咧，您要吃嗎？」

王氏睡了一宿，正是餓了，早晨起來又被人打醒，驚魂之下越發覺得餓得厲害，一聽這話連忙就道：「要吃的，怎麼不吃？」

「一天到晚好吃懶做的，動也不動彈一下，妳還吃什麼？」崔大一聽她這話，拳頭又蠢蠢欲動，不過看崔世福沈默不語的樣子，好歹是將這股惡氣忍了下來。

王氏也不敢還嘴。

剛剛鬧了一陣，屋裡崔小郎頓時厲聲哭叫了起來，楊氏一聽孫兒哭，便有些著急，連忙道：「妳先自個兒進去哄了小郎再來吃。」

「我餓了。」王氏小聲道，又看了一旁站著的崔薇，笑道：「薇兒去哄哄小郎吧，我正好吃完飯再去抱。」她一邊說著，一邊又給崔薇指了個差事。

崔薇忍著暴走的衝動，看楊氏眼光落了過來，極不情願地點了點頭，拖著沈重的腳步進屋裡去了。這崔小郎崔佑祖可不是個好哄的，是被楊氏等人寵壞了，一天到晚非得抱著，一旦離了手便哭嚎，若是不好好哄著，他能哭上一、兩個時辰，抱得手痠腳軟的，還討不到一聲好。像王氏這樣的懶人，孩子一哭便塞了乳房給他含著，使他性子更是非要抱著，若不抱著便要含著喝奶，更何況他又是楊氏的命根子，一旦他哭久了，楊氏便不問青紅皂白只會怪她，因此哄孩子可真不是個好差事。

崔薇沈著臉，見王氏偷懶，也不痛快她給自己找了這樣一個工作，頓時笑道：「我原是想拿了衣裳去洗的，既然我要哄小郎，不如大嫂去替我洗了衣裳，順便煮飯吧！」

「那怎麼行？」一聽這話，王氏頓時有些著急了。她好不容易才從這洗衣裳的工作裡掙脫出來休息一日，又哪裡有重新自個兒扎進去的道理，她是吃盡了洗衣裳的苦頭，光是蹲在溪邊半個時辰，洗洗搓搓的，那手也得脫上一層皮，時間花得久了回來還得被罵不說，那溪邊蚊蟲又多，一回來腿上便是幾個紅包，又癢又疼，衣裳還重，一路擔回來吃的苦頭就甭說了，那路途經過潘家時，養的狗可凶了，她被追過幾回，每每想起就眼淚嘩嘩，更何況此時天熱，一身大汗回來還得要收拾著做飯，王氏傻了也不會幹。她一面搖頭拒絕，一面道：「我先吃飯，妳看著小郎，我回頭抱著，妳自個兒洗衣裳去吧。」

聽到她理所當然的話，縱然楊氏覺得王氏自個兒照顧她兒子會盡心一些，也忍不住對她這樣的無恥黑了臉。「妳早晨不要吃了，哄著孩子吧，餓一頓死不了人的！薇兒去洗衣裳，我們還得出去一趟掰玉米，免得耽擱了活計！」

楊氏一旦定了話，崔大郎又在一旁虎視眈眈，王氏縱然心裡憤怒，也只有無奈同意了，她剛剛才挨過打，臉上火辣辣的疼，又哪裡敢說不的，但心裡卻打著主意，等下他們一走自個兒便先由著兒子哭，把東西吃了再說。

崔薇自然看出了她的打算，一邊乖巧的衝崔世福等人笑。「爹娘和大哥一早上也是忙壞了，做這麼多事該餓了，不如先吃些東西再出去，吃飽了也好有力氣！」她說完，看了一旁捉著兩隻蟈蟈兒的崔三郎一眼。

崔敬平頓時心領神會，鬧道：「我也餓了，我也要吃！」崔薇一片孝心，楊氏等人自然沒有不從的，再加上小兒子都餓了，大家做了一早上也肚腹空空，聽聞這話想想倒也對，因此洗了手進廚房，每個人舀了一大碗稀飯和著早晨時烙好的玉米餅子三兩下便將剩的飯吃了個乾淨。

王氏一見到這情景，口水都要流出來了，心裡將崔薇恨得牙癢癢的，但楊氏等人卻催她進去盯著崔小郎，沒哪個招呼她吃的，王氏只能拖著沈重的步伐進屋裡去了。

第五章

吃過飯，崔家人便又趕緊將籮筐繫上了草繩，挑著空籮筐出去了。

崔敬平沒有跟著父母出去，反倒是幫著崔薇將自己昨日脫下來的髒衣服幫著裝到了桶裡頭，他最近都會幫著崔薇做些事情，一開始時楊氏還制止，不過後來見自個兒寶貝兒子樂意，她打又捨不得，罵又心疼，因此也只得由著他去了，好在這小子不是個幹活的料，幫忙也是幫倒忙的，崔薇極少讓他幫著搓衣裳，楊氏心裡也放心。

兩兄妹剛剛也撈了塊餅子就稀飯吃了，想到剛剛王氏的神情，二人忍不住都捧著肚子笑，笑完了趕緊將桶拿扁擔挑上，關了院門便朝村東頭的溪邊走去。小灣村東頭的小溪離崔家距離並不近，光是走路也要走上半刻鐘左右的工夫，不過兄妹兩人一路倒也不無聊，二人說說笑笑的，崔三郎與崔薇兩人不時交換一下擔子，一路崔薇撿了好多石頭疙瘩在兜裡。

崔三郎挑著衣裳，一邊叮囑她。「多撿一些，潘家那狗凶狠得很，若是被咬上一口就不妙了。」

崔薇聽完深以為然，連忙又撿了那路上的石塊與破碗等物裝在兜裡頭。他們去溪邊時會經過一片院子，那邊住的是潘氏族人，那潘家人多勢眾，兄弟子侄極多，幾乎那一片地方住的都是姓潘的，小灣村的人大多不去惹這一邊，就連小孩子也極少踏足這邊來。可惜崔薇若要去洗衣裳，必須要經過這一帶，而最外頭那家院子裡養著一隻凶狠的大黃狗，每回看到人時就要追出來一番，此時可沒有現代被狗咬了可以找主人賠償打狂犬病疫苗的，一般被咬了，人家最多賠個不是，吃虧倒楣的還是自個兒。

這潘家又最是凶狠，仗著兄弟族人多，就算有人被他家養的狗咬了，也是自認倒楣，一般找上門去，他們不只不承認，說不得還要倒打一耙，說人家是想進他屋裡摸東西才被狗咬的，天長日久的，潘家這條大黃狗凶名赫赫，崔薇每回經過這條路時都提心弔膽的，幸虧後來崔三郎與她一塊兒，倒是壯了些她的膽子。

那狗極凶，可崔敬平卻是個天不怕地不怕調皮搗蛋的，頭一回來被嚇過之後，深深替妹妹的人身安全感到憂慮，第二日非要吵著與她一塊兒來，來時身上便裝了石塊與竹棍等物，遇著那大黃狗追出來時便狠狠砸了過去，遇著好幾回，崔薇開始時還怕那條狗，怕冷不防被咬上一口，她找誰哭去？因此後來也跟著崔三郎學著裝些石塊在身上。

兄妹倆一路說笑，撿得滿身打狗的行頭，一路經過潘家時，雖然身上「武器」不少，但崔薇仍下意識地有些害怕，心裡自然也希望這狗不要出來，誰料怕什麼來什麼，潘家那院子門沒關上，兩人走路的響聲被裡頭的黃狗聽到，耳朵一立，當即齜牙咧嘴地就衝了出來！

崔薇眼尖的看到潘家院子內，潘家小兒媳婦宋氏正坐在院子裡，登時大喜，脆聲聲招呼道：「潘二娘，麻煩您拉住一下你們家狗吧！」她聲音清脆，那黃狗卻朝這邊撲了過來。

宋氏聽到聲音，卻是故作充耳不聞，轉身朝屋裡去了，竟然一副不準備管的樣子。

崔敬平眼中露出煞氣來，一把將擔子放到一旁，掏出腰間袋子裡裝的石塊，笑道：「妳別叫她，她是個耳朵有毛病的，看我的！」一邊說著，一邊掏了石塊狠狠朝這狗砸了過去！

也許是這小子平日打鳥追狗的事情幹得多了，這石塊砸出去準頭竟然極佳，一下子就砸中大黃狗的腦門，這狗腳步煞住，後腿停住，前腿往前縮了一截，「嗷嗷」慘叫著轉身往院子裡撲回去了。

崔薇還沒來得及到她出手的機會，崔敬平已經一下子就將這狗打發走了，果然是打狗的事情幹多了，手藝也越發精湛。崔薇笑嘻嘻的將擔子抬了起來，嘴裡笑道：「三哥威武！這下子她可得心疼了。」

宋氏剛剛見到兩個小孩子被狗追卻當作沒看到一般，故意想讓他們受些驚嚇，沒料到這狗中看不中用，也是個欺善怕惡的主兒。

鄉下養條狗可不容易，這狗崽也是個金貴的東西，最少要十文錢一條，這十文錢在鄉下地方許多人家一戶裡一個月都不用花銷上的，農家的東西一般都自產自銷，平日節約下來的菜與米糧等偶爾還能拿出去賣，餘下的開銷便極少；只有像他們家這樣，家裡養個會讀書的兒子，每月要繳錢到學堂，不過讀書是高雅事，一個村裡也不定有幾個孩子去的，許多家庭負擔不了，崔世福為了供個兒子上學堂，每天拚老命的幹，沒有歇一天的時候，足以可見錢的寶貴，一條狗十幾文到二十文一條，自然可算得上珍貴了。

這下子狗挨了一下，慘叫不停，宋氏不心疼才怪！兄妹二人都捂著嘴偷笑，連忙挑著擔子就往溪邊跑，後頭果然響起宋氏氣急敗壞的叫罵聲——

「哪個殺千刀的打了我家狗，要是讓我給逮到，非得剝了他皮不可！小兔崽子……」

罵聲越來越遠，兩兄妹相對望了一眼，都「哈哈」的大笑。

「這條狗早該打了，改日我削根木棍，再來收拾牠！」崔敬平打贏了狗，這會兒眉飛色舞的，顯然激動至極。

崔薇臉上帶著微笑，眼見離溪邊路並不遠了，便將崔三郎肩上的擔子接了過來，崔三郎平日也是個不做事的，這會兒雖然為妹妹做事，但眼見著溪邊快到了，也不好意思被人瞧見自己做這樣「娘兒們」的事，反正路途也不遠，就將擔子遞了過去。

此時小溪邊已經有好些婦人蹲在那兒洗起了衣裳，一些較好的位置都被人占了，崔薇過來時好些與她熟識的婦人便與她微笑著打招呼道：「崔家丫頭來了，來我這兒，我快洗完了。」

說話的是個身材圓胖，臉似滿月的婦人，約莫三十來歲，崔薇還沒開口說話，崔三郎已經笑嘻嘻地湊了過去。「王嬸也在，您家寶學呢？」

崔敬平長相雖然不是大眼的可愛小孩兒，但他嘻皮笑臉，又長著一雙丹鳳眼，笑起來時像是眼裡都盛滿了陽光一般，極得村中老年婦女的喜愛，也就因為他嘴甜會討人歡心，平時就算明知他跟聶家小二以及王家的孩子成天調皮搗蛋的，但卻沒哪個真討厭他，崔薇有時真覺得自己這個三哥年紀不大，但卻是一個名副其實的婦女殺手。

這被他稱為王嬸的正是王寶學的母親劉氏，王寶學也就是崔敬平口中的猴子，王寶學長得瘦弱似風吹就倒，而他母親與哥哥卻都長得壯實，也就因為如此，王寶學在家中極得父母的疼愛，都覺得他長這樣該是他哥哥欠了他，在家時也是一個天不怕地不怕的主兒，王寶學脾氣古怪，但卻跟崔敬平與聶秋文關係極好，因此這劉氏對崔敬平也極為熟悉。

這會兒見他嘻皮笑臉的，劉氏不由伸出濕漉漉的手輕拍了他一下，笑道：「平哥兒也懂事了，知道幫家裡做事，我家那小兔崽子如今恐怕還沒醒呢！」

王家也不是只有一個獨生兒子，但因猴子王寶學從小身體就瘦弱，家裡人看得跟眼珠子似的，睡到日上三竿才起是常有的事。看到劉氏雖然在罵著，不過眼裡卻透出寵溺之色，崔薇心裡也有一絲羡慕，不過她卻是很快將心裡的那絲羡慕隱了去，一邊幫著劉氏擰乾了衣裳，待她將皂角子等物都收拾到桶裡了，這才提著自個兒的兩個桶站到了劉氏的位置上。

劉氏洗完衣裳也沒走，看崔薇年紀雖小，但做事卻有模有樣的，不由眼裡透出歡喜之色，與身旁熟悉的人開著玩笑。

「這姑娘呀，年紀不大，偏偏還如此能幹，洗衣做飯自是不必說了，那是有條有理，也不知哪家有福氣的，能將薇兒討了去。」

崔薇並不是真正本土生長的小姑娘，對於這樣的玩笑也不羞得只想躲，反倒大方坦然，她如今年紀還小，不到說親的時候，就算人家開著玩笑，她只當自己不懂事便罷了。

這洗衣裳的許多婦人大多相互之間都認識，就算不是同一個村子的，但或多或少還是有一些親戚關係，一般這邊村子發生點兒事，那邊村子就都知道了。劉氏這話音剛剛一落，那頭就有一個年約四十來歲的婦人拿了洗衣棒用力敲著被單，聽她滿口讚嘆，不由就笑道：「妳既然這樣喜歡，妳家不是還有個剛滿十歲的兒子嗎？正好討回去做媳婦兒，往後也好伺候妳，這樣能幹的姑娘，哪裡還用得著妳親自來洗衣裳？」這婦人話音剛落，溪邊洗衣裳的婦人們便哄堂大笑。

崔薇心裡有些不滿，手上動作卻是不停，麻利地拿了皂角子抹在衣裳上頭，搓出泡沫了，自顧自洗著衣裳，臉上帶著笑也不搭理旁人。

崔敬平見妹妹緊抿起嘴唇，嘴角雖然彎著，但眼睛裡帶著冷意，頓時知道她是有些惱了，眼珠不由轉了轉，登時大聲道：「我妹妹可不送人的，妳們別想了！」他說完，又添了一句。「要送也不送妳們！」

眾人笑得更是厲害，那捶衣裳的婦人神色有些訕訕的。「真是孩子話，這事你懂個啥？」

「不懂大嬸教我唄！」崔敬平嘻皮笑臉慣了，見人家取笑，也不惱，反倒是笑嘻嘻的將話頂了回去。

那婦人有些尷尬，眾人起鬨。「是啊，潘大嫂，不如妳教教他唄，不過我聽說這崔家二嫂將這小兒子當眼珠子似的，要知道妳跟她心尖兒胡說八道，恐怕要來找妳說道了！」

一群婦人唯恐天下不亂的，有些便瞎起鬨，劉氏見自己無意中一句話惹來這樣多事情，也有些不好意思，與崔薇兄妹說了一句，便起身擔著衣裳回去了。

楊氏潑辣人人也都知道的，劉氏一走，那潘大家的趙氏又不開口，眾人便沒有再擰著這個話題說。崔薇反應實在太冷靜了，根本看不出羞澀的樣子，她們說著也沒什麼意思，更何況跟兩個孩子說這樣的混話，他們又懂什麼？那楊氏也不是好惹的，大家便又轉而說起東家長、西家短來。

崔敬平見妹妹脫了鞋站在磨得光滑的洗衣石上，一雙小巧的腳丫子淹在水裡頭，她這會兒年紀小，不用多避諱，也不知她腳是怎麼長的，比別人家的丫頭腳好看了許多，不過看她瘦小的身影蹲在那兒小小的一團，還在用力拿豬毛刷刷洗著衣裳，不知怎麼的，就想到剛剛劉氏等人開的玩笑來，心裡湧起一股恐慌，像是深怕真有誰將她給搶了去般，想了想乾脆脫了自己的草鞋丟到一旁，也跟著跳下水裡，取了件自個兒的衣裳放到石頭上學著崔薇的樣子刷了起來。

他笨拙的樣子令崔薇有些想笑，但卻並沒有笑出聲來打擊崔三郎的熱情，只是抿了抿嘴唇，對崔三郎露出一個笑容來，就自個兒麻利的將衣裳在清水裡淌了淌，拿起來擰乾了便扔進已經洗乾淨的木桶裡。

旁邊一個婦人見到崔薇麻利的舉動，倒是真心誇獎道：「小丫頭確實是個能幹的，做事也麻利，比前些日子來這兒洗衣裳的一個婆娘好多了。」

有人一聽到這話頓時忍不住「噗哧」一聲笑了出來，拿洗衣棒敲著衣裳，一邊朝這邊喊道：「劉大嫂，那婆娘便是這崔家的大兒媳，一天到晚被那崔家二嫂子伺候得跟個小姐奶奶似的，可金貴了。」

一旦開了這個頭，許多人好似也知道崔家的事情，頓時就有人接著酸溜溜道：「人家生了個兒子嘛，那與閨女自然是不同的。」

「兒子算什麼，誰沒有生一個的？」

「……」河邊洗衣裳的婦人頓時又圍著兒子說起嘴來，崔薇也不理睬她們，自個兒擰乾了衣裳裝進桶裡，麻利地將兩桶衣裳洗完了，才接過崔三郎手裡那件被三兩下蹂躪得淌了水的衣服，就著石頭搓了幾下，便又清洗乾淨擰了扔進桶裡，一邊招呼著崔敬平回家。

崔敬平臉色微紅，見妹妹做事麻利，自己卻連一件衣裳也洗了如此半天有些不好意思，連忙搶過擔子就挑在了肩上，他如今已經十歲了，平日調皮搗蛋，身體強壯得很，比起瘦弱的崔薇來說滿身都是力氣，崔薇也不與他爭搶，只是衝他笑了笑，兄妹倆才一路回家。

估計是之前大黃狗被砸了一下，那宋氏有些心疼了，路過潘二家的大門時，那院門便鎖得緊緊的，兄妹二人一邊走一邊將揣在懷裡的石塊往外頭扔，相互看了一眼都偷偷笑了起來。

崔薇看著走在身旁比自己高出一個頭的三哥，其實覺得這農家的日子雖然有不滿的，但總的來說也單純好過，她不知什麼時候沒有這樣純粹的快樂過了，如今生活雖然苦了些，楊氏也是個偏心的，但總也有許多好的地方，她既然回不去了，便該多想開一些才是。崔薇望著頭頂明媚的陽光，頭一回覺得自己心裡的陰霾因崔三郎而稍微散開了些。

這會兒天色已經不早了，兩兄妹加快了腳步，過了潘家時眼見著崔家的院子已經可以遠遠的隔著一片農田瞧見了，突然從一旁的玉米叢裡鑽出了兩個約莫比崔敬平稍矮些的身影來，崔薇被嚇了一跳。

那頭兩個身影已經撲了過來，嘴裡歡喜道：「崔三兒，你瞧瞧，我們捉到了什麼？」

崔薇這才看清突然間從玉米叢裡跳出來的兩個小孩一個是王家的王寶學，一個則是聶家的聶二聶秋文。這兩個小孩子都是跟崔敬平要好的，平日調皮搗蛋的事抓到他們其中一個，必有另外兩個躲在附近的地方，可說是崔敬平的死黨。

一見到兩個夥伴過來，崔敬平登時將手裡的擔子放了下來，他總歸還是孩子，一被勾動起好奇心便有些忍不住，湊了過去道：「什麼好東西神神秘秘的？」一邊說著，一邊就示意聶二兩人將背在後頭的手拿出來。

聶秋文張嘴嘿嘿笑了笑，露出缺了門牙的嘴，瞧著極有喜感，一張臉髒兮兮的，鼻涕流了一半便又被他一下子吸了回去，崔薇看得一陣噁心，見聶二卻不以為意地拿了袖子將鼻涕擦了，在臉蛋邊擦出一條濕漉漉的痕跡，天氣熱得很，不多時便乾成了殼貼在臉上，成為一撇鬍子。

這聶秋文是村子裡聶秀才家的兒子，他上頭還有一個哥哥，兩個比他長兩、三歲的姊姊，就他是么子，家裡寵得厲害，原本他家兄長跟父親都是讀書人，偏生出了他這樣一個不愛讀書只愛胡鬧的異類。他將背在身後還捉著的一隻超級巨大蟈蟈兒提到了前面來，崔薇看到這東西時淡定至極，她才來到古代時頭一回見到約有巴掌長短的蟈蟈兒時嚇了個半死，如今一天到晚忙著做事，這東西田間時常都能看到，因此這會兒再見，縱然是還有些怕，也是有限，因此只是看了一眼就別開了頭，也沒尖叫。

那聶二興奮無比，一邊又抹了把鼻子，一邊歡喜道：「崔三兒，我跟猴子捉到了一隻蟈蟈兒，咱們去烤了吃吧？」

平日鄉下裡的孩子幾乎沒什麼零嘴吃，一年到頭就是嚼幾顆炒乾的胡豆都是一件享受的事，能捉到這樣一隻「野味」自然歡喜，鄉下裡的孩子都喜歡將大蟈蟈兒捉到之後把腿烤來吃，一旦烤脆了，那味道倒也香，不過崔薇沒吃過，一聽他們要吃，見那蟈蟈兒還在拚命掙扎，頓時就有些反胃。

一旁王寶學也跟著傻笑吞了兩口口水，想到剛剛人家開玩笑說讓劉氏替她家王寶學將自己娶回去的話，崔薇頓時閉了眼睛。

若是以往有這樣的事，崔三郎必定也是興奮得很，崔薇心裡只當他是要跟去的，自個兒就要將擔子挑起來，誰料崔三郎突然間竟然極出乎人意料地搖了搖頭，狠狠吞了口唾沫，回頭來將擔子又重新挑了起來。「你們去吧，我要回去幫我妹妹做事了。」

一聽這話，兩個小的頓時傻了眼，崔薇卻是感動得眼淚都險些飆了出來，不知道這小子何時變得這樣體貼懂事，雖然心裡滿意，崔薇卻道：「三哥，你去玩吧，也沒什麼事了，我自己回去就行了。」

如今農忙時節，大人們要將地裡整治完才回得了家，但她不一樣，她每日看起來要做的事情繁重又多，但其實是固定的，只要做完了，便可以休息一下，並非要一直做到累得團團轉，不過是崔家如今有了崔小郎，王氏一會兒要使喚她一下，才顯得她特別的忙罷了。

崔三郎聽到她拒絕，也跟著搖了搖頭，一雙單眼皮的眼睛裡露出堅持，唇角抿成一條倔強的直線。「你們去吧，我要回去了。」

王寶學二人沒料到他會拒絕，都有些傻眼。聶二有些不好意思，下意識地伸手就想撓頭，一邊就道：「我娘說了，這些事是女人家該幹的，你去能幹什麼……」他話沒說完，手裡原本捏得死緊的蟈蟈兒卻突然間掙扎著有力的腿，一下子從聶二手裡飛跳了出去，正好跳到一旁王寶學身上，那腿腳上的細爪刺進他臉上固定，王寶學尖叫了一聲，下意識伸手抓住蟈蟈兒便扔到地上狠狠踩了一腳！

「嘶……」崔薇倒吸了口涼氣。

這蟈蟈兒果然腿兒粗壯有力，否則也不至於讓這兩隻小的生出想烤了吃的念頭，這會兒王寶學臉上清楚的印出兩條印子來，哭喪著臉。「這狗東西，敢抓我……」話沒說完，見聶二衝他怒目而視。

「你踩死了我的蟈蟈兒，你給我重新捉一隻！」

眾人聽他這樣說話，果然就見地底下一片綠泥，那蟈蟈兒被踩癟了，這會兒還剩一隻腿本能的蹬著，崔薇聽著兩個小孩子吵鬧個不停，嘴角抽了抽，乾脆就往家裡走。

崔敬平看著兩個幼稚的同伴，心裡油然而生一種驕傲的感覺來，也不理這兩隻小的，抬頭挺胸得意地挑著擔子就回去了，一路遇著熟人，便驕傲地說自己幫妹妹做事的。

那廂聶二跟王寶學還在吵鬧個不停，這頭兄妹倆回了家後，崔薇忙著晾衣服，崔敬平則是從後頭柴房裡抱了捆玉米稈出來，他平時見妹妹就是這樣做的，因此幹得是熟門熟路。

這幾日因是農忙時節，崔世福等人一天到晚要在地裡刨的，幹活多了吃稀飯不經餓，因此煮的都是乾飯。崔薇將米煮得半熟了，連忙拿竹篩子洗淨了將米瀝起來，回頭出了院子摘了把四季豆回來，三兩下剝乾淨了撕成一小塊，從罐子裡取了塊切得方正的豬邊油出來在熱鍋裡熬出油了，才將四季豆丟下去炒了炒，放了些鹽，於是嘴饞的崔敬平口水險些都流了出來，一邊想要伸手去鍋裡撈，一邊就道：「小妹煮飯比娘好吃多了，聶二的烤蟈蟈兒腿算什麼。」顯然還在念念不忘那隻巨大的蟈蟈兒，只是他一說著，楊氏便跨進門來，聽到這話便笑罵了他一句——

「你這小沒良心的，你妹妹沒煮飯時可是誰給你煮的？」楊氏一邊說著，一邊走到水缸邊拿了葫蘆瓢舀了一瓢水喝了，才長吁了口氣。

崔敬平見她罵，也不害怕，只縮了縮脖子，接著又嘻皮笑臉。「娘的手藝只差小妹一點兒而已，娘您什麼時候回來的，爹跟大哥呢？」

「他們還在忙著，我先挑一些回來。」楊氏說完，聞到廚房裡的飯香味兒，忍不住深吸了一口氣，確實有些饞，不過她卻是看到坐在灶前的崔敬平，沈了臉道：「你怎麼進廚房裡了？這地方哪是爺們該幹的，趕緊出去。」

「娘、娘，我不走。」崔敬平看了妹妹一眼，見她自楊氏進門之後就沒說話，一張小臉也沒了之前的靈動與活潑，變得沈默而平靜，頓時小小的心靈裡有說不出來的滋味，見楊氏要來拉他，只往灶房裡縮，他也不怕自個兒身上染了灰，一邊就道：「小妹年紀還小，我該保護她。」

「她小，你也大不到哪兒去！」楊氏見兒子嘻皮笑臉的樣子，既是拿他沒轍，又是有些好氣，想要將他弄出去，誰料她一開口說這話。

崔敬平笑嘻嘻地道：「既然娘都說我年紀小，我還不是爺們呢，等我成了爺們再不進廚房吧！」

他油嘴滑舌的，崔薇看了忍不住想笑，連忙死死咬了下唇才將笑聲忍住了。

楊氏拿這兒子也有些沒辦法，一邊就道：「這裡熱得很，你在這兒湊什麼亂。」

「我不是湊亂，我是幫小妹做事，不然小妹一個人又洗衣裳又煮飯的，哪裡吃得消？」崔敬平一邊說著，一邊挽了把柴禾進灶房裡，他幹這差事已經幹了好幾天，倒也有模有樣的。

楊氏見趕他不走，又怕女兒多心，回頭看她一眼，見崔薇不理睬她，不由心中有些失望，兒子又死不出來，頓時便將氣撒到了屋裡王氏身上，也不再拉扯崔敬平，風風火火地就出去了。

不多時外頭便響起一陣叫罵聲，以及王氏的爭辯聲，崔敬平連忙丟了手中的柴禾就趴到廚房邊去偷聽，崔薇見他這八卦的模樣，頓時翻了個白眼，將瀝乾的半生米拿筷子撥進鍋裡，將炒得半熟的四季豆掩上了，又摻了些水進去，自個兒則是坐到了火邊。

因為農忙時節，大家都忙得不可開交，崔世福等人若是一天到晚在外，中午吃了乾飯後，都得要再送一趟東西墊肚子。

「打她了，打她了。」

崔三郎趴在門邊偷瞧，笑得樂不可支，崔薇聽他實況轉播，不由也被勾起了興致，將柴塞進灶裡，拍了拍身上的灰，也學著他的樣子趴在門邊看——

楊氏抓著王氏頭髮已經到了院子裡，一邊還扠著腰在罵，王氏臉頰脹紅頭髮散亂，衣衫還不整，臉上眼屎迷濛，一看就是剛剛睡醒；不過崔薇也不得不承認，自己的老娘確實慓悍，頭一回見到女人打架，還是女人單方面的廝殺，被虐的又是自己看不順眼的，兩兄妹都看得起勁，激動得臉都紅了。

「我昨夜裡一宿沒睡，都盡哄崔佑祖這小東西了……」王氏頭髮被人拿住，疼得直吸冷氣，恨得牙癢癢的，卻是不敢對自己婆婆還手。

那頭楊氏聽她這樣說，狠狠給了她一耳光，喝道：「妳放屁！孩子一哭哪天晚上不是我去瞅著，有妳什麼事？不過是敞開衣裳給他吃兩口奶罷了，這也算得上是一宿沒睡？妳這懶鬼婆娘，快到晌午了還在睡，老娘是倒了八輩子的楣討了妳這樣一個好吃懶做的！」

楊氏一句話罵得王氏又蔫了下來，她不敢再跟楊氏爭辯，只好一個勁兒的求情，崔薇不時跑到灶邊添把柴禾，一邊躲到廚房門後看得津津有味，那頭楊氏終於出了氣，一邊冷笑了一聲，臨走時令崔薇盯著一下屋裡睡熟的崔小郎，一面拉著不甘心的王氏挑著籮筐出去了。

崔薇從來沒有像這樣一刻答應照顧崔小郎答應得這麼爽快，王氏惡人自有惡人磨，這被拉著出去掰玉米，恐怕不到晚上天黑她是不能回來休息的，就算中午回來吃了飯，恐怕楊氏還得拘著她出去，一想到王氏要吃這個苦頭，崔薇不厚道地就想仰天大笑三聲。

她沒有做，崔敬平卻這麼做了！

「哈哈哈！」

他顯然還在計較著上回王氏搶他蛇果子吃的仇來，雖說大人有大量，但崔三爺此時還只是小人，自然可以不用大量，跑到院子中央扠著腰就衝天上笑了三下，一副小人得志的樣子，崔薇見他這囂張得意模樣，頓時笑得直不起腰來。

第六章

中午時王氏像是脫了一層皮般，回來便癱到了堂屋裡的長凳上躺著不肯下來，要死不活的樣子，直到午飯端上桌她才活了過來，登時凶猛如虎的舀了一大碗飯，坐到位子上去吃了。

飯菜都是簡單的，不過農家的東西都是純天然的，味道也香，雖然佐料不如現代時那樣五花八門的，但崔薇好在以前現代時自己一個人住，那做飯的手藝自然是不消說，簡單的飯菜與材料她也做得噴香，一大鍋飯眾人吃了個乾淨，晌午之後沒來得及休息，楊氏硬拉著要死不活的王氏出去了。

想到臨走時王氏那如同受刑一般的模樣，崔薇頓時不厚道地笑了起來。

楊氏等人剛走不久，崔敬平原是被楊氏拘著讓他在家裡頭睡個午覺，不過這小子不是個安分的主兒，因此楊氏等人前腳一離開，後腳就有人在院子外頭吼——

「崔三兒，崔三兒！」

一聽這話，崔敬平耳朵都快立了起來，猴子似的從屋裡竄了出來，連忙就去開門，崔薇這會兒正將剩餘的飯鍋巴鏟起來，聽到這熟悉的聲音，就知道是聶二和王寶學過來找崔敬平了，不由得微笑。

這三個人就沒有一天不是混到一塊兒的，大人都知道他們要好，平日這幾個孩子雖然湊到一塊兒有些淘氣，但也並沒有做過什麼天大的事，這幾個孩子又都是家裡的小兒子，楊氏與孫氏等人都喜歡得很，再加上鄉下裡有句話便是說男孩子越調皮往後長大越有出息，身體越棒，因此對他們有時淘氣便睜一隻眼閉一隻眼了。

那頭聶秋文拉著王寶學進來，一進院門就聞到一股香氣，不由抽了抽鼻子。「什麼東西，這麼香？」

崔敬平一聽這話，頓時得意得胸脯都挺了起來。「我妹妹煮的飯。」

聶秋文一聽這話，臉上露出饞色來。「早晨時可惜那隻蟈蟈兒，被王二踩死了，不然也可以打打牙祭，你家飯還有沒有？」他跟崔敬平關係好，話也問得不客氣。

崔敬平想到妹妹做的飯招人喜歡，頓時臉上驕傲之色更濃，故意做出沈穩狀。「我去瞧瞧。」他腳步卻輕快地朝廚房跑了過去。

這幾個小孩子說的話崔薇也都聽到了，她將飯鍋巴捏成一個個約莫嬰兒拳頭大的小圓子，捏了大概四、五個，便裝到盤子裡端出來，一邊笑道：「還有些。」

那頭聶二一聽還有，目光一亮，跳過來就要拿手去捉。他手上還帶著死蟈蟈兒的綠色汁液以及黑漆漆的泥巴，崔薇想到他早晨時擦鼻涕的壯舉，頓時眉頭一抽，狠狠一下子就拍到他手背上。「先洗手，再吃！」

「啪」地一聲，聶二被打得手一縮，眼裡露出不可思議之色。他在家自來就得寵愛，被寵得無法無天的，從小到大除了聶夫了之外，便只有他打人的，還沒有被人打的，頓時有些愣住了，有心想發火，不過見到崔薇手裡冒著香氣的盤子，又想到她是崔三兒的妹妹，若是打她，恐怕崔三兒要翻臉，仔細思考一眨眼的工夫，還是決定看在吃食分上「大人」不計「小人」過，猶豫了一陣，見王寶學已經火速去水塘邊洗手洗腳了，深怕遲了沒得吃，也趕緊跑了過去。

崔三郎嘴唇張得滾圓，眼睛像是要瞪出了眼眶，他還是頭一回看到妹妹這樣慓悍的舉動，頓時被愣到了，聶二那是什麼人，在家裡被他娘寵得厲害，平日跟霸王似的，這小子完全沒有尊老愛幼之心，那品德糟得簡直比他還要不如，就是他家裡兩個姊姊惹了他，一個不順心也是拳頭提著便上，他娘又偏心，兩個姊姊被打了含著眼淚打落牙齒都得往嘴裡吞，今日竟然被自己妹妹打了一下而不還手。崔三兒想起之前在河邊洗衣裳時那幾個婦人打趣的話，心中不由升起鬱悶之感來，危機感一生，卻又看這兩小的沒個正形，再對比自己頗有大人風範的沈穩模樣，頓時心裡得意也放心了。

一碗吃剩下的飯鍋巴做的團子，一下子就收買了兩個小屁孩的心，兩人臉上手上被洗得乾淨了，看起來倒是順眼了不少，不過這兩人身上沒少糊了泥土等物，看起來跟在田裡打過滾似的，崔薇雖然因挑水困難的原因不見得天天要洗澡，但這衣裳每日可是要換的，搓得乾乾淨淨，相比較這兩個孩子，不知道乾淨了多少倍。

兩個小孩跟難民似的，沒兩下就將那鍋巴團子吃了個乾淨，末了還舔著手，睜著一雙眼睛問崔薇。「還有沒有？」

崔薇看著這兩個明顯還沒吃飽的孩子，搖了搖頭，崔家的米都是照著米筒量的，一家人吃多少便煮多少，她絕對不會多煮，否則以崔家人節約的程度來看，若是這頓飯剩下吃不完，便下下頓還得吃。這時天氣熱，每日熱得要死，飯菜幾乎放不過半天就會餿了，為了一家子能吃上新鮮可口的飯菜，崔薇幾乎都是每頓現做，除了之前她手受傷時王氏煮飯為了偷懶，眾人吃了幾回酸稀飯之外，崔家自她掌勺以來便沒吃過剩飯菜的，這會兒能剩些鍋巴皮已經不錯了，又哪裡還有多的。

聶秋文一聽沒有了，頓時臉上露出失望之色來。

崔三郎瞧不得他這樣子，坐在凳子上，托著下巴，學著大人的模樣問道：「你們今天不會還沒回去吧？」他說完，看王寶學吸了吸鼻子，聶二眼珠子骨碌轉了幾圈，頓時就明白過來，肯定道：「你們去田裡捉蟈蟈兒了！」

今日上午兩人興沖沖捉了一隻蟈蟈兒來獻寶，最後被王寶學踩死了，當時聶二還嚷嚷著要人賠來著，看這兩人樣子恐怕當真是去捉蟈蟈兒了，一想到這兒，崔三郎頓時嘲笑道：「聶二這下回去恐怕跑不掉了！」

王寶學且不說了，他家裡寵他得厲害，娘老子都將他看成眼珠子似的，恐怕他將天捅出一個窟窿來，他娘還得說他兒子有力氣。

而聶家就住在離崔家不遠處，聶二的父親在縣城裡給有錢人家的少爺教書，昨日回來了。與孫氏疼兒子不同，這位聶夫子面黑心也黑，最得意的就是有了聶大郎聶秋染這個品學兼優、好好學習、天天向上的兒子，一看就知道是個有出息的；而聶夫子最看不慣的就是聶二這樣成日沒個正形，在村中與人閒耍，一天不思進取，卻只知鬧得雞飛狗跳的。

聶夫子重規矩，村裡幾乎沒有不怕他的孩子，聶二他娘寵他得厲害，可若是在聶夫子面前，孫氏起不了什麼作用，聶二今日沒回家，恐怕回去少不得一頓打了。聶夫子打人可不帶眨眼的，那叫一個心狠，有回崔三郎看到過聶二挨打，聶夫子直打得聶二嗷嗷叫，那聲音就像豬被殺時的嚎叫似的，瘆得讓人心裡發慌，若是換了旁人敢動聶二一根寒毛，孫氏要跟人拚命的，可聶夫子一動手，孫氏卻只敢在一旁抹眼淚而已。

見他毫無義氣地嘲笑自己，頓時聶秋文有些憤怒，也夾雜著一絲心虛和害怕，梗著脖子道：「跑什麼，我不跑的！有誰敢打小爺我！」他正說著，突然間外頭就傳來孫氏著急的呼喚聲——

「二郎，你跑哪兒去了！二郎，趕緊回家了，你爹找你呢！」

聶秋文剛剛還說得英勇，這會兒一聽到聲音就跟耗子見了貓似的，脖子縮了一下，臉上露出怯意來，崔薇忍不住咬著嘴偷笑，聶二看在眼裡，頓時臉上一紅，又聽到只得他娘一個人喚他而已，背脊頓時挺了起來。

「是我娘來，怕什麼！」他說完，又想到剛剛崔三兒嘲笑了自己一回，可惜崔三兒這幾天乖得很，沒什麼好讓他拿來說嘴的，轉而回頭望著王寶學，不客氣道：「看到沒有，我娘找我來了，你爹娘都不關心你的，現在還沒發現兒子不見了！」

王寶學躺著也中槍，聶二跟崔三兒鬥嘴，說他幹什麼！

王寶學翻了個白眼，這傢伙平日看著不聲不響的，其實也是個調皮搗蛋的主兒，這會兒心裡不服，可是想到自己上午才踩死了人家一隻蟈蟈兒，找遍了田地都沒發現第二隻那樣大的，這會兒正理虧著，也不還嘴，只當沒聽到了。

這頭幾個孩子還鬥著嘴，那頭孫氏像是長了千里眼一般，聲音越發朝崔家近了，大聲道：「聶秋文，你給我出來，你爹可是等得急了，要再不出來，我可救不了你！」

一聽到「你爹」兩個字，聶二頓時蔫了，轉頭就慌亂道：「崔三兒，你可得救哥哥這一回，若是哥哥這一回去，可沒活路了！我爹是要打死我了，往後兄弟沒了，你一個人也沒什麼意思。」

崔薇聽了這話，更是忍不住笑得更加厲害，也不知道聶夫子做了什麼，使得聶二一聽到他爹名字就怕成這樣，她在一邊看好戲，見聶秋文慌得跟無頭蒼蠅似的。

那廂被點名要救命的崔三郎卻全無兄弟之愛，站起身來滿臉正義道：「怕什麼！躲得過中午，躲不過晚上，說不準你躲了，聶夫子下手更狠！男子漢大丈夫，不過是痛一時，反正死不了的，留得一口氣在，你娘幾日不就將你養好了？」

這番歪理，卻是聽得聶二點了點頭，他也知道他爹脾氣，若是他這會兒躲了，恐怕晚上打得更凶，他爹可不是今日孩子不見了，會著急心慌的主兒，他多不見一刻鐘，他爹只會在心中想著要多加幾棍子！

想到這兒，聶秋文也不敢躲了，哭喪著臉一副大義凜然道：「也是，小爺我怕什麼，不過是一頓打而已！」話說著，卻是抖著雙腿出去了，不多時便傳來孫氏鬆了一口氣的叫罵聲。

崔薇看自家三哥義正辭嚴的模樣，又想到他平日毫無氣節的樣子，頓時心下倒是覺得自己有些小看了他，沒料到崔三郎也有如此懂事的時候，誰料一轉頭，崔敬平就雙股顫顫重新跌坐回椅子上頭。

王寶學慢吞吞抬頭看了他一眼，抬抬眼皮道：「嚇著了吧？」

這話沒頭沒腦的！誰料崔敬平點了點頭，抹了一把額頭上的汗。「那是，聶夫子厲害得很，上次我瞧他打聶二，哎喲跟我奶奶之前打咬人的狗崽子似的，絲毫不歇手的，那聶二命都險些送了出去，躺床上養了半個月，我要是留他，聶夫子找上門來，我娘一定不會救我。」

崔薇一聽這話，頓時無語。好傢伙，原來這小子剛剛哄著聶二出去送死呢，就怕擔上一個窩藏「罪犯」的名聲而已，虧她還認為崔三郎是有道義懂事理的，沒料到這小子貪生怕死，只怕兄弟連累他而已。聶秋文跟他做朋友，可是被哄著回去送死了！崔薇沒料到自己這個三哥還是個小腹黑，頓時下意識離他遠了一點兒。

那頭王寶學聽了崔三郎的話也跟著心有戚戚焉，點了點頭。「聶夫子厲害得很，不過他是有大學問的人，我爹娘可也怕他了，要是今兒回去聶二兒挨打一頓消了他的氣，不跟我爹娘告狀就好了！」這也不是一個好東西，沒有義氣，出賣朋友以求自保的！

崔薇眼皮不住抽搐，看這兩小傢伙說得隔壁那聶夫子跟青面獠牙的煞神似的，她忍不住笑了好幾回。不過她聽了幾句，也漸漸悟出味兒來，小孩子怕夫子就跟以前現代時小朋友怕老師一般，都是同樣的道理，尤其是在此時讀書人地位尊貴的時候，難怪楊氏這樣疼崔三兒，崔敬平卻說要是聶夫子找上門楊氏救他不得了。在這小灣村眾人眼中，聶夫子就是一個了不得的，楊氏平日聽到他名字都不由自主露出恭敬之色，就連崔佑祖的名字都是人家取的，若是他找上門來要問崔三兒，楊氏恐怕再心疼也會認為兒子是真犯事了，說不得要大義滅親一回！

兩個小孩子說了幾句話，那王寶學到底是個小孩，也怕聶秋文的烏鴉嘴真成了真，自己的父母到這個時刻了還沒有過來找自己，便有些擔憂了，坐了一陣就要回去。

崔三郎也不挽留，只揮了揮手連人都不送就讓他出去，崔薇還覺得挺不好意思的，誰料王寶學也不客氣，拍拍屁股起身自個兒出了堂屋拉開院子門就走了，臨走時還滿面愁容的樣子，到底是個小孩子。

崔薇也有些擔憂，回頭問崔敬平。「三哥，猴子哥他家裡當真不找他了？」不會氣得狠了，這會兒便當作沒有這個兒子了吧？

「如今這樣忙，王叔王嬸這會兒還在地裡，估計沒回來，誰敢管他！」崔敬平想到那兩個頭腦裡裝了草包的幼稚小孩，被人一哄哄就當了真，頓時心裡生出一種優越之感，唉！

崔薇見他這模樣，嘴角抽了抽，還沒開口說話，這個剛剛還裝著憂鬱露出大人狀的崔三郎頓時變了個臉，眼中冒著星星道：「妹妹，咱們也去地裡吧，地裡肯定能抓到蟈蟈兒的，我要是抓到比聶二那個大的，他一定會羨慕我的，嘿嘿～～」說話時就露了原形！

上午時看他那模樣真懂事了，沒料到果然是個孩子，這會兒還記著那隻蟈蟈兒，崔薇眼皮跳跳，想到中午時王氏被拉出去那要死不活的模樣，跟被人架著下油鍋沒什麼區別的表情，頓時果斷地搖了搖頭。

「我不去！娘吩咐我要看好小郎，我要是走了，回來肯定要挨打！」這話說得堅定而又果斷，在一個小孩子面前說被打雖然丟臉，可也好過跟著崔三郎出去鬼混被人抓來得要好！崔三兒是楊氏眼中的寶貝心尖子，他去玉米地裡是真正玩的，愛捉蟈蟈兒便捉蟈蟈兒，楊氏不會管他，可要是自己一去，不正是送羊入虎口嘛，楊氏對她可不會客氣，一準兒會要她幫忙掰玉米，那玉米地裡小毛蟲多得要死，爬到身上便會起大包，又疼又癢，那滋味甭提了，而且若是出去，外頭又熱，崔薇腦子就算被門夾過也肯定不會同意崔三郎的法子！

為了怕他磨著自己非要去地裡，崔薇果斷離他遠了些，崔三郎也想起屋裡還有個崔佑祖，頓時就蔫了。「這小東西真煩人，娘有了他都不喜歡我了。」完全沒有一絲當人家叔叔的自覺。

崔薇眼珠轉了轉，頓時冒著被楊氏發現之後挨打的風險給他洗腦道：「娘不喜歡，我可喜歡三哥了！」

崔敬平一聽，頓時感動了！

兩兄妹有一搭沒一搭的說話，不時打打咬到自己身上的蠓蟲，那時間過得倒也快。崔三郎說了一陣話，小孩子本來也容易犯睏，更何況這樣天熱的時候，便自個兒打著呵欠回屋了，就剩崔薇一人拿了把蒲扇坐在堂屋裡搖，一邊發著呆，不知過了多外，院門外響起腳步聲，崔家離得近的可沒什麼人家，崔薇一聽腳步聲就知道是楊氏他們回來了，連忙起身先去開門，果然見楊氏跟王氏二人各自挑著一大筐黃燦燦的玉米棒子進來了。

王氏臉色曬得黑紅，滿頭大汗，頭上還沾著玉米葉子，走路都有些搖晃了，喘著粗氣時那鼻孔都快張得跟牛鼻孔一樣大了，崔薇見她這狼狽模樣，忍不住想笑，連忙就道：「娘回來了。」

楊氏這會兒還好，還有說話的力氣，點了點頭，那王氏整個人腳步都虛浮了，只顧著喘氣喘得跟拉風箱一般，大聲得讓人不能忽視。

楊氏拿衣袖抹了把額頭的汗，將玉米筐子放在門口的地上，一邊問道：「三郎呢？」一回來就問她兒子，崔薇眉毛絲兒都沒有動一下，只是扯了扯嘴角。「屋裡呢，剛倦了進屋裡睡一會兒。」

聽到調皮搗蛋八百年不知道睡午覺為何物的兒子睡覺，楊氏頓時心中便滿意了，點了點頭。汗水快流到她眼睛裡了，楊氏眨了一下眼睛，又拿著衣袖當風扇，開口問道：「那小郎呢？」

見她這樣子，雖然她沒有將自己當作女兒，但崔薇卻仍是拿了手裡的蒲扇替她搖了起來，乖巧答道：「這會兒睡著，中間醒了一趟，我餵了些水，便又睡過去了。」

後頭王氏一聽這話，頓時顧不得自己喘不過氣，連忙插話。「娘，小郎哪裡離得開我，呼呼，呼，萬一、呼、萬一他半道醒了，沒見著我餓了，呼、呼，怎麼辦？我留在屋裡給他餵奶吧！」

若是之前她說這話楊氏說不得就同意了，但剛剛崔薇都說了，只餵了些水他就又睡著了，又哪裡需要她哄，王氏分明只是想乘機偷懶而已！楊氏一想到這兒，臉色頓時有些不痛快，崔薇拿了扇子給她搖著，雖然有些風，但到底風沒有多大，楊氏忍耐不得，自個兒奪了扇子過來拚命搖了幾下，稍解了一些那臉龐被曬得火辣辣的感覺，這才有了力氣跟王氏計較，翻了個白眼道：「妳沒聽到薇兒說的，小郎喝了水就睡著了？要妳什麼事，等下還跟我出去，今日沒挑到五筐玉米回來，妳休想吃晚飯歇著！」

王氏一聽這話，頓時如同晴天雷劈，頗有一種想死的感覺！

五筐玉米，她如今挑一筐都感覺命去了半條，要是真挑完五筐，估計她連半條命都不會剩下，哪裡吃得下東西？王氏欲哭無淚，頓時將剛剛答話的崔薇恨上了，可是此時卻找不到藉口收拾她，只是哭喪著臉爭辯。「娘，那喝水怎麼成？又不管飽，水那東西哪有我餵奶好？」

「喝水不成？那妳也別歇著喝水了，趕緊將玉米倒進壩子，挑了籮筐先過去候著！」楊氏不理她，自己的女兒她使喚起來都不心疼，更何況不是從她肚皮裡頭爬出來的媳婦兒了，一句話堵得王氏臉色青白交錯。

崔薇忍笑忍得內傷，見王氏欲哭無淚的模樣，頓時心中感嘆果然惡人自有惡人磨，有了王氏的痛苦作為基礎，崔薇便覺得心裡快樂得簡直就像是要飛了起來。

王氏一副要死不活的模樣，餓得心慌。「有吃的沒有，趕緊給我送上一些來！」

崔薇還沒開口說話，楊氏便冷笑。「妳餓死鬼投胎啊，剛剛才吃過，這會兒就開始喊餓，一個狗熊吃得也沒妳多！」

「噗哧」！崔薇忍不住險些笑了出來。王氏頓時臉色脹得通紅，卻又不敢張嘴辯解，敢怒不敢言的模樣，令崔薇心下極為爽快，欣賞夠了王氏痛不欲生的表情，她這才裝起了乖女兒的模樣，進屋裡從鍋上將溫熱的水倒了些出來給楊氏洗臉，果然又得到了楊氏讚許的表情。

王氏也想過來洗，可惜楊氏洗完之後水裡幾乎全是玉米碎屑與汗跡夾雜著土灰，水變得漆黑，王氏頓時抹了把臉，大大咧咧吩咐崔薇。「四丫頭，給我再打盆水過來！」

她吩咐得倒是挺順口的！崔薇眉頭揚了揚，眼裡閃過不懷好意之色，面上卻是笑得天真。「大嫂是嫌棄娘用過的水不乾淨了？」她挑水也很困難的好嗎！而且據說小時候發育期就成天做這些重活累活，很容易背脊發育不良，變成駝背的，雖然生在農家，可崔薇卻沒有想過要變成一個駝背而又不修邊幅的婦女！她如今為了能少挑水，連這樣大熱的天，澡都是隔一天洗一回，王氏當自己弄水容易嗎，一開口就要單獨打一盆新的，而且她自己幹麼不動手！

崔薇這話音一落，王氏後背一麻，果然見楊氏表情不善地盯著她，王氏心裡將這死丫頭罵了個半死，鬱悶得要死，擰了那條髒兮兮的帕子起身擦了把臉和手。

楊氏見她這慢吞吞的模樣更是來氣，揚了揚眉頭道：「妳也別磨磨蹭蹭，我好說給妳知道，今兒妳要是沒挑到五籮筐，晚上也別回來了！」意思就是任務沒完成便是頂著月亮也得要做完的意思了！

王氏一聽到這兒，頓時要發作，可見楊氏眼帶警告，自己身邊又沒有個救場的，頓時絕望，哪裡還敢再耽擱，最後還沒休息到半刻鐘，只能將籮筐又上了草繩，如赴死一般的表情跟著楊氏出去了。

這兩人一走，崔薇這才想著王氏剛才的神情，心情極好的哼著歌，一邊就拿了竹耙將那倒成一堆的玉米均勻地耙到了院中，使它們都能夠曬到太陽。還未耙到一半，門口卻突然又響起了腳步聲，不多時便有人開始輕輕地拍起門來，一個熟悉的聲音帶了慌張的聲音道——

「崔三兒、崔三兒，開門啊，救命啊！」

第七章

是聶秋文的聲音。崔薇頓時想起之前崔敬平哄他回去送死時的神情，如赴難似的，這麼快就回來了，這會兒竟然嘴裡喊著救命，想來應該是挨過打了，說不定是逃跑出來了！

一想到這兒，崔薇頓時心裡生出惡趣味來，放下手中的竹耙，將手拍了拍，這才打開門，果然見到門外一臉慌張的聶二，掛著兩條鼻涕，一雙腿抖得跟風中落葉似的，那衣裳還在兀自往下掉泥灰，臉上帶著淚珠，見她過來開門，慌裡慌張就要往裡擠。

「崔妹妹救我來了，趕緊讓我進去，崔三兒這壞東西，剛剛誆我回去送死，我爹要打死我！」

聽到他這話，崔薇忍不住想笑，卻見聶秋文跟泥鰍似的鑽了進來，見屋裡沒有仇人，竟是知道崔敬平房間一般就要往屋裡鑽，誰料他前腳剛進院子，後腳便傳來一個冷冷清清的聲音——

「秋文，出來！」

崔薇正回頭盯著聶二，沒注意到門口，這會兒見聲音響了起來，聶二竟然身子僵了一下，顯然怕得厲害，竟然慌不擇路，轉頭便往最近的豬圈跑去了！見他這樣子，崔薇笑得險些眼淚都要流出來，這才轉頭往門邊看，誰料門邊剛剛還沒人的，這會兒竟然站了一個比她高出了兩個頭的人影，陰影都將她擋住了，她抬頭一看，見一個年約十二、三歲的少年站在門口，容貌俊俏，氣質斯文，身材削瘦，竟然算是崔薇來到古代之後頭一回見到的美少年，此時也低頭看她，一雙眼睛幽黑冰冷，見到她臉上的笑意時，頓了頓，衝她拱拱手道——

「舍弟不懂事，給崔家妹妹添了麻煩。」

來到古代許久都沒碰上這樣彬彬有禮的人，一時間崔薇竟然愣了半晌，有些不知所措，好一會兒之後才回過神來，結結巴巴道：「哪裡。」

話一說出口，便恨不能一頭撞到牆邊昏死過去。她果然是跟崔家人混得久了，連這樣基本的社交竟然也說得有些心虛結巴，崔薇心裡陷入一種莫名的悲傷之中，怕自己墮落下去往後越發不可收拾。

那少年見她表情變化有趣，眼珠中露出一絲極淡的笑意，隨即又隱了去，只隔著她衝門裡喊。「秋文出來，我看到你了。」

崔薇順著他說話的方向看去，果然見他目光是落到豬圈那邊的，心裡頓時了然，也顧不得自己之前的那點小尷尬，專心看起聶二的笑話來，也沒意識到那少年離自己極近，他身子傾進大半，幾乎胸膛都快貼著崔薇腦袋了。

這會兒喊了一句，見豬圈裡沒有聲音回答，少年極鎮定又道：「快出來，我知道你在那兒，不然回去我跟爹說你跟豬玩了！」

這一招好狠！要是知道自家兒子從跟崔三兒與王寶學鬼混，現在墮落到跟豬玩，聶秋文回去恐怕被打得要更慘。

聶秋文顯然也聽到了，頓時有些慌張，忍著豬大便的臭味，下意識反駁道：「誰會信你！」

少年眼中露出笑意來，聽到自家弟弟的聲音從豬圈裡傳出來，更是肯定，知道他去處便不著急了，雙手撐著門框。「你一身味道，回去瞧爹饒不饒你，趕緊出來，挨過一場打就算了，免得再待下去被打得更厲害，早死早超生不更好？」

這是什麼勸人的話？崔薇滿頭冷汗，不由乾笑，頭一回聽到有人勸自己弟弟早死早超生的，這比剛剛崔三郎還要狠，崔敬平只是不厚道的騙聶二回去挨打，這位卻是威脅加利誘，打一頓跟一頓打死只是多一個字，但是結果完全不同。崔薇嘴角不住抽搐，心下有些同情這個聶秋文來，大哥是個陰險腹黑的，老爹又是個心狠手辣的，打他不帶心軟，唯一一個娘親倒是當他眼珠子一般，可是據說孫氏在丈夫與大兒子面前根本不敢包庇他，這樣寵來有啥用，說不準聶夫子一怒之下認為慈母多敗兒，還得多打幾下重的，此時聶夫子發火，聶二若不是傻的，便知道該怎麼做。

果然，豬圈裡先是冒出一個腦袋來，接著哭喪著臉道：「大哥，我不回去，爹要打死我的～～」

這聶二是個倒楣的，家中大哥是勸他回去挨打一頓消事，交兩個損友是騙他回去挨打，命真苦唷！

「噗哧」！崔薇一想到這兒，終於忍不住笑了出來，看聶二要死不活的樣子，簡直比剛剛的王氏表情還要淒慘，她笑得打跌，身子一歪險些摔倒在地。

聶家大郎離她近，便伸手拉了她一把，說道：「崔家妹妹小心。」

崔薇剛剛還嘲笑人家來著，這會兒被人家扶住有些不好意思了，連忙站直了腳，紅著臉道了一聲謝。她倒不是害羞，只是因為一個成年人嘲笑一個小孩子到險些摔倒實在不是什麼有臉面的事情，那頭報應很快就來了，剛剛笑聶二，這會兒她自個兒出糗，聶秋文頓時就不客氣指著她大笑。

「哈哈哈！」聶秋文一邊狂笑著一邊還衝她扮鬼臉！

這孩子真是不可愛！崔薇頓時滿臉黑線，虧她之前還給他鍋巴團子吃來著，崔薇瞪了聶二好幾眼，引得那扶著她的聶家大郎也忍不住彎了彎嘴角。不過少年像是自律性極強的，也有禮貌，很快便又恢復了之前彬彬有禮的模樣，扶了崔薇站直便收回了手，倒是個知禮數的，果然跟小屁孩不一樣！崔薇心裡頭完全偏向了沒有嘲笑自己的聶大郎，在心中將聶二鄙視了個夠，哼了一聲，皺了皺鼻子不理聶二了。

不過聶二也沒笑多久，聶大郎便衝他招了招手。「走吧，不要調皮了！」

聽他這話，崔薇不知怎的就想起了前世時一部電影中經典的臺詞——「悟空，你又調皮了。」看聶二的樣子，果然跟調皮的猴子有些相似，不過想到這破小孩小心眼兒，也不笑他了，只是在心裡偷笑。

那頭聶二聽說要回去，雖然知道聶大郎說得有道理，不過想到聶夫子黑沈的臉，又縮了縮肩膀，哭喪著臉道：「大哥，不回去行不行？」

「打一頓跟被爹記上，不時打一頓，或是一頓打死，你選哪個？」聶大郎溫文爾雅，文質彬彬地問了弟弟一句，好脾氣地給出選擇答案。

他說的答案卻沒一個能深得聶二的心，反倒更使他心中忐忑不定，猶如吊著水桶般，七上八下，不過一想到聶夫子脾氣，聶二頓時面若死灰，也知道聶大郎這話並不是胡言亂語而已，認命地從豬圈裡翻出來，可以想見這個動作他沒少做過，那叫一個流暢。「我一個也不選行不行？」

「那是不可能的。」聶大郎見弟弟過來，臉上黑糊糊的，滿身泥土，這副模樣難怪爹瞧了要生氣，聶大郎原本是想伸手摸摸他的腦袋，不過想到他之前在豬圈裡待了不少時候，頓時又果斷的打消了這個想法。

將這性格完全迥異的兄弟二人揮揮手送走，崔薇看了一場好戲，又見了王氏之前那要死不活的樣子，關上大門之後臉上的笑意頓時收都收不住。將院子裡的玉米攤勻了，便又回了堂屋裡去。

待到日頭最熱辣的時分時，楊氏與王氏二人又回來了一趟，同時回來的還有挑了大籮筐的崔大郎，幾人喘著粗氣將玉米送回家裡頭，王氏哭嚎著不肯再去，崔大郎在地裡刨得心頭火起，劈頭蓋臉一巴掌抽過去，拽了王氏就往外拖。

王氏看崔薇的目光跟要吃了她似的，崔薇不知道自己哪兒惹著了她，不過王氏這人向來就是掏心掏肺也不見得能落下她一句好，一旦倒楣自然也不會是她自己原因，對於她會怪到自己身上也不以為意，不過崔薇如今狠了心，可不怕王氏了，因此她只是皺了皺鼻子，便不將王氏放在心上了。

王氏鬼吼鬼叫將沒睡上一個時辰的崔三郎吵醒了起來，等楊氏他們一走，崔敬平揉著眼睛打著呵欠便出來了，一邊靠在門邊看院裡崔薇拿了竹耙將玉米耙平，也連忙走了幾步去屋角也拿了一枝新製的長竹耙幫她耙著楊氏等人倒得跟幾座小山似的玉米，一邊懶洋洋道：「妹妹，娘他們回來了？我像是聽到大嫂的哭聲。」

崔薇忍不住想笑，見少年臉上睡出一個枕頭印子出來，這會兒還有些眼神迷濛的，那雙單眼皮竟然是讓人越看越順眼，便笑道：「三哥起來了。大嫂把你吵醒了？」要是楊氏這會兒晚走一步，知道王氏一陣鬼哭狼嚎將自己好不容易睡趟午覺的兒子給吼醒了，估計這會兒還有得她受的。

「這會兒鍋裡有稀飯，三哥，你要餓了可以吃上一碗，我等下幫你切上一碗泡菜。」崔薇趁著剛剛崔三郎睡覺之時煮了一大鍋稀飯涼著，崔世福等人在外頭做事，恐怕不到天黑不得回家的，中午雖然吃得多，但要支撐到晚上還要好幾個時辰，肯定撐不住。

崔三郎搖了搖頭，只說不餓。

想想也是，他這樣一個半大的孩子，中午吃了那樣多，又沒像平日一樣出去瘋跑，餓了才怪，她想了想，將玉米耙平了，歪了頭跟他分享秘密——

「三哥，下午時聶二哥又來過了，聶大哥還找到這兒來。」

「什麼？」一聽這話，原本還要死不活的崔三郎頓時來了興致，哈哈笑了幾聲，眼中閃出調皮的光彩。「可是挨打了？」

「不知道。」崔薇搖了搖頭，見他幸災樂禍的樣子，不由心中為聶二誤交損友而垂淚一秒鐘，又抬頭道：「不過聶大哥可是來抓聶二哥回去的。」

「這小子跑不掉了！」崔三郎極有經驗的點了點頭，肯定道。他跟聶二那是多年的革命友情，聶二啥時候被打哪一回他都清楚，聶夫子是個啥性格，他都知道。聶二跑得歡快，回頭被打得更慘，這會兒被逮回去，不知道該有多淒涼。

一想到這兒，崔三郎有些忍不住了，想到崔薇剛剛說鍋裡有稀飯，頓時眼珠一轉。「妹妹，咱們出去給爹娘送飯，爹娘幹到這會兒肯定餓了，順道去瞅瞅聶二，他這會兒一定很慘，還要叫上猴子！」

看他興奮異常的模樣，崔薇嘴角抽了抽，不想去做這吃力不討好的事情。「那娘要是讓我在地裡掰玉米可怎麼辦？我可不要像大嫂那樣。」

「放心吧！」崔敬平小胸膛拍得咚咚作響，一雙單眼皮裡閃著亮光。「娘要是讓妳做，我就說我也留下來幫忙！」他知道楊氏性子，肯定不會讓他在地裡吃那苦的。

崔薇想了想，也覺得這個法子安全，更何況聶二臨走時的神情實在淒涼到讓她忍不住想去現場觀摩一回他挨打時的情景，就算沒有親眼看到，總也要聽聽那聲音才好。一想到這兒，崔薇也不再猶豫，頓時揮了揮手，果斷道：「走！」

崔敬平見她同意，一蹦三尺高，兩小孩拿了陶盆將半冷的稀飯倒了進去，放進背簍裡，崔薇從一旁罈子裡麻利地抓了一大把泡菜出來兩、三下切了，家裡也沒什麼佐料，便生了一把火洗了鍋，將切好的泡菜炒香了裝進碗裡。原本還喊著不餓的崔三郎一聞這香味有些忍不住了，吧唧了嘴，一看就是餓了。崔薇想了想，將炒好的泡菜裝了一小碗出來，放到廚房裡拿蓋子蓋上了，歪頭看他。「三哥，給你留著，你回來再吃！」

還是妹妹心疼他！崔敬平頓時眉開眼笑，仰頭笑著答應了。

那裝了稀飯的背簍重得要死，崔敬平原本是想自己揹的，不過崔薇也知道楊氏那德行，要是知道自己讓她兒子揹了這樣重的東西，恐怕回頭沒自己好果子吃，因此果斷將背簍吃力的揹了起來，一邊道：「你揹小郎吧！」崔佑祖這小東西不能一個人留在家裡，否則出了點兒什麼事，楊氏能生吞了她的。

崔敬平也不以為意，雖然覺得帶個小孩子有點煩，不過幸虧此時有看聶二笑話吊著他的性子，因此就點了點頭，轉身進去，沒幾下傳來了嬰兒哭聲，崔薇背上揹著東西，沈得要命，也不想再多走幾步去看，就見崔敬平身上捆了個綳帶，將孩子拴在了自己後背上，崔小郎這會兒張著嘴哭，他表情已經有些不耐煩了，眉頭抽抽眼見要翻臉。

他自個兒還是個半大的孩子，這會兒背上卻揹了一個。崔薇忍不住想笑，連忙上前替崔小郎整理了一下沒捆整齊的背帶，頓時這小東西便又哭了好幾聲不肯歇氣，崔薇又拿了鑰匙，這才招呼著崔敬平出門。

崔敬平這會兒還沒有來得及聽聶二的哭聲，倒是先享受了一回崔佑祖的魔音傳腦，這會兒見他還不住嘴，眼珠兒一轉，卻是計上心來，只讓妹妹走在前頭，自己一邊從背簍裡取了隻筷子，沾了稀飯伸到背後餵崔佑祖。

不知道是不是已經半天沒有吃到王氏的奶，崔佑祖是真餓了，這會兒一見到送到嘴邊的東西，吧唧著嘴就舔了，哪裡還顧得上哭。崔敬平嘿嘿笑了兩聲，沒料到這樣竟然就堵了他的嘴，又拿了筷子沾了些米湯餵他。

崔薇背上沈重得很，又走在前頭，轉頭都費力，竟然不知道後頭崔敬平一邊走一邊餵嬰兒，走了一刻多鐘來到楊氏等人掰玉米的土裡時，崔佑祖已經開始打起了飽嗝。這孩子至今被楊氏寵得厲害，還沒有給他餵過稀粥米糊等物，這會兒頭一回吃這東西，崔薇把粥又熬得濃稠，滋味不錯，嬰兒也知道挑食，雖說粥比不上奶，不過比王氏那時常不洗澡一身味兒抱著餵他，一口奶一口油污來得好，竟然吃了個大飽。

地裡楊氏幾人還在拚命做著事，腰間的汗巾都已經濕了，崔世福跟崔大郎兩個還手下不停歇，王氏毫無形象的躺在土裡，也顧不得地上髒，臉上蓋著一片葉子，動也不動一下。

楊氏正將一旁小山似的玉米裝筐裡，抬頭就見到一雙兒女過來了，她看到崔敬平身上捆著的崔小郎時，頓地忍不住一下子笑了出來。「你這孩子，怎麼將小郎也帶出來了！」

「娘，妹妹說怕你們餓了，早早的煮了粥給你們送過來，我自然要跟著過來的，小郎又不能放在家裡面！」崔敬平嘿嘿笑了兩聲，他平日頑皮，身子皮實得很，背上揹著一個嬰兒就像是沒有感覺似的，蹦蹦跳跳的就過來了，楊氏嚇了一跳，不過見女兒走得雙頰通紅，也心中領這份情，目光溫和了些，不過仍是叮囑崔敬平。「你小心些，地上不平，仔細摔著了！」

崔薇撇了撇嘴，她揹著這樣沈重的東西，像背上揹了一座山似的，她這會兒可體會到西遊記裡孫悟空揹了一座山的感覺了，楊氏卻不叮囑她半句，果然偏心！不過這樣的情景她也已經習慣了，為楊氏這樣的話傷心，不過是自己沒事找事而已。

那頭崔世福是真餓了，見女兒貼心，連忙就笑著將手裡的玉米扔在地上，拍了拍手，將手上的玉米漿在身上蹭了蹭，大跳步走了過來。

原本躺地上跟挺屍似的王氏，一聽到有吃的，登時一個鯉魚打滾就坐起了身來，嚷嚷道：「哪裡有吃的？哪裡有吃的？」她眼裡放出綠光，看到崔薇背上的背簍時，頓時便坐起身來，餓得直吞口水，嘴裡卻罵道：「妳這死丫頭，心眼兒倒不少，剛剛咱們回去時不說有吃的，偏偏這會兒才來說，可不是成心要餓死我的！」

好心送飯來也得不到她一句好聽的！崔薇翻了個白眼。

崔世福卻不滿了，接過女兒背上的背簍，感受到那重量，見她走得雙頰通紅，滿頭大汗，頓時心生憐惜，聽到王氏叫罵，頓時皺起眉頭來。「薇兒是送飯來了，有吃的就已經不錯了，她一個孩子在家本該就是玩的，已經幫著做了事！」

崔世福平日跟老好人一般，輕易不開口，不過他一旦說話，王氏縱然心裡頭不滿也不敢再說什麼，這會兒她目光盯在吃食上頭，見崔世福將那一大盆稀飯取了出來，又取出了還溫熱的帶著香氣的鹹菜，也不知道崔薇這死丫頭怎麼弄的，這泡菜也弄得香噴噴的，她頓時吞了口口水，指揮道：「薇兒遞個碗給我！」

一聽她這理所當然的話，忍耐了多時的崔大郎終於忍不住了，挑著眉頭冷笑。「妳自個兒是沒長手還是怎麼著？要吃還要人家來伺候妳，以為妳是大戶人家少奶奶呢！」

崔薇一聽這話忍不住偷笑，沒料到崔大郎平日沈默寡言的，其實也是個小心眼的主兒，上次她挑了王氏一句錯處，竟然記到現在。

王氏這會兒是真有些怕他，聽他這樣一說，頓時住了口，連兒子都沒看一眼，乾脆自個兒爬了過來拿了碗，舀了一大碗稀飯，像是深怕人家跟她搶似的，端起那菜碗就要往自個兒碗裡倒鹹菜，只是手剛剛一動，楊氏的手就狠狠拍在她手背上。

「啪」地一聲脆響，王氏嚎了一聲，頓時收回手去。她手背上全是泥土，也看不出紅腫了沒有，王氏委屈地撇了撇嘴唇，要嚷嚷，卻看到崔大警告似的眼神，頓時息了聲。

那頭楊氏端了碗裝了大半鹹菜到崔世福碗裡，又給大兒子也裝了些，還在一旁空碗裡又裝了不少，倒了些稀飯遞給一旁揹著孩子的崔敬平道：「三郎，餓了吧，來趕緊吃些。」崔敬平搖了搖頭，剛想說自己不吃，楊氏卻起身將碗塞進他手裡頭，自個兒才盛了碗稀飯，倒了些鹹菜進去，所剩的便只得一些零星墊底的了。

王氏一看到這情景，再也忍耐不住，頓時將筷子摔到地上。「這還怎麼吃？根本沒有菜了！薇兒，妳去再給我炒些來！」

她這樣理直氣壯的吩咐令崔薇心裡很是厭煩，哪裡會去理她，冷笑了一聲，也不說話，那頭王氏更是火大。她被崔大等人欺負也就算了，連平日這不聲不響的小姑子如今也要造了反，沒聽過娘家就是要嫂子當家的嗎！王氏越想越是氣，恨不能將手裡的白粥扔得滿地都是，但她不敢，若是她真敢摔了，恐怕今日就要由被原本崔大郎的男子獨打變成楊氏等人的混合群打了！

王氏忍了又忍，見崔薇不動，便又推了她一把，惡聲道：「叫妳呢，聽到沒有！」

崔大郎眼神一下子冷了下來。他是男子，又比弟妹大得多，除了跟老二敬忠還有幾句話說，不過也真的只有幾句而已，其餘崔三郎跟崔薇都跟他一天到晚說不到幾句話，不過崔薇再是丫頭，那也是崔家的，他早忍王氏多時了，以前沒發現這女人是個這般德行的，如今明白了越發忍耐不了，瞧她使喚得倒是順嘴，崔世福雖然沒說話，但眉頭皺著，楊氏沒有開口，頓時更加火大，冷笑了一聲。「妳不愛吃正好放下，我還怕不夠吃嘞，妳別吃了，擱那兒吧！」

「我偏不！我今天就要這死丫頭回去給我炒鹹菜！」王氏突然間開始撒潑起來，她今日吃的苦頭不少，一大早被崔大郎揍過一回，又幹了這樣久的活兒，臉上的皮都快要被太陽曬裂了，實在慘得很，又累又餓，心頭怒火叢生，柿子都挑軟的捏，崔薇一向好欺負，這會兒氣不往她身上發，朝哪兒發去？

「要是沒有吃的，我就不給小郎餵奶了！」王氏發狠。

楊氏一聽坐不住了。若是其他事，她管這王氏死活，不過因為關係到自己孫子，她頓時就扒了兩口稀飯，頭也沒抬衝女兒道：「既然如此，妳再回去給妳大嫂炒些鹹菜過來吧，免得她鬧騰！」

崔世福一聽這話，頓時眉頭就皺了起來。

崔薇嘴角邊帶著一絲冷笑，目光清切，盯著楊氏道：「娘，我不去，我在家也沒歇著的，大嫂好手好腳的要吃什麼自己不會弄，要我一個小孩子來伺候她，大哥說得對，我就是賣身給那地主家的丫頭，做事還得要歇口氣呢，家裡煮了飯送過來，就怕爹與大哥餓著，連氣也沒歇就送來了，娘怎麼沒想想我也要吃的？」她細聲細氣的，盯著楊氏看。

女兒那雙眼睛裡透出來的譏諷之意楊氏看不懂，不過她卻是愣了一下，將嘴裡的稀飯兩、三口混著鹹菜嚼了吞進去了，看著女兒說不出話來。這還是崔薇頭一回這樣與她說話，以前吩咐她什麼都是習慣了，只要喊一聲她便會動，沒料到她竟然會拒絕。

崔世福原本狼吞虎嚥的動作頓了下來，女兒那一句地主家的丫頭將他心都刺得痛了，肚子中雖然還餓得直打鼓，但卻覺得飯有些難以下嚥了。

崔大郎見到這樣的情景，轉頭惡狠狠盯了王氏一眼，沒有說話，那眼睛裡透露出來的意思卻讓王氏打從心裡犯怵，不過崔薇一句話卻是令她眼睛頓時一亮，哪裡還顧得上丈夫這會兒的眼神，眼睛骨碌轉了幾下，竟然端著碗吃了起來，再沒有鬧騰。

不知道這位心裡打著什麼鬼主意，崔敬平頓時也覺得沈重，他一向無法無天的，還從來沒有感受過這樣心情低落的時候，將手裡的碗放到了楊氏面前，一雙單眼皮下的眼睛亮得晶人，盯著楊氏道：「娘，妹妹心裡惦記著你們的，她在家中已經給我留了飯菜，卻沒留她自己的，您……」他說到這兒，頓了一下，竟然看著崔薇的表情，覺得說不出話來。

楊氏嗓子像是突然之間被東西卡著一般，在女兒目光下有些心虛，又覺得有些憤怒，覺得這死丫頭膽子肥了，敢逆天了，如今竟然敢對她說這樣的話，她沒來由地覺得心裡發虛，混在一起便覺得心裡極不舒坦，但哪兒不舒坦又是說不出來，便下意識地避開了崔薇的眼睛，自個兒三兩口將飯吞了，一邊連帶著將崔三郎也氣上了，端過他遞來的碗，三兩下喝進了口中，嘴裡含糊不清道：「你這死小子，你不吃，我吃！」

王氏聽到說屋裡還留了飯菜，頓時不滿。「沒料到竟然還吃獨食的，給咱們卻帶這樣一點兒，明明是存心的……」

她話音未落，楊氏陰惻惻的目光落到她身上，一把將她手裡的碗奪了過來，倒進了大兒子碗中，王氏正待要鬧，楊氏惡狠狠衝她道：「妳閉嘴，妳有力氣鬧，就別吃了！」

明明是好意送回飯，沒料到最後卻落了這樣的結局，崔薇雖然早知楊氏性情，但心下仍是不舒服，她對楊氏也並非是什麼母女情，兩人之間在崔薇看來不過也是暫時的合作關係而已，一個提供勞力，然後換得飯菜以及住所，一個則是拚命使喚女兒，就怕自己養著她幾年虧了，往後一旦嫁人就成別人家的。在這樣的情況下，楊氏又不是個什麼細心仁慈的人，崔薇實在很難對她生出感情來，不過她這會兒巴巴送了飯過來卻得到這樣待遇，確實心中很是不舒坦。

她一旦不開口說話，便只聽到楊氏喝斥王氏的聲音。

崔世福心下憋著一股氣，說不出話來，只是三兩口將飯扒了，溫和地衝女兒笑了笑。「天熱了，妳自個兒回去歇著些，也別跑來跑去，免得中了暑氣！」說完，原是想伸手摸摸女兒的腦袋，卻看到自己滿手是玉米漿與泥灰，便歇了這個主意，嘆息了一聲，又鑽進了玉米叢裡。

崔大郎心下是真正將自己媳婦兒這個攬事精給恨上了，吃完飯之後也不管王氏還在嚎著沒東西吃，便將碗筷放到一旁，衝王氏冷冷道：「妳歇得夠久了，難怪還有力氣鬧。下午要是做不完活兒，妳今兒就歇在地裡吧！」

一聽這話，王氏頓時著急，她知道丈夫這幾天對她不耐煩得很，說不準將他惹毛了今日他真會幹出這樣的事情來，不由心裡又是恨崔薇，連忙道：「我要給小郎餵奶的，一整天沒餵過小郎了，他指不定該餓了。」她今日跟著出來吃了不少苦頭，此時臉上火辣辣的疼，被曬得這會兒還頭昏眼花的，崔世福卻沒讓她回去歇著，反倒叮囑崔薇那死丫頭，果然自己不是他親生的，便要偏心一些。

王氏心裡恨崔世福偏心，嘴裡卻不敢說，只是勉強擠出一絲笑來，衝崔三郎招了招手。「三郎，將小郎給我抱著吧，你這一路來該是累了！」王氏話一說出口，便看了楊氏一眼。

楊氏剛剛雖然被兒子說得極不舒服，不過心裡頭卻是捨不得他的，一聽楊氏這話，頓時就皺了下眉頭。「薇兒，妳說妳這丫頭怎麼這麼不懂事，妳三哥揹著小郎像什麼，該妳揹才是，男孩兒家怎麼能做這樣的事情！」

崔薇衝她微微一笑。「娘的意思，是要讓三哥揹那簍稀飯？」

楊氏聽她這樣講，頓時語塞。一背簍稀飯跟碗筷與孩子相比，哪一個更重楊氏心中自然清楚，可她卻是捨不得兒子吃苦的，又看女兒如今越大越不像話，還會頂嘴了，頓時就不滿。「妳揹著稀飯再抱著小郎不是一樣的？」

雖然早知道楊氏可能打著這個主意，不過此時聽她說出來崔薇心下依舊是一陣膩歪（注），懶得看楊氏一眼，自個兒收了崔世福父子吃的碗筷便往簍裡裝，楊氏見她獨不收自己與王氏的碗，頓時大怒。「妳這死丫頭，故意跟我作對的是不是？」

「娘沒看到我忙著吧？我在給爹和大哥收碗筷呢，這些事不該兒郎做的，娘是婦人，自然該跟我一起收了，我可不是三頭六臂的，能一下子舉起這麼多碗來！」崔薇毫不客氣，一看楊氏這模樣就心煩，追根究柢，楊氏又不是她親生母親，對她實在很難生得出什麼感情來，尤其是在這樣的情況下，若不是她覺得占了這小崔薇的身體有些歉疚，她這會兒是半點兒事都不願意做的，楊氏有本事便打死了她，正好她可以看看能不能回現代去！

崔薇這會兒倔脾氣發作了，也不理睬楊氏，果真不收她那兩個碗，揹了簍起身就要走。那頭崔世福父子也聽到了這邊的事情，雖然崔世福認為妻子實在有些太過重男輕女了些，但見女兒這樣跟楊氏針鋒相對，心裡也不是個滋味，只是罷了手，望著這邊沒有開口。楊氏冷冷盯著崔薇半晌，崔薇也不躲避，直直地回望著她，那雙黑白分明的眼睛直將楊氏看得有些心虛了別開頭，兩母女才算是結束了這一場鬥爭。

「三郎，把崔佑祖給我。」王氏看婆婆跟崔薇對上，心裡不知道有多歡喜，但見丈夫盯著這邊瞧，又怕他看出自己不想幹活，登時也顧不得想看人家笑話，連忙又衝崔敬平招了招手。

崔敬平以前倒未曾覺得這個大嫂有哪兒不好的，畢竟他是楊氏老來生的兒子，楊氏看得他跟眼珠子似的，在崔家誰人不好好哄著他？王氏縱然再是飛揚跋扈，也是不敢來惹他的，誰料今日倒是看到王氏這樣一面，頓時便覺心煩，虎著臉將背上睡得跟小豬似的崔佑祖交到了王氏手中。

王氏見丈夫目光跟刀子似的看了過來，也顧不得眾人都在面前，連忙背過身扯了衣襟就要給崔佑祖餵奶。

她一早上忙了許久，又沒吃什麼東西，哪裡有多少奶，身上汗臭味兒倒是不少，那崔佑祖剛剛才吃飽了稀飯，這會兒見她湊了過來要餵，誰料崔佑祖極不給面子的別開了頭來。

注：膩歪，令人感到討厭、煩躁之意。

王氏見他不肯吃，頓時大急，若是這崔佑祖不吃她的奶，她還有什麼理由好從這鬼地方離開回去的？因此便又硬要往他嘴裡塞，崔佑祖睡得正香，這樣被王氏一折騰，也不管她是不是自己老娘，頓時放聲大哭了起來。

「你這傻東西，連奶也不會吃，你是傻了吧！」王氏氣得火大，忍不住便拍了兒子屁股一把。她實在是在這地裡頭待夠了，想回家去，誰料兒子竟然不配合，頓時怒從心上起，惡向膽邊生。不過崔佑祖被她一罵一打，哭得更是厲害，這下子王氏怒氣未消，不過卻是捅了馬蜂窩了。

楊氏與崔敬懷一見她敢打兒子，又敢罵自己崔家的種，頓時勃然大怒，楊氏此時心情正不好，便反手一耳光抽了過去，將她懷裡的孩子抱了過來。「妳是什麼東西，也敢罵我崔家的人，反了天了！我孫子是個聰明的，知道妳這一身賤皮子又懶又惹人嫌，不肯喝妳的奶，就怕喝了也跟妳一樣！」

王氏轉過頭，原是想避開這巴掌，誰料腦袋還是被抽到了，原本就只是拿布巾綰起的頭髮頓時散了下來，披頭散髮的看起來整個人更是狼狽不已，只是這頭還沒躲得過，那頭腦袋上「砰」地一聲，一根生硬的玉米頓時連著殼便砸在她頭上，砸得王氏「嗷」的一聲就尖叫了起來，回頭就對上了崔大郎那張閻羅王似的臉，連叫也不敢再叫了。

這頭興沖沖原本過來送飯，沒料到最後卻出了這樣一樁事情，崔敬平心下忐忑，看著妹妹沈默的臉，越發覺得心中有些發慌，乖乖地將崔佑祖揹在了身上，一路便不停望著崔薇的臉。

崔薇緊抿著嘴唇揹了背簍便轉身離開，她看都沒看後頭的楊氏一眼。

楊氏心下不由一酸，又氣不過，面上掛不住道：「這死丫頭，如今養大了，翅膀硬了，便也知道該頂撞老娘了。」她一說完，回頭便看到崔世福滿臉失望的神色，頓時心頭一跳，也不敢再說，連忙撿起地上扔得滿地都是的玉米裝進了籮筐裡頭，一邊就將氣撒到了王氏身上，狠狠擰了她一把，低聲怒罵。「懶婆娘，還不趕緊將這東西裝了帶回家去，若是遲了，瞧我今兒怎麼收拾妳！」

王氏敢怒不敢言，她這兩天實在是被折騰得夠嗆，這會兒連飯都沒吃飽，又哪來的氣力去挑擔子？但崔家人臉色都不好看，恐怕一個不從便要挨了打，連忙顫抖著起身，撿了一只小籮筐挑著，搖搖晃晃回去了，心下卻是更將崔薇恨得更深了些。

第八章

崔敬平揹著崔佑祖便往家走，也不敢再提去看聶二笑話的事，只盯著妹妹平靜的臉看，這會兒崔薇沒有如他想像中一般大哭大鬧，可偏偏這樣安靜，越發讓他心裡生毛，連忙就討好的湊上前，賠著不是道：「妹妹，都是三哥對妳不住，妳來揹小郎，我來揹這背簍吧！」

小孩子討好人的手段有限，更何況得罪自己的也不是他，崔三郎一向對崔薇還算照顧，因此這會兒崔薇雖然心裡火大，但仍強忍著，沒有遷怒到他身上。

她抿嘴搖了搖頭，將心裡的不滿拋到一旁，一邊就衝崔敬平笑道：「三哥不是要去王家嗎？如今耽擱得遲了，恐怕聶二哥都已經挨了打！」

她這樣一說，崔敬平頓時臉上便露出一抹笑來，賊眉鼠眼衝她擠了擠眼珠子，一邊緊了緊身上的背帶，一邊道：「妳等我一會兒！」說完，便跑了幾步，朝左側王家跑去了，不多時崔敬平的聲音響了起來。

崔薇臉上的笑意在他離開時便淡了大半，她本來也沒真將楊氏當作母親，如今這樣不過是讓二人之間關係再清楚分明一些，並不覺得有什麼好可惜的，只是今日頗有一種好心被狗咬的感覺而已，不過在這古代，她往後要靠楊氏作主的地方還不少，今日看來這位母親壓根兒就沒將她當作過女兒看待，恐怕哪一日便會被她犧牲了去，還是得靠自個兒早些做了打算才是。崔薇心裡拿定主意。

那頭崔敬平已經喚著王寶學，兩人一路興高采烈地朝這邊走了過來，王寶學還笑嘻嘻地扯了扯崔三郎身上的背帶子，看到崔薇時便笑了笑，上前與她打了個招呼。「崔家妹妹。」崔薇也喚了他一聲，那頭王寶學便有些忍耐不住，一邊就眉飛色舞道：「崔三兒，今日當真聶大哥是回來了？」

「那還有假！」崔敬平一想到聶二會挨打，頓時笑得腸子打結。「聶大哥親自到咱家來捉的人，聶二那小子，有本事能在聶大哥手中逃出，我還真沒見過！」這話說得王寶學不住點頭。崔薇原本心情有些不好，可此時見兩個孩子一邊絲毫無半點兄弟情誼的說起聶二壞話，將自己的快樂建築在人家痛苦上，也不由啼笑皆非，還沒走上半段路，這聶二好些豐功偉績她便是聽了一個大概。

聶秋文是怕聶夫子，可他心裡最怕的其實還是聶大郎，據說這聶大郎自小就有出息，能斷文識字，自聶夫子在鎮上有錢人家裡坐館之後，便跟著聶夫子時常住在鎮上習字讀書，平常時許久才回一趟村中，村中眾人說起聶家人，個個都滿臉敬畏，聶大郎更是村民中口中五好青年（注）的代名詞，跟說起聶二便搖頭不同，這聶大郎人家一提起來，哪個都是要豎個大拇指的。

「等下到了聶家，咱們先得躲好了，那聶夫子我一瞧著就犯怵，若是被夫子逮到，今日便是替聶二還罪了！」王寶學這傢伙看似瘦瘦弱弱的，實則也是滿心壞主意，深恐崔三郎隱藏身形不住，連累了自己，好一陣吩咐。

崔敬平便白了他一眼，冷哼一聲。「今日還是我找你瞧的熱鬧，如今倒是吩咐起我來了！」

王寶學剛說了兩句，便見這傢伙心眼小翻了臉，頓時又腆著一張笑臉，討好道：「三哥，咱們自己人，這誰跟誰啊！」

「噗哧！」崔薇忍不住笑了起來。

一旁王寶學估計也記起了此時還有崔家妹妹在，頓時嘿嘿笑了一聲，抓了抓頭，也不再言語了。

三個小孩一路溜到聶家，果然聶家院子中便傳來一陣鬼哭狼嚎，聶二尖著嗓子嚎叫的聲音隔著厚厚幾層磚牆都能聽得一清二楚，三人不由一個激靈打了個冷顫，就連那竹板拍到肉身上時的脆聲響了起來時，崔敬平嘴角都忍不住抽了抽。「這回聶夫子可下手真夠狠的，不會真要將聶二兒打死了，好還夫子一陣名聲吧？」

崔薇將耳朵靠在牆上，聽到這話，翻了個白眼，還沒有出聲，那頭王寶學已經斬釘截鐵道：「不可能，我娘說虎毒不食子，我猜著聶夫子最多還打三、五下便會罷了手！」

「最少還有十下，不然我與你賭一隻牽牛！」崔敬平顯然不同意王寶學的話，頓時便站起身來，衝他怒道。

注：五好青年，意指學習好、思想好、工作好、紀律好、作風好的青年。

崔敬平嘴裡說的牽牛一般就是長在樹上的一種硬殼蟲子，約有拇指大小，吸樹汁存活的，只有夏季時最多，當地人稱其為牽牛，小孩子家沒事時就愛玩這東西，捉到一個都當寶似的繩起來，崔薇聽著耳旁兩個小孩你一言我一語的談起賭注，心內一股成熟的優越感，頓時便油然而生，也懶得理他們，專心聽起屋內聶二的呼天搶地來。

聽得半晌了，王寶學認真數著裡頭響起的震天竹板聲，滿臉凝重。「五、六、七……」顯然這事他平常沒少幹，數得那叫一個順，待數到五之後，頓時臉便垮了下來，取而代之的是崔敬平滿臉的得意之色，那屋裡果然足足響起了十下竹板聲後，才漸漸停了下來。聶二聲音嚎得大聲，顯然精神還在，幾人原本還想再偷聽片刻，誰料原本被捆在崔三兒背上的崔佑祖卻是扭了兩下，突然間便尿了出來，崔敬平得意的笑容一滯，還沒有翻臉，背上小孩子已經不客氣張著大嘴哭了起來。

此時聲音一唱一和，崔三郎也顧不得自己後背還滴著水，連忙轉身就要逃。「糟了，被發現了！」要是被逮到，今日可沒好果子吃，此時聶二被打，孫氏就是痛得撓心肝也不敢跟聶夫子鬧，少不得他們這些在她眼裡看起來便是帶壞了她兒子的人就要被她遷怒上一番。

幾隻小的正準備要走，屋裡突然之間響起一個婦人的尖利叫罵聲——

「哎喲，打死人啦！」

崔薇原本欲走的腳步頓時一滯，那頭崔三郎已經和王寶學二人占據了有利地形，觀察起裡頭的情況來了。崔薇站了半晌，又看不到裡頭的情況，只知裡面老的哭，小的也哭，熱鬧得很，崔三郎背上小郎哭了幾聲，崔敬平伸手拍了他幾下，估計是崔敬平趴在牆頭的動作令崔佑祖有些不適了，這小東西啼哭了幾聲之後又哭得更響亮了起來。

這下子當真是不敢再待了，否則被人抓住，恐怕聶二往後要跟他們絕交的！崔敬平意猶未盡地從牆頭爬了下來，扯了妹妹的手腕便開始跑。

崔薇一邊努力跟著他的腳步，一邊氣喘吁吁地問：「三哥，不管猴子哥了嗎？」

「他自個兒知道跑的，咱們跑快些，否則被發現，可沒好果子吃！」崔敬平果然毫無兄弟之愛，想了想又有些氣惱，反手一巴掌便拍在背上的崔佑祖身上。「都怪這小東西，若非他哭，咱們還能多看一會兒的！」

崔薇見他這會兒還想著看聶二笑話，心裡對聶秋文默默的同情了半秒鐘，想著他之前哭爹喊娘的樣子，這會兒也忍不住笑了出來。

崔薇一笑，崔敬平頓時便微不可察的鬆了口氣，兩兄妹嘻嘻哈哈地回了屋裡頭，崔薇因今日楊氏之事，連煮飯的心情都減了幾分，不過崔敬平卻像是知道她心情不好般，一回屋便將崔佑祖扔到床上，管他自個兒哭得震天響，一邊出來陪著崔薇做些事情。

屋裡崔小郎哭著總不是個辦法，更何況若是今日崔佑祖哭得狠了，保不齊王氏便會以這個做藉口明日就不出去了，王氏可不是什麼好東西，一在家便沒有不折騰的，崔薇想了想，仍是淨了手回屋裡給崔佑祖重新換過了褲子，又餵了他一些涼開水喝，順道拿了帕子替他擦了擦花貓似的臉，興許這樣一伺候，小孩子便舒服了不少，再加上哭了有一陣，沒多大會兒工夫便又沈沈睡了過去。

「真跟小豬似的！」崔薇伸手戳了戳他臉蛋，感受著小孩子臉上柔嫩肌膚特有的觸感，忍不住又摸了兩下，回頭就見崔敬平站在門框邊看她，頓時就有些不好意思。「三哥～～」

崔敬平笑了笑，實在覺得妹妹這會兒的樣子可愛得很，不知比床上躺著的小煞星乖了多少倍，深恐吵醒了崔佑祖，一邊壓低了聲音道：「妹妹，我將柴抱回來了，晚上吃什麼？」

不知是不是楊氏從小教得好，崔敬平對廚上的事完全一竅不通，崔薇見小郎反正都睡著了，替他拉了軟巾拱在肚子上，一邊出了房門就道：「我瞧著地裡黃瓜長得好，晚上摘兩條涼拌了吃吧？」農家裡最多的就是新鮮的蔬菜，這個時節正是黃瓜、絲瓜等成熟的季節。

崔敬平一聽吃黃瓜，頓時便點了點頭，轉身出去找簸箕準備去田裡摘上一些了。

這會兒時間還早，太陽都還沒有落山，如今正值農忙的時候，崔世福等人恐怕不到天黑是不會回來的，兄妹兩人時間不少，一路去不遠處的地裡摘了幾條黃瓜，又摘了一些豇豆，這才提了滿滿的簸箕往回走。一路上一些在田裡忙著的婦人倒是回了家，許多人與崔薇打著招呼，許多房舍頂的煙囪裡，冒出炊煙來，一派寧靜祥和的氣氛。

雖說這時候的環境與崔家的生活崔薇不喜歡，可是這樣晚歸的畫面她卻是覺得很美好，上輩子住在四處都是高樓大廈的都市裡，這樣的畫面她幾乎都沒有機會瞧見過，這會兒看見了便覺得萬分難得，尤其是在她靜下心來之後，好像四處都可以發現美好一般。

「妹妹，鴨子回來了。」

崔敬平的聲音打斷了崔薇心底為數不多剩下來的浪漫，頓時崔薇順著他手指方向過去，果然見自家的鴨子群回來了，而他們還在外頭，若是房門關著鴨子等下跑不見了，楊氏回來能剝了她的皮！

一想到這兒，崔薇也顧不得什麼浪漫了，連忙拉了崔敬平就開跑，爭取在鴨子到家門前自己先回去將門打開了讓這些鴨大爺進去，在楊氏眼中，說不定這些鴨子可比她這閨女金貴多了！

好不容易一路小跑著趕在鴨子回來前將門打開了，又連忙混了米糠等物將這些小東西伺候好了，崔薇已經是累得滿身大汗。豬圈裡的豬鬧騰得厲害，幸虧早晨便已經準備好了苕藤，只是上回切過豬食被砍了一刀之後，崔薇心裡多少生了陰影，那頭崔敬平自告奮勇要去切，崔薇哪裡敢讓他動刀，自己就是被刀砍死了，也及不上楊氏的寶貝兒子切破一點兒皮！

想到這兒，崔薇心裡沒來由的牛出一絲煩悶來，將豬食切好了，又生了火，一邊趕緊淘了米將飯做上，剛將黃瓜涼拌好，又將豇豆炒了，楊氏與王氏二人便各自挑著一擔子玉米回來了。

楊氏還好，臉色雖然疲憊，但王氏卻已經命都快丟了大半，一回來便不顧體面坐到了屋前的階梯上，揑了頭上戴的草帽搧風，只是她走得久了，這會兒嗓子眼都像是在噴火一般，那草帽就是搧死了也沒使她情況好多少！

王氏今日被治得狠了，這會兒滿腔怒火不知道往誰身上發才好，自個兒坐了半天，又見沒人來搭理自己，頓時一把火便直往頭頂衝，尖叫道：「崔薇！看到我回來還不知道給我端碗水過來，妳這死丫頭沒有長手啊！」

王氏只覺得自己今日的遭遇都是崔薇害的，頓時心裡將她恨上了，一邊抓狂怒罵著，連楊氏轉回來的眼神也沒有顧忌上，若是還讓她去地裡幫忙，不知道要哪個時辰才能回來了，她今日寧願被楊氏打上一場，也不願意再出去的。這樣一想，王氏背脊挺得更直了些，嘴裡不乾不淨罵道：「妳這作死的懶東西，一天到晚只知耍樂，懶成這般模樣，以後長大誰敢要妳，嫁不出去家裡頭養妳一輩子啊，%◎※&#……」接著最後是一串不堪入耳的髒話。

崔薇站出來，倚在廚房邊看著王氏冷笑。「我倒是想知道，大嫂是不是沒長手了，要我一個忙不過來的人幫妳端水，當自個兒是哪家少奶奶呢？」

這話一下子便捅了馬蜂窩，王氏一想到當初就是因為這死丫頭一句話而害得崔大郎對她變了臉，今日自己這番遭遇都是她害的！如今崔薇還提起這話，王氏頓時新仇舊恨一起湧了上來，眼珠都脹得通紅，一邊嗷嗷叫著撲了上來，厲聲道：「老娘打死妳這個口沒遮攔的小娼婦，下賤不要臉的東西，年紀輕輕便學了人家這些不好的……」

王氏說完，撲了過來。她人大，力氣也大一些，劈頭蓋臉一耳光便抽到了崔薇臉上，「啪」地一聲，崔薇頓時懵住了。

屋裡崔敬平聽到響聲，連忙就站了出來，看到這樣的情景，崔敬平頓時嚇了一跳，接著朝王氏撲了過來。「不要欺負我妹妹！」

少年聲音還有些尖利，頓時將一旁正喝著涼水的楊氏驚醒了過來，見事情要鬧大，王氏已經打了崔薇一個耳光還想動手，深恐王氏發瘋之下自己兒子受傷，連忙將崔敬平抓得緊緊的，不要他過去，若是兒子被碰著一根手指頭，她這心都要疼死！

崔薇見著這樣的情景，頓時心裡一寒，眼睛瞇了瞇，目光中露出一絲寒氣來。她兩世為人，還是頭一回挨人耳光，楊氏平日上藤條便也罷，但打人不打臉，王氏裝瘋賣傻，直打得她半邊臉都已經腫起來，嘴裡牙都鬆動了，血腥味滿嘴都是！屋裡豬還在不停地拱叫著，灶堂上的火燒得噼哩啪啦作響，崔薇對於這樣的生活突然之間產生了一種厭倦，若是這樣過下去還得要忍上幾十年，倒不如此時死了還來得解脫！

一想到這兒，王氏的手還在她身上揪著抓著，這婆娘是下了狠手的，今日恐怕要狠狠收拾她一頓，崔薇怒從心上起，惡向膽邊生，見楊氏在一旁不過來，頓時心裡生出狠意來，狠狠掙扎著跑了開來，她仗著自己身子小，一溜煙兒便轉進了廚房中。

王氏見她跑了，也跟了進去，嘴裡罵道：「妳這不要臉的小賤人，老娘今日不收拾妳，妳不知道老娘姓什麼！」

王氏今日狠狠打了崔薇一回，心裡痛快得要命，見崔薇進了廚房，心下更是暗爽，廚房裡地方窄小，到時打起這東西來更是痛快，自己就算晚上要被崔敬懷打上一頓，也要從崔薇身上找回本來再說！這小娼婦前幾日害得自己夠嗆，讓她做些事也不痛快，打她一頓使她知道怕了，往後才好使喚！王氏實在是不願意過這幾日般的生活了，在她看來這幾日生活如同地獄一般，她根本忍受不了，而且這一切都是崔薇帶來的！

崔薇聽著王氏話裡的罵咧，突然之間從案板上取了那剛剛還在切著菜，尚淌著水泛著寒光的大菜刀，一雙眼睛在廚房陰暗的光線下冷冷盯著王氏瞧。

王氏冷不防被她這樣看，嚇了一跳，見崔薇眼神似小獸一般，像要吃人似的，頓時退了一步，警惕道：「妳想幹啥？」她一邊說著，剛剛的怒火倒是洩了大半，本能地覺得崔薇有些不對勁。

崔薇已經忍耐不住，也沒搭理王氏，直接朝她撲了過來，一刀便砍在王氏手臂之上！

王氏嚇了一跳，見到崔薇眼中的狠厲，半晌之後才反應過來手臂上一股尖銳帶著寒氣的東西透進了自己身體裡，頓時便哭嚎。「殺人啦！殺人啦！」她一邊喊著，一邊見崔薇舉了刀還要砍，頓時嚇得膽子都破了，一邊哭著，也顧不得手臂之上的傷口，頓時連滾帶爬地就往院外逃走，一邊尖叫道：「娘，崔薇這小賤人發瘋啦，她拿刀砍人啊！」

楊氏在院子中還在死死拽著兒子，誰料一聽王氏這話頓時吃了一驚，崔敬平擔憂妹妹，一把將楊氏推了開來，楊氏驚呆之下冷不防便被崔敬平推開，一個踉蹌之下崔敬平身體便滑如泥鰍似的朝廚房跑了過去。

那頭王氏從廚房裡出來，手還捂著胳膊，透著模糊的光線，楊氏依稀能看到她黑漆漆的指頭間滿是鮮血，頓時嚇了一跳，心臟一縮，本能喚道：「三郎，回來，小心傷了你！」話一說完，便見崔薇提著一把菜刀出來，一雙眼睛眨也不眨盯著她看，楊氏後背一麻，剩餘的半截話竟然說不出口來。

王氏哭得厲害，一下子摔在地上，崔薇也不管她，又一刀砍在了王氏腳後跟上，王氏頓時殺豬似的尖叫了起來！

楊氏看得頭皮快要炸了開來，她沒料到自己那個一向溫順的女兒竟然會幹出要殺人的勾當，實在是讓她也受了一把刺激，不敢上前，一邊又見兒子跑上前去，深恐崔薇發瘋之下傷了他，頓時急得兩眼一翻，險些便昏厥了過去。

「妹妹、妹妹，妳怎麼了？」崔敬平從沒有看過崔薇這副模樣，頓時嚇得語氣裡都帶了哭音，崔薇卻是極平靜。

王氏這會兒嚇得癱在地上，屎尿都齊齊混了出來，渾身抖得厲害，卻是受了兩處傷，根本站不起來，哭得滿臉淚痕，院子中一股臭味自她裙褲下透了出來，王氏這會兒哪裡還有之前的跋扈與張狂，只哭得歇不過氣來，哀求道：「四妹、妹，我錯了，我、我不是東西，妳、妳饒了，我一、命吧。」她哭得直打結。

崔薇卻是冷冷盯著她，衝崔敬平勉強擠出一個笑容來，來到古代這樣久，在崔家就崔敬平對她最好，可惜她卻是不能再繼續和這個三哥相處下去，崔薇心裡頭像是梗著一塊石頭般，難受得厲害。

「三哥，今日我為崔家除去這一禍害，她這樣我也不想活啦，三哥……」她一說完，到底忍不住，露出兩絲哭音又露出一絲恨意來。

王氏聽她說要殺死自己，頓時嚇得魂飛天外，崔薇自個兒不想活了，可也別拉著她，她想活呀！她這會兒真後悔了，若是早知道平日看起來不聲不響又懦弱的崔薇是個這樣剛烈的性子，她哪裡敢惹！王氏雙腿不停地抖得厲害，哭得上氣不接下氣，屋裡崔佑祖突然發瘋似的又哭了起來，可是這會兒卻沒哪個去管一管，甚至王氏哭得比崔佑祖還要厲害，若不是面前崔薇提著還在淌血的刀，有她再大吼一聲便要再給她一刀的架勢，恐怕這會兒王氏早該哭爹喊娘了。

「薇兒，妳可不要幹出傻事啊。」楊氏戰戰兢兢，這會兒看女兒的目光都帶了一絲怯懦之意，她沒料到平日看起來溫順又聽話且任勞任怨的女兒，不知道什麼時候變成了這般模樣，倒是令楊氏嚇了一跳，這會兒見王氏都吃了虧，她哪裡敢上前去，若是崔薇當真存了拚命的心思，恐怕就是她上前這丫頭也不會顧念母女之情的。

崔薇見楊氏說話，冷冷望了她一眼，黑白分明的大眼睛裡完全沒有絲毫的親情可念，陌生得令楊氏有些驚慌，又有些心中鈍鈍的疼，楊氏下意識地後退了一步，只是剛剛一退時，卻又心裡後悔了起來。

「這是怎麼了？」崔世福父子倆挑著籮筐回來時，隔得老遠便聽到了屋裡崔佑祖哭得震天響，這可是崔家頭一個第三代，再加上崔敬懷又是頭一回當爹，雖然他如今不大看得上王氏，可對於兒子他心裡其實還是很寶貝的，一聽兒子哭成這般模樣，便覺得心裡發慌。

崔世福卻是知道就算家裡頭王氏是個不著調的，但楊氏平日將孫子看得跟眼珠子似的，這會兒孩子哭成這般，楊氏應該早哄了，顯然屋裡又發生了事情，兩父子心裡都窩著一團火，二人在外頭累死累活的，天黑了腳還沒落屋，這家裡幾個女人沒事幹，盡扯些有的沒的，崔敬懷自然是將事情又算到了自己妻子頭上。

妹妹崔薇的性格崔敬懷是很瞭解的，平日不聲不響，就光受王氏欺負，單從今日下午時王氏那理所當然吩咐的語氣，便能聽得出來她平日在家裡是個什麼模樣。

崔敬懷心中「騰」地一下火氣便跟著竄了上來，搶先崔世福一步推開了家中虛掩的大門，果然便見到院裡站的幾個人，天色漸漸黑了下來，崔大郎離得又遠，便看得不怎麼清楚，可是卻能知道王氏又跟崔薇掐起來了，也不知道她一個大人怎麼總愛跟孩子吵架，自己在外頭忙得累死累活，她在家中閒得沒事幹便扯出么蛾子（注）來。

崔大郎二話不說，扔了籮筐便要去抽王氏。

那頭崔世福進來見兒子臉色不對勁，也怕這兩口子剛成婚沒兩年便開始鬧上，旁人看了笑話不說，夫妻總是要過一輩子的，家庭以和為貴才最重要，一旦鬧起來，那便是敗家之兆，下頭還有兩個小的未成婚，崔敬懷夫妻若是不好，往後也容易給兩個小的造成不好影響，因此崔世福連忙就將籮筐也跟著放了，拉了兒子的手，一邊就衝院子裡喝了一句！

一聽到這父子倆回來了，楊氏鬆了一大口氣，她剛剛不覺得如何，可這會兒一旦放鬆下來，卻才發覺到自己剛剛被女兒看得小腿肚子緊張得都抽了筋了，一見丈夫回來，連忙就

注：么蛾子，意指問題、差錯。

道：「當家的，你趕緊來勸勸，薇兒……」
楊氏話沒說完，那頭原本癱軟在地上似是打嗝打得快斷氣的王氏卻突然間大嚎了起來，聲音竟然壓過了屋裡頭哭得厲害的崔佑祖。
「殺死人啦，殺死人啦！」王氏這樣一邊嚎叫著，一邊要轉動身體，將自己的傷處給崔家父子倆看，誰料她嚇得早已渾身沒了力氣，緊張過後的僵硬一旦放鬆下來，這會兒坐在地上連動個指頭都困難，哪裡又能轉得動身體，只是本能的哭著這兩句，吼得崔敬懷拳頭捏得「喀喀」作響，那看她的目光跟要生吞了她似的。
「這到底是怎麼了！」崔世福這一刻直想揪頭髮，自己家裡人口雖然稱不上簡單，可也沒有複雜到哪兒去，比起旁人家生個七、八個孩子的，他家四個只成婚一個還算少的了，可為什麼家裡這些人就是不能安穩下來！他走近了才看到女兒手上提著的明晃晃的菜刀，上頭還染了些血跡，崔薇臉頰上印著一個五指印，已經腫得老高，這樣的情景倒不像是平日只鬥嘴吵架了，崔世福倒吸了一口涼氣，頓時看著這場景說不出話來。
崔薇倒是看著崔世福這表情心中有些難過，她剛一張嘴，誰料嘴裡牙齒便是一鬆，隨著她的動作，搖晃了幾下，便跟著落到了口腔中，一股血腥味染得滿嘴都是，她原是開口說話的，這口血水混著牙齒便跟著噴了出來。
「爹……」她一開口，那血水一下子順著下巴就往下流。
眾人都看得清楚，崔世福也嚇了一跳，只當她是受了什麼大傷，也顧不得癱坐在地上的王氏了，一把朝女兒衝了過來，說話聲音都有些顫抖了。「這是怎了？好端端的怎麼吐了血了？胸口疼不疼啊，阿淑，妳還不趕緊去找大夫！」崔世福回頭衝妻子吼了一句，楊氏頓時才回過神來。

剛剛她只看到王氏賞了女兒一巴掌，那手勁是用得有些大，可也沒見著打到肚腹或是胸口哪兒啊，不過剛剛王氏追進了廚房中，也不知道這賤人下狠手打崔薇沒有，一想到這兒，楊氏頓時也有些發慌。

崔敬懷看著妹妹吐血的樣子，頓時這會兒心中殺了王氏的心都有了，王氏嫁進崔家一年多來，他每回都看在兒子分上對她忍氣吞聲，沒料到她現在竟然敢下這樣的狠手了，崔敬懷一言不發，眼睛便在四處開始找東西。

王氏感覺出不對勁來，用盡了吃奶的勁兒轉頭見到崔大郎這樣子，頓時嚇得魂飛天外！夫妻一年多，她也摸透了崔敬懷性子，平日不聲不響的，但他若是大發雷霆還好，那麼發洩了那股牛脾氣後頭的事便算完了，可他若是一言不發，那表明事情便不是輕易就能解決的了。

王氏這會兒哆嗦著，看崔薇吐血的樣子，心裡既感痛快又感害怕，深怕崔薇有個三長兩短的，恐怕自己今日這條命當真要搭上了！不過她心裡也納悶，自己不過是打了崔薇一耳光，怎麼就鬧得她吐了這樣大一口血。王氏心裡頭不踏實，那頭崔敬懷已經找了個洗衣棒滿身煞氣朝她走了過來。

今日吃了這樣大的虧，被人砍了兩刀不說，還要被打，這還有沒有天理了！王氏頓時三魂七魄各自嚇掉了一半，嘴裡連忙便哭嚎了起來。「是我受傷了，崔薇那死丫頭拿刀殺我啊！她要殺死人啦！打死人了啊！」王氏這會兒見自己討不得好，也顧不得臉皮了，頓時張開嗓子便大聲嚎叫了起來，聲音直傳向四面八方，恐怕對面坡上的人家也能聽得清楚。

崔敬懷原本愣住的神情因為她這一喝變得又充滿了戾氣，咬了咬嘴唇，狠狠一木棍便抽到了王氏身上！

挨了幾下打，王氏在極度的惶恐之下，竟然也感覺不出有多疼了，整個人鈍鈍的，她只感覺到腳後跟與手臂鑽心似的疼，一邊哆嗦著，一邊卻連癱在地上起身躲的力氣都沒有，只趴在地上，嘴裡一邊哭著，一邊求著饒，聲音便漸漸小了下來。

崔世福也看得出來王氏是對自己女兒下了狠手，不然以崔薇這樣柔順的性情，若不是被逼到沒路可逃了，哪裡就會拿刀砍人，兔子急了還要咬人呢，王氏若不是打她狠了，她哪裡可能會去動刀子，要知道這丫頭膽小得很，平日就連蟲子都害怕的。再加上眾人剛剛都看到崔薇吐的那口血，心裡頓時都認為王氏被砍得活該，打得也活該！因著這原因，在崔大動手打人時崔世福難得沒有開口去勸阻，反倒是冷眼望著，一邊抱了女兒在懷裡，深恐她哪兒傷著了，便要將她帶去縣城裡大夫處。

見到王氏聲音漸漸小了，崔世福這才冷著臉道：「好了，老大也不要再打了，我先將薇兒帶到縣裡去瞧瞧，阿淑去拿些銅錢出來。」

楊氏一聽到這話，目光便閃了閃，有些猶豫道：「當家的，這幾天正是農忙的時候，地裡玉米都搬不完，要是耽擱了，恐怕今年怕是不夠家裡吃的。」

她這樣一說完，崔世福倒是猶豫了一下，實在是地裡的收成關係著一家人的吃喝，這去縣裡頭恐怕一來一回便要耽擱上四、五日的工夫不可，崔世福想了想，咬牙道：「那去鎮上吧，最多後日我便回來了，老大這幾日緊著一些，家裡的事妳幫著，三郎如今也懂事了，知道幫著做事，便讓他做些輕巧的。」

「那怎麼成！」楊氏一聽要自己寶貝兒子做事，頓時便有些不滿。

崔敬平卻是一言不發，聽到母親開口時，他皺了下眉頭，站了出來，關切的眼神在趴在崔世福懷裡的崔薇身上看了一眼，吸了吸鼻子，聲音裡雖然帶了些哭音，但卻挺直了腰道：「我幫著做事，爹帶妹妹去鎮上找大夫！」他剛剛被楊氏拉著，沒有救得成崔薇，這會兒心裡不知道是氣憤是羞愧、是後悔還是心疼，種種情緒夾雜在一起，令他說話時都有些打嗝。

楊氏聽到兒子這話急得上火，而崔世福卻是目光柔和的騰了一隻手出來，在小兒子腦袋上摸了摸，半晌之後才嘆息了一聲。「三郎長大啦，也聽話了。」

崔世福都發了話，便是表明這事已經板上釘釘了，楊氏咬著嘴唇，心裡急得上火，還欲再開口時，門口處傳來一陣腳步聲，她頭皮一麻，果然便見婆婆林氏帶了嫂子劉氏一塊兒過來了。

第九章

「這又是怎麼了？三天兩頭的還不讓人消停，這是要鬧哪樣！」林氏早就聽到王氏那哭嚎聲，這會兒真是恨不能找團牛屎將她嘴給糊了。一進門雖然沒指名道姓，但她臉上卻分明寫了王氏鬧事的意思。

王氏這會兒是被打得險些背過了氣去，不能辯駁，否則聽到林氏的話，恐怕早就跳起來了。

「婆婆怎麼過來了？」楊氏心裡暗叫不好，一邊卻是迎了上去。

林氏卻不給她好臉色，一扯衣裳便看到了趴在崔世福懷裡的孫女兒，沒有理睬楊氏，只有些擔憂道：「薇兒這是怎麼了？」

「還不知道哩，剛剛吐了一口血……」崔世福陰著臉，只剛說了一句話，林氏頓時臉便耷拉了下來，回頭指頭便伸向了楊氏，險些戳到了楊氏鼻孔裡去，一邊就開罵了──

「妳一大把年紀了，如今都做人婆婆，家裡的事竟然越來越拎不清，竟然鬧到要將人打得吐血的地步，這個女兒是妳撿來的吧？」林氏著實是有些氣了，以前看這個兒媳婦是個好的，可是越到後來越不著調（注），重男輕女便不說了，可為人實在也太過糊塗了些，之前的

注：不著調，意指做事沒頭腦、不正經，辦事不牢靠。

精明倒像是強作出來的一般，討個媳婦兒也是個沒眼光的，娶回王氏這個攪家精，除了能生孩子她還能幹啥？總有一天要將崔家敗了！

楊氏嫁進崔家門幾十年了，從年輕時候開始便從沒有被婆婆這樣不給臉面的指著鼻孔罵過，這會兒一被罵頓時有些受不住，小聲辯駁道：「哪裡是我打的，我也沒想到她嫂子能下這樣重的手，今兒忙一天了，又哪裡能顧得到這些！」楊氏一邊說著，一邊忍不住就哭了出來。

那頭楊氏的大嫂劉氏一見她哭，自個兒處著也尷尬，便折身進屋裡去哄那哭得厲害的崔佑祖去了。

沒了妯娌在一旁看著，楊氏臉面上的熱辣好歹才消退了幾分。

若是以往，林氏少不得聽這個兒媳婦一說，想到她對自己兒子一片心的分上這事便算了，可今日一聽到崔薇都被打得吐了血，心裡頭對這個兒媳便生了不喜，聽她說完，便冷笑了一聲。

「家宅不寧，就是敗家之兆！妳好歹也活到這把歲數了，還來跟我鬧這一齣，妳輕視女孩兒家便也罷了，我也不消說妳，只是想來妳自個兒也是個女子家，在娘家時想必也吃過這樣的苦頭，自個兒都嘗過那樣的滋味，如今卻是變本加厲來對付妳的女兒，縱著那王氏便也罷了，如今竟然鬧得這樣嚴重，我看妳一把年紀倒是活到了狗肚子裡頭！」

楊氏被罵得滿臉臊紅，心裡又有些不甘，話便脫口而出。「崔薇這死丫頭也不是個省油的燈，拿了刀便將她嫂子砍成這般……」

楊氏惱羞成怒之下脫口而出的話頓時令在場眾人心裡都是一寒，看她的目光便有了些變化。

林氏大笑一聲，拍著巴掌道：「砍得好！不只砍得好，還該多砍上幾刀！這樣的懶婆娘，竟敢在家虐待小姑到打得吐血，這樣的歹毒婦人我薇兒不砍，老娘來砍！」

這話聽得一旁已經被打得死活都快不能自理的王氏頓時一個激靈打了個冷顫，深怕林氏當真要來砍了自己，那刀割在肉上的滋味她嘗過，可真是疼入骨髓了，她這會兒心中是真害怕了，早知道崔薇這小賤種如此性情凶殘，便不去惹她了。

「娘，我要送薇兒去鎮上找大夫瞧瞧，我怕她有個啥……」崔世福身材長得三大五粗，平日憨厚老實不多話，此時說到這兒卻是忍不住有些哽咽，顯然是擔憂得緊了。

林氏知道他的顧慮，如今正是農忙的時候，她之前在外頭便已經聽到楊氏的話，因此這會兒便開口道：「你只管去，明兒我去地裡幫大郎幹活，我年紀大了，不過總也比某些一天到晚好吃懶做的婆娘強！」說到這兒，林氏又盯了一眼癱軟在地上的王氏，見她裙下都濕了，一股臭味從她下身傳來，更是瞧這婦人不起，只是當初楊氏看中她好生養，非要拉撥回來，結果鬧得這般，如今還要她一把年紀出來收拾爛攤子。

林氏都這樣開口了，崔世福也不耽擱，目光就落到了楊氏身上。

崔薇早在收拾了王氏一通，出了口心中惡氣時便存了與崔家魚死網破的主意，可如今崔世福與林氏以及崔敬平對她的維護，卻讓她眼眶燙得厲害，眼淚不住在眼眶中打轉，她心裡頭知道剛剛王氏只是打了她一耳光，身上並未受傷，剛剛那口血恐怕是打落了牙口腔裡才流的血。

若是換了平時能陷害王氏，崔薇自然義不容辭，可此時崔世福對她是真心疼愛，如今正是農忙的時候，崔家情況如何崔薇住了半年又不是不知道，每一文銅錢崔世福都要在地裡刨上半天了，若是去一趟鎮上折騰下來，恐怕花費幾十個銅錢不止，得抵上崔世福勤扒苦做好幾天了。崔世福每天早出晚歸的，是真的辛苦，三十多歲的人，這會兒頭髮都白了一半，她嘆息了一口氣，終究心下多少還是有了些酸楚。今兒反正要不了王氏性命了，折磨欺辱自己的又不是崔世福，也沒必要不能收拾欺壓自己的人，卻將氣撒在關心自己的人身上。

一想到這兒，崔薇在崔世福懷裡挺直了身子，吸了兩口鼻子，神情極為冷靜道：「爹，拂用了，我沒什麼事。」崔薇說話時，一來臉頰腫著說話有些不便，二來竟然嘴裡牙掉了，開始漏起風來！

崔世福看小女兒神情清冷，那雙眼眸子像是離自己極遠一般，頓時心裡就發酸，聽她說話漏風，連忙道：「薇兒牙掉了？」小女兒到這會兒還未哭鬧，不知怎的，崔世福心裡揪著似的疼，若是換了其他家的姑娘，恐怕這會兒早就已經哭爹喊娘的鬧了起來，難為她還忍得住。想到前些日子她剛被切過的手，那時她也是一副忍得的樣子，若不是平日做大人的對她過於苛刻了，一個小孩子哪裡會懂得忍耐，而且她這樣能忍，今日王氏卻將她逼得都動了刀子，也不知王氏究竟對她做了些什麼。

縱然崔世福是個老實本分到近乎不願家中起事的人，這會兒亦忍不住想讓大郎狠狠收拾他媳婦兒一回！

見崔薇開口了，楊氏便連忙就道：「是啊，薇兒都說沒事了。」

楊氏一說話，林氏便冷笑著看了她一眼，也不理睬她，見崔薇神情懨懨的，根本沒看楊氏一回，顯然母女間情分是真正生疏的了，林氏嘆息了一聲，衝孫女兒擠出一個笑臉來，朝她伸手過去。

「來薇兒，祖母抱。可有哪兒不舒坦的，與祖母說，讓妳爹帶妳去鎮上找大夫瞧瞧，這身體可得看好了，不然要是出了什麼事，往後可是一輩子的。」林氏有時說話極其潑辣，她早年守寡，又帶著兩個兒子，生活極其不易，若非她好強，將家裡撐了起來，又給兩個兒子討了老婆，崔家哪裡有如今子孫滿堂的情況。

「不疼的。」崔薇有些不太習慣嘴裡漏風的情景，話說得便極慢，見林氏身材健壯，這才朝她伸了手過去。

林氏長年做農活，身體可不是風吹便倒的，又見孫女兒乖巧，心裡便是一軟，一把將她攬進了懷裡。一抱著才覺得這姑娘輕飄飄的，頓時心生憐惜。「可憐見的，身上只得一些骨頭了，那些黑了心爛了肺的，也好欺負妳這樣一個命苦的人兒，有娘便跟沒娘一般，倒不如找個後娘，說不定日子過得還要好一些！」林氏這會兒是真怒了，崔薇都八歲了，可身上幾乎只得皮包骨，就是那些賣身給地主老爺家當下人的丫頭們，也不會像她這般面黃肌瘦的模樣。

林氏這話聽起來像是替崔薇出氣，可是仔細一琢磨楊氏心裡卻是不舒坦了，像是在指桑罵槐一般，而且什麼叫不如找個後娘了，她一沒死二沒被休，崔薇哪來的機會有後娘？楊氏心中不痛快，只可惜說這話的是林氏，她就是性格再潑辣凶殘也不敢跟林氏鬧，否則恐怕自己幾十歲了，都給人當婆婆了，還得被立媳婦兒規矩。

「娘，不如我來抱吧，您歇歇。」楊氏忍氣吞聲，討好的衝林氏露出一個笑臉來。

林氏卻虎著臉，睬也沒睬她，直接抱著崔薇朝屋裡走，那頭劉氏哄好了醒過來的崔佑祖，抱在懷裡也跟著站了出來。眾人都朝屋裡走，只剩王氏要死不活的趴在外間院子裡，沒有人理睬她。

崔敬平路過時，裝作不經意間，狠狠從王氏受傷的手臂上踩了過去，疼得王氏險些跳了起來，眼淚嘩啦啦的流，卻是不敢喊出聲，深怕自己這一出聲，便是自尋死路了。崔敬懷好不容易忘了揍她，若是一想起她來，少不得又是一頓打。

「老二，你自個兒說，薇兒這閨女你認不認，若是不喜歡，我便自個兒抱回去養，往後也不要你們哪個操心。」林氏眼皮一搭，自個兒先拉了長條凳坐下了，將崔薇放在自己大腿上，便轉頭看了崔世福夫妻一眼。

這兩口子還沒有開口說話呢，那頭抱著崔佑祖的劉氏卻是胳膊一緊，眼中閃過不滿之色，可是嘴上卻沒有吱聲。

「娘，我自己的閨女，怎麼不認了，再說您如今住在大哥家，大哥家人口多，也不寬裕，成哥兒眼見著快說媳婦兒了，哪裡還能多養著一個人。」崔世福悶聲開口。

劉氏頓時便鬆了很大一口氣，她如今家裡頭過得也是緊巴巴的，若是平日叔叔家鬧事她過來勸勸也就罷，她心裡也是同情崔薇，不過也就是同情一下而已，若要讓崔薇住她家去，劉氏卻是心裡一百個不樂意的。這會兒見崔世福自個兒拒絕，劉氏心頭一顆大石便落了地。

楊氏倒是有些意動，崔薇在屋裡三天兩頭的便跟王氏掐架，說實話她也是真有些煩了，這兩人便是不能湊到一塊兒過日子的，否則非得再生事端不可，若是隔三差五的便這樣鬧上一齣，恐怕她也受不了，若是能讓崔薇去崔大家住著，平日過來做事，她每月給些口糧，如此一來將崔薇跟王氏隔開了，說不得也是一件好事。

「其實娘這主意也不錯，若是薇兒能住在大伯家，咱們每月給些米糧添油燈錢便是。」

楊氏一開口，眾人愣了半晌，誰也沒料到她竟然說了這樣一個主意出來，劉氏心裡雖然不情願，但也怕婆婆當真打了這個主意，自己若出頭當那個惡人，一口將這事回絕了，恐怕得罪的便是崔家滿門，到時做事不討好，恐怕回頭還得被丈夫收拾，劉氏自然不肯幹這樣的事情，聞言便沈默了下來。

林氏愣了半晌之後，突然間笑了起來。「老二家的，說說妳心裡是個什麼打算。」她一邊說完，一邊雙眼便緊盯了楊氏瞧，一邊示意臉色憋得通紅的崔世福不准開口。

「我認為咱們給大哥家一些米糧，平日薇兒回來幫著煮飯餵豬收拾屋裡，晚上便在大伯那邊，如此一來跟王花隔開了，也免得兩人吵鬧不休。」楊氏將心一橫，把自己打的主意便說了出來。

這話一說出口，劉氏表面不顯，其實心裡卻不痛快，合著楊氏打的好主意，把女兒寄養在自己家，將自己家當那客棧般，而且還要崔薇做事得回崔二家來，想得倒是挺美！

崔薇這會兒心裡也在冷笑，楊氏憑什麼覺得今日這樣一鬧之後，自己還要乖乖替崔家做事？她是不是吃準了自己離了崔家便活不了，還是覺得女兒便是她楊氏的私有財產，一天到晚跟雇童工似的壓榨自己，末了將自己使喚夠了，又將自己當作牲口一般賣了出去？崔薇一想到這兒，心裡生出一股厭煩之感，想了想，突然間開口道：「我哪兒也不去！」

眾人討論的是崔薇的歸屬，可誰也沒想過要問下她的意見，想來在眾人心目中恐怕她只是一個不懂事的丫頭而已，沒人將她的話放在心上，崔薇想了想，自己如今若是要跟崔家完全脫離關係，那恐怕難以辦成，但若是能利用一些崔世福此時心裡的愧疚與憐愛來給自己掙些好處，也並非不可能。

楊氏一聽到女兒不肯走，頓時臉色便有些不好看，她覺得這個一向溫順的女兒如今越來越野蠻不聽話了，心裡頓時生出幾分不喜，如今王花是崔佑祖的母親，又是崔大郎剛過門沒幾年的媳婦兒，難不成不將崔薇送到隔壁，還要將王氏送過去不成？那樣人家不得都指著崔家脊梁骨罵，以後崔二以及崔三的婚事，便恐怕要起波折。王花再錯，也是崔家的兒媳，若是將她送走，就算王氏自個兒名聲要毀了，可崔家名聲亦好聽不到哪兒去，往後誰還肯將女兒嫁到崔家這個能將兒媳送到叔伯家住的人家來？

這會兒楊氏光想著崔家的名聲，卻沒想過女兒要是這樣一被送走，那名聲便被毀定了，以後上哪兒說個好人家去？不過她就算是想到了，與崔家這一大家子相比起來，她恐怕也覺得女兒應該是會被犧牲的，畢竟女孩兒家，生來就是別人家的人，往後嫁出去的女兒潑出去的水，又不是一輩子留在崔家能給崔家開枝散葉的，她一向又是個重男輕女的，自然不將崔薇看得有多重。

「妳去不去，可由不得妳！」楊氏一見自己提出意見，林氏等人都還沒有開口說話，偏偏崔薇便張了嘴，越發覺得她沒有規矩，心中一想到剛剛女兒提刀砍人的情景，以及那令她打心眼裡害怕的目光，越發覺得將她送走是個好事，因此喝斥了一句，原想要再張嘴的，那頭劉氏抱著崔佑祖卻是笑了起來。

「弟妹妳急什麼，薇兒自小就有主張，也是有個膽識的，妳就聽聽她的意見又如何？」劉氏雖然是笑著的，不過那表情卻是勉強得很，她雖然性情溫順，不似楊氏潑辣，但也不代表她一點兒脾氣也沒有，楊氏那想法自私得她都不好意思張這個嘴，不知道她怎麼就能開口說出來的。

劉氏這話音一落，崔世福頓時臉上便火辣辣的，他也看得出來嫂子是心裡頭不高興了，其實他也不高興，自己家裡再窮，可也短不了女兒一個住處，楊氏這樣明著看起來像是隔開了王氏和崔薇，不過實際上卻像是將女兒放逐交給旁人養一般。他身為男人，楊氏這話自然戳到了他自尊心，像是在說他養不起孩子般，心裡雖不滿，不過想到妻子一輩子跟了自己吃苦受累的，因此板著臉沒有開口，這會兒聽劉氏說話，才知道這些想法只是楊氏一廂情願而已，那頭劉氏還沒有鬆嘴呢！

楊氏也聽出劉氏心裡的不樂意，頓時暗叫了一聲糟，她之前只顧自己家裡的情景，卻忘了問問看劉氏他們的意思，因此這會兒見劉氏有些不痛快，連忙就開口道：「嫂子放心，我是什麼人，嫂子您是清楚的，斷然虧不了大伯和您，薇兒在您家，絕對不是白住白吃的。」

劉氏一聽她這話，便冷笑了一聲，聽楊氏這話裡的意思，她女兒到自己家交了米糧便要又吃又住的，合著那米糧還不只是全繳住宿的，吃穿用和住都在自己家，做事卻回崔二家來，豈不是讓自己幫著她養孩子還得不到半點兒好處了？這還不叫讓自己吃了虧，若是崔世福也下了這個決心，恐怕崔世財那個老實的當真要答應！

一想到這兒，劉氏心裡不由又驚又怒，再一想到剛剛林氏都鬆了嘴，不免有些絕望了起來，連帶著看懷裡抱著還在不住打嗝的崔佑祖也開始厭煩了起來，可惜這會兒王氏要死不活的在外頭沒人搭理，崔世福是一家之主，幾乎不抱孩子的，崔大郎又講究抱孫不抱子，楊氏則是壓根兒沒有注意到這邊，頓時心裡更加厭煩，抱著又丟不開手，動作便不如之前柔和了。小孩子是最敏感的，這會兒感覺到劉氏的敷衍與不喜，頓時還沒完全停下哭的崔佑祖又大聲哭了起來。

這下可不得了，楊氏將這孫子瞧得跟眼珠子似的，終於將目光落了過來，焦急道：「這是怎麼了，好端端的，怎麼哭個不停了，大嫂，妳歇著我來抱孩子吧。」她說完，便將崔佑祖接過去，離了幾步遠，並伸手在孩子身上盯了兩眼，一邊掀了衣裳看了看。

見楊氏這動作，劉氏頓時臉色氣得鐵青，楊氏這模樣像是害怕自己虐待了她孫子一般，她就是再陰毒，也不至於對一個什麼都不懂的小孩下手，說句刻薄的，此時孩子不好養活，這崔佑祖能活得到幾時都不一定，她何必因為一時意氣去掐他？

劉氏這頭心裡不痛快，那頭楊氏抱了孫子，腳跺了跺，又搖了搖他哄了幾下，頓時崔佑祖便歇了哭聲，楊氏心裡這才放了心，知道劉氏沒使陰招，心裡也有些不好意思，連忙又道：「大嫂您瞧瞧薇兒這事，不如您回去與大哥商量商量？」楊氏說完，一邊又轉頭看了臉耷拉得老長的林氏一眼，聲音越說越小，最後不吱聲了。

「我哪兒也不去。」崔薇這會兒心裡就算是火大得要燎原了，不過表情卻是十分鎮定。她這會兒臉龐已經高高腫了起來，為了給王氏添堵，她故意拿手捂著胸口，說一句話還喘了幾聲，一副呼吸十分困難的樣子，看得崔世福心裡跟吊著塊大石頭般，沈甸甸的。

「我記得，後院旁邊有一座小院子，我想自個兒去那邊住。」崔薇說完，便眼淚汪汪看了崔世福一眼。

「不行！」一聽這話，楊氏還沒有開口，崔世福頓時便斬釘截鐵的搖了搖頭，一邊也不去看女兒那可憐兮兮腫得比平常大了一倍的臉龐，一邊拳頭握得死緊，青筋一根根鼓了出來，臉龐漲脹通紅。「那地方荒了不知道多少年了，如今地上滿是青苔不說，而且房屋頂都是壞的，恐怕下幾場大雨房子都得沖垮，妳一個人住那兒，簡直是胡鬧！」

崔世福話音一落，林氏也跟著點了點頭。「那地方是不能住人的，那地方是妳祖爺爺當年住過的了，如今幾十年都沒有住過人了，裡頭恐怕蛇蟲鼠蚊的不少，再說那院子雖然離崔家只一牆之隔，不過妳一個女娃子家住過去，也實在太危險了！」

林氏雖然是拒絕的話，但一想到剛剛楊氏說要將女兒送到老大家的情景，心裡知道這對母女的情分恐怕這會兒是真壞了，要是住一塊兒，薇兒如今脾氣又倔起來了，今日王氏又下了那樣的狠手，恐怕哪日真會鬧出事情來。而劉氏那邊心裡頭又不痛快了，若是將崔薇接到老大家，恐怕老大一家還得鬧矛盾，林氏這會兒是真有些猶豫了，二兒子一家鬧得雞犬不寧，而她身為母親，也要一碗水端平，更何況她如今還住在老大家，不能因為老二一家子的不痛快，連帶著使原本和美的老大家也跟著吵了起來。

林氏這會兒是萬分為難，她雖然要強了一輩子，但如今兒孫多了，總也要為晚輩考慮，她雖然憐惜崔薇，不過老大家也有兒孫們以及曾孫子在，她不能不想得周到一些，免得原本還算親和的兩兄弟鬧了起來。

這會兒林氏越想越是頭疼，也越發將今日鬧事的王氏給恨上了，估摸著自己這邊農忙一過，定要好好收拾這賤人一回！

崔薇見自己說了一句話，崔世福和林氏都說不行，其餘人等卻是沈默了下來，也不再往心裡去，楊氏的德行她早已經看透了，與她計較，恐怕那氣是吃不完的。她之前所說的後面院子，是崔世福的爺爺留下的舊房子，當初崔世福的爺爺去世之後，房子便一直空了下來，因為實在太過破舊，連房頂都快被掀飛了，因此一直沒人去住，也沒哪個有閒錢去整理過，整理那樣一間房子，恐怕花的錢不比重建一間屋來得少，就因為這樣，那房子雖然算是遺產，不過後來崔世福跟崔世財兩兄弟誰都沒要。林氏的丈夫當初就是一根獨苗，因此兩兄弟不要這屋子，便也沒人去要，更是荒涼得厲害，幾十年過去了，那地方就是稱之為廢棄的破爛也不為過，一些孩童玩耍扮家家，都不肯去那屋子的，嫌破舊得厲害，也嫌冷清，怕裡頭有大蟲出沒。

這樣破舊的房子，在崔薇本來的記憶中便只留下陰森恐怖的印象而已，若是換了以前，崔薇若不是被逼到沒法子了，自然也沒想過要去那邊住，可如今跟王氏鬧成這般模樣，又將楊氏這人看得透了，若是如今像在崔家一般天天夾緊了尾巴過日子，倒不如自個兒去住那破窖，至少過得自在舒心，若是她勤勞一些，說不定想出些方兒來，也不是不能過下去，指不定比在崔家日子好過得多了。

「奶奶！」崔薇大喊了一聲，眼淚忍不住就流了下來，一邊哭，一邊就感覺到自己門牙還有兩顆是鬆了，幸虧這個年紀她記憶中還沒有換過牙，否則她往後一個女孩家，頂著一嘴缺牙，這古代又沒補牙技術，不如死了算了！崔薇開始還是假裝哭著惹人同情，不過哭著哭著，想到自己莫名其妙來了古代，過的日子連豬都不如，頓時便悲從中來，她想到自己今日若是不狠心一些，恐怕還脫不了崔家這個要命的泥潭，想了想，一狠心，嘴中用力一抿，一股劇痛襲來，那原本還搖晃個不停的兩顆牙頓時便落了下來！

嘴裡一股血腥味傳來，崔薇裝作咳了幾聲，嘴角邊又沁出了一絲血跡，她努力做出忍著噴血衝動的樣子，一邊哭道：「奶奶、爹，再危險，還能有現在危險嗎？」她一邊說著，一邊那受傷的牙齦還在流著血，順著她說話的動作便噴了出來。崔薇嘴裡含著兩顆掉落下來的牙齒，說話時便顯得有些困難，可是這在旁人眼中，便顯得像是她受傷嚴重，忍著疼痛說話一般。

崔世福臉色鐵青，看著女兒手都抖了起來，崔薇的話像是一句句剜著他的心般，自己家裡，竟然在崔薇看來跟龍潭虎穴差不多，若不是平日楊氏對她太過苛刻，王氏又時常欺負著她，她一個小女娃怎麼會想要搬到後院那破房子住去？

林氏摟著崔薇，也能感覺到孫女兒氣怒之下不停顫抖的身體，不過她只當崔薇是怕的，現在聽她說這話，頓時忍不住便撩了衣襬擦眼淚，一邊嘴裡大聲道：「作孽呀，我崔家家門不幸，娶了這樣一個媳婦兒，是來討債的，要弄得崔家家破人亡的啊！」

林氏這樣大聲一喝，又哭嚎不止，楊氏頓時臉色便脹得通紅，心裡又是委屈又是鬱悶，林氏這話沒有指名道姓的，崔家可不止王氏一個媳婦兒，只要林氏還在，就連楊氏自己也都只能被稱之為兒媳婦而已，林氏又意有所指的，楊氏本能的便覺得她是在指自己，頓時有些羞惱，也跟王氏一般，將崔薇給恨上了。

「娘……」楊氏手裡抱著孫子，不好跪下去，只是臉上卻是脹得通紅，她皮膚黑了些，看不出好歹來，不過眼睛裡的神色卻是躲躲閃閃的，一邊就道：「薇兒若是能住到隔壁去，那也是好事，您也不想看到薇兒三天兩頭的被王花打吧，她倆就是狗見羊的，一見面就掐，沒見又想著，這樣好歹家裡平和，說不準還能處出些感情來。」

楊氏這樣一說，崔薇便冷笑了兩聲，她跟王氏有個屁的想念，這會兒她恨不能讓王氏去死！早知道剛剛能這樣混過關，她之前就該多給王氏兩刀，叫她吃夠苦頭，到時最多說自己被王氏逼得發了瘋，說不定還更能惹人憐惜，反正王氏平日行為跋扈，名聲又夠壞，還是她先動手，就是她說破天，恐怕也沒人能信她！

崔世福一聽到楊氏這樣說，便冷冷看了她一眼，低頭哆嗦著從腰間掏出旱煙袋子來，只是因為心情激動，掏了好幾回也沒能把東西取出來，半晌之後他像是火大了一般，狠狠將那袋子用蠻力扯了下來，這才撕開了那口袋，將煙桿與菸絲取了出來，一邊顫抖著取了火石出來將菸點燃，狠狠吸了一大口。

見到那好端端的袋子一下子被撕成兩半，乾菸葉子落了滿地都是，楊氏心疼得直齜牙，吸了兩口涼氣，偏偏又抱著孫子不好過去，便開口道：「好端端的袋子，你拿它撒氣幹啥，要找這樣兩塊完整的布可不容易咧！」平日裡崔世福也愛惜這個煙袋子，農家裡生活不容易，個個過得都緊巴巴的，一年到頭都穿不上一件新衣裳，一些做袋子的布都是打過好多次補丁的舊衣裳拆下來的，崔世福這個袋子可是用新布縫製成的，他平時用來裝菸葉等物，輕易都不敢多用力一下，沒料到此時便撕破了，難怪楊氏心疼。

「閉嘴！」崔世福喝了楊氏一回，他平日老實巴交的，在家裡連說話的時候都少，一般都悶頭幹活，還從來沒有露出過這副凶狠的模樣，楊氏嚇了一跳，隨即也真不敢開口。

崔世福吸了兩口菸，神情好歹冷靜了一些，狠狠吐了一大口煙霧，這才敲了敲煙桿，大聲道：「我家的女兒，還沒有養不起要將她趕到角落裡的道理！有我一口吃的，便不會餓了她一天，不要再提各自分開的事，要是有齷齪，隔得天邊遠也照樣心裡不痛快，要是真和睦，天天處一堆也吵不了架！」

這句話，倒像是表明崔世福不會讓崔薇離開了。崔薇心下裡微微感動，不過她雖然知道崔世福這是為了她好，但崔世福不是她，卻不明白她心中的想法。崔世福只當與崔家住一塊兒是好的，卻沒想過楊氏跟王氏的性子，鬧成這樣，往後還容不容得了她，而她也知道自己一個姑娘家單獨出去住，名聲不只不好聽，往後若是要嫁人，恐怕也是難，甚至更為嚴重的，除了名聲壞了往後沒人要之外，她自己一個人，恐怕以後還會有人來欺負她。

種種後果崔薇都想過了，她甚至想過自己一個人出去住，就算是在古代她現在還沒有謀生的手段，就算是餓得要死了，若是能跟崔家撇清關係，她就是死了也樂意，至少長痛不如短痛，說不定一死，她便能回到現代了。

第十章

崔薇眼中閃過一絲哀傷，見場中因崔世福的話眾人都安靜了下來，楊氏臉上的不滿與劉氏鬆了一口氣的神情，還有崔大郎歉疚的神色，以及崔敬平帶著淚痕的臉，不知道為何，在這一刻看得特別清楚，崔薇突然之間咳了幾聲，那嘴裡的牙便都吐了出來。

林氏聽到聲音，下意識的伸手去接，便見到手掌中還躺著兩顆帶血的牙齒，頓時便又哭嚎了起來。「作孽啊，王氏那毒婦，一個孩子也能下得了這樣狠的手，這都是打掉幾顆牙了？那肚子有沒有啥問題啊，要是打出個好歹來，以後可怎麼了得？」

林氏說這話時，楊氏目光便閃了閃，那頭崔世福果斷道：「我這就帶薇兒去縣裡看看大夫！」

「爹！」崔薇搖了搖頭，作出辛苦的模樣，一邊哭著，一邊掙扎著從林氏懷裡站起身來，「撲通」一聲便跪了下去，哭聲尖細得跟小貓似的。「您就讓我自己去住吧，大嫂會打死我的，我、我想要一個人住，爹，您答應我吧，您答應我吧，我以後自己努力掙錢，我不要爹養活，我會做荷包的，我去鎮上賣，爹……」

崔薇聲音尖利，哭得上氣不接下氣，崔世福聽了，忍不住眼淚便流了下來。

若是沒有王氏之前下毒手，一個孩子怎麼會說有人要打死她。崔世福一聽到女兒說她要自己養活自己的話，擺明就像是要跟崔家斷了關係一般，心裡不知是個什麼滋味，就算明知孩子的話不能較真兒，可他心裡依舊是難受得厲害，回頭便看了沈默不語的崔敬懷一眼。「大郎，你可是聽到了？你妹子要自己搬出去住！」這會兒縱然崔世福希望家和萬事興，可依舊忍不住將氣撒到了兒子身上。

崔敬懷臉色脹得通紅，指節握得「喀喀」作響，咬牙切齒道：「爹，我這就休了她，妹妹是崔家的人，要走也是她走！」他說完，果然便要轉身出去。

崔家人除了崔二郎之外，沒人識字，而這會兒崔二郎還沒有從學堂回來，崔敬懷擺明是要去聶家找人幫忙寫休書的。

楊氏眼皮一跳，看到懷裡睜著一雙無辜大眼睛的崔佑祖，頓時便心中一痛，慌忙道：「不能啊大郎。」她下意識地一喊完，見林氏與崔世福父子都盯著自己看，頓時也有些不自在，下意識地拍了拍懷裡的孫子，一邊道：「小郎出生才半年，哪裡能少得了母親。」

楊氏這話音剛落，崔敬平原本亮起來的眼睛頓時就黯淡了下去，有些失望。「娘，小郎不能失去母親，妹妹就能失去我們嗎？」

崔敬平還是個孩子，不過他說完這話，屋裡便死一般的寂靜，楊氏覺得自己心裡一痛，像是失去了什麼重要的東西般，她看著崔敬平有些失落的臉龐，一手攏著孫子，一手下意識地就想伸過去摸他，誰料崔敬平腦袋一側，卻是躲了過去，楊氏臉色頓時青白交錯。

崔薇心裡冷笑了一聲，小臉一下子冷靜了下來。「爹，女兒決定了，要去後面院子住，女兒想要自立門戶，往後請爹只當沒有生過我這個不孝女。」

「胡鬧！」崔世福一聽這話，面色頓時鐵青，氣得連話也說不出來了，楊氏面色也有些不太好看，現場之中恐怕唯有劉氏才覺得心裡痛快了一些。她並不是什麼大奸大惡的人，不過剛剛楊氏那理所當然的話令她現在還覺得反感，這會兒看楊氏心裡不好受，她自然是感覺痛快。

「爹要是不答應，我就不起來了，反正今兒我原本也沒打算活的。」崔薇這話雖然看似說得爽快，實則話裡含了淒楚。

崔世福不知怎的，身板一下子矮了下去，半晌說不出話來。

「薇兒，妳……」林氏心裡也有些不大舒坦，有些憐惜崔薇，也有些遷怒楊氏，若不是她行事糊塗了，哪裡就會逼得一個小孩子想要出去自立門戶的，那後邊的院子既是快背靠著大山了，又無人煙，平日冷冷清清的，連一些調皮搗蛋的孩子們也不肯過去，心裡犯怵，崔薇一向性情膽小懦弱，不是被逼到極點，怎麼可能會寧願去住那破屋，也不肯待在崔家？

崔薇自然聽到了林氏那有些無奈的話，但她這會兒顧不上，她的機會只得眼前這一回，若是錯過了，往後恐怕過的便是水深火熱的日子，若是如此，不如賭上一回，崔世福要是答應了，她當然便珍惜這莫名其妙得來的一次性命，可若是崔世福不同意，這樣的日子她也不想過了。跟王氏那樣的人生活在一塊兒，今日又使她恨上了自己，日後指不定使什麼陰招了，與其在楊氏這樣苛刻得像是對待童工的人手底下討生活，倒不如自己過日子來得痛快。

「爹，您答應我吧。」崔薇雙眼盯著崔世福，滿臉的希冀之色。不知道為什麼，崔世福原本是想搖頭，可是崔薇的眼神與表情就像是他一不答應就馬上會撐不住般，屋裡頓時又冷靜了下來。

崔敬平年紀最小，這會兒已經忍不住開始「嗚嗚」的抹起了眼淚珠子，他原本性情就乖覺，這會兒看眾人臉色與剛剛崔薇說的話，再笨他也曉得崔薇是想要離開崔家了，他這會兒心裡有些忐忑，不過嚴重的氣氛讓他不敢大聲哭出來，只是咬著唇淚眼迷濛的盯著跪在場中的那個瘦小身影看。

「妹妹，今日都是大哥對不住妳，往後……」崔敬懷有些手足無措，他如今是有些厭惡王氏，不過楊氏說得對，王氏再怎麼壞也是崔佑祖的娘，如今就算是將她趕回娘家，可是受苦受累的是自己的兒子，崔敬懷可以不要王氏，卻是不忍心看兒子受苦，也因為如此，他對於崔薇就特別的內疚，不過他這會兒卻是說不出什麼話來，只憋出了一句，便再也說不下去。

崔世福不敢去看女兒的眼神，突然間一下子有些慌亂似的站起身來。「這事以後再說，我先帶妳去瞧了大夫。」他話沒說完，卻見女兒直挺挺的跪在地上，沒有要起身的意思，那瘦小的背脊挺得筆直，嘴唇緊抿成一條線般，頓時這個一向沈默寡言的漢子一下子抱著腦袋便又重新坐回了位置上，抓了半天頭髮，才抬起頭來，露出一雙通紅的眼珠，有些垂頭喪氣地說：「我允了，妳起來吧，自個兒身體不好，要當心一些，地上涼，不要跪得久了。」

他話一說完，崔薇也忍不住跟著眼淚就流了出來。

崔世福見她這樣子，心裡也不好受，雖然說答應了女兒這件事，不過他也不是沒有後著的，抹了一把臉，又將自己之前擲到地上的煙桿撿了起來，想了想道：「要去那地方住也成，不過要建個院子，就靠著咱們這邊將院子圍起來，中間留道門，日常走動也方便，趕明兒我閒了將那屋子整理一番，得添置一些東西……」

一聽這話，楊氏便想開口，不過看到崔薇腫得老高的臉龐，以及崔世福不太好看的臉色，話到嘴邊又嚥了下去，哪裡敢在這個時候開口，便開始心中盤算起了自己要花多少銅子兒才可能將那院子給葺起來。到了這個時候，楊氏已經開始有些後悔了，早知道便不出那個要將崔薇送走的餿主意，累得如今自己還要出錢，家裡窮得叮噹響，一文錢都恨不能掰成兩文花，又哪裡來的這些銅錢？

崔世福已經下了決心，如今看來他能答應到這個地步已經算是最好的了，崔薇也不好再要求更多，若是再多要求一些，恐怕崔世福當場就不會同意了，反正來日方長，暫時能搬得遠遠的，不要日日跟楊氏等人湊一堆也不錯，往後的事，往後再慢慢來就是。

一想到此處，崔薇也跟著點了點頭，連忙就被林氏拉了起來，重新摟進懷裡。林氏抱著她不說話，只是擦眼淚。

那頭劉氏見事情解決了，又不用住在自己家吃喝拉撒的，心中也跟著鬆了一口氣，這才露出慈愛的笑臉來。「既然如此，待農忙之後，也讓妳大哥與敬連他們都來幫忙，那圍牆修著肯定也快！」她雖然這會兒表態了，但多少兩妯娌間還是留了些疙瘩，只是這會兒當著眾人面沒有說出來罷了。

崔世福點了點頭，道了一聲謝，這才要拉了女兒起身。「走吧，既然依了妳，身上哪兒有傷，也得早些去瞧好了，免得往後落下病根，可是一輩子的事。」他眼眶通紅，不過看著女兒卻是勉強露出一個笑容來。

崔薇心裡一酸，也覺得有些不是滋味，搖了搖頭還沒開口說話，那頭楊氏已經皺了下眉頭，小聲道：「他爹，家裡銅錢就剩這些，還要留著修圍牆，恐怕都不夠了，若是去請大夫，到時恐怕使不出來……」

一聽這話，不只是崔世福眉頭一下子皺了起來，連帶著崔敬平也看了楊氏一眼，林氏臉色有些不好看，見一說到錢大兒媳又閉緊了嘴巴，雖然知道她也是有自己難處，不過心裡多少還是有些不痛快，她這大半輩子手裡也存了些私房，若是補貼了老二一家，恐怕老大家的便會心中有想法，可若是此時雙方各自補貼一半，若她往後老了，要使錢便不會那樣痛快。林氏心裡猶豫著，但到底還沒像楊氏那樣狠心，咬了咬牙，突然間開口道：「甭說了！娃兒身體要緊，我那兒還有些閒錢，這些年下來也存了五兩多銀子，如今一家各一半，待會兒便拿出來，老二，你先將薇兒身體看好了再說！」

這話一說出口，不要說楊氏愣了一下，就連劉氏也開始心花怒放，五兩銀子啊，就是一人家裡分到一半，也足有二兩半了，這些錢夠得全家人富足的吃喝上一、兩年了，她早知道老太太手裡有些錢，不過平日林氏捏得緊，自己家裡人口不少，雖然崔世財平日勤勞，與兒子們在地上也是一把好手，不過一整年下來日子也是過得緊巴巴的，若是有了這些錢，便能送自己孫子入私塾唸書了！

劉氏心裡頭高興，臉上強忍著不敢表露出來，可是卻又有些不是滋味，林氏有錢，可是平日眼見著自己家過得吃緊，她卻不肯分一分出來，偏偏崔薇這小妮子一旦受了傷，她倒是捨得大方，對自己孫子都不緊著一些，偏對一個丫頭片子這樣好！

與劉氏心情相同的，還有楊氏，她也是歡喜不已，不過想想又有些鬱悶了起來。若是平日，林氏能分到二兩半銀子給她，她便是歡天喜地的，可如今拿到這些銀子還要去給女兒瞧大夫抓藥，一折騰下來不知道要去了多少，還要修圍牆，恐怕沒有半錢銀子辦不了，楊氏這樣一想，頓時心裡便怒了，連帶著將那打人的王氏也恨上了，心裡便暗自詛咒著，剛開始崔薇怎麼不再多給她幾刀，將那賤人狠狠多砍幾下才好！

「娘，那銀子是您防老的，您自個兒留著吧。」崔世福心裡有些難受，沒料到自己家裡的這些破事，還將林氏的棺材本兒也掏了出來。這些銀子可是當初老頭子過世的時候留給林氏的，林氏省吃儉用一直沒捨得動那筆錢，那些可是以後要買棺材壽衣以及辦道場的，如今花用了，以後可怎麼辦才好？崔世福一想到這些，胸口便梗得難受。「那些銀子是您準備以後留著辦身後事的，若是此時用了，往後可怎麼得了？」

這話一說出口，原本還興奮無比的楊氏兩妯娌頓時便如同大冬天被人一盆冷水兜頭潑了下來，澆了個透心涼！崔世福說得不錯啊，林氏這些銀子是留著辦後事的，說個不好聽的，若是往後林氏雙腿一蹬，沒了氣息，那後事該辦的還是得辦，她若是這會兒沒了銀子，往後還不是要自己兩家來出，崔世財兄弟又是孝順的，恐怕不大辦兩妯娌都信不過自己，敢情歡喜了半天，不過是將往後的銀子先提前拿來透支了而已！

劉氏心中頓時高興便去了三層，而楊氏則是痛心疾首了起來，她比劉氏這樣透支給自己用了還要慘，她是先透支來給女兒瞧病又要給她修屋用的，自己沒占著半點兒好處，往後還要再出銀子，一想到這些，楊氏心裡更恨了王氏幾分。

「那些事想這麼早幹啥哩？我如今身子骨還硬朗著，下地種田都沒有問題，往後說不定離死還遠著，我這些年大不了再幫人縫縫補補的做些事，再重新存就是，你爹當年能存得了錢，我還不信我就存不上了！」林氏說完，摸了摸崔薇的腦袋，慈愛道：「可是薇兒年紀還輕著咧，往後大把的好日子在後頭，要是落下了個病根，往後可是一輩子的大事，馬虎不得！」她一說完，崔薇眼眶便是一熱，連帶著崔世福也低頭拿汗巾抹眼眶。

「不過老大家的，薇兒既然要去住那破屋，便相當於那屋子如今給了老二一家，妳沒有什麼意見吧？」林氏這會兒盯緊了大兒媳婦，皺了一下眉頭，開口道。她原本也認為大兒媳溫順聽話，不過剛剛看到了她的不樂意，林氏心裡也生出警惕來，深恐往後因為一個房子再扯皮（注），因此便欲將醜話說到前頭，畢竟那破房子開始是沒人要的，往後萬一一旦老二家花錢修整起來，老大家又鬧著說那是老頭子留下來的東西要分了，倒是扯不完的一地雞毛。

劉氏自然明白婆婆的意思，她可看不上那破房子，修那房子的錢足夠再建一棟比那更好的院子了，最多是多花一些時間而已，崔世福願意給她女兒弄，便自個兒弄去，她可不稀罕，更何況她若是不同意，聽林氏的意思便是崔薇要住自己家裡，相較之下，不過是丟一樣自己不要的破爛玩意兒，便可推開一個麻煩，她自然樂意答應，因此便痛快點了點頭。「都聽娘的，我沒意見，薇兒沒地方去，我一個當伯母的也不好意思與她爭搶，都給了她便是！」

楊氏一聽這話，頓時撇了撇嘴角，什麼叫不好意思與崔薇搶，明明就是她家不要的東西，如今說得這樣好聽。她心裡這會兒還火著，臉上便有些不好看。

那頭崔世福沈默了片刻，突然開口道：「既然如此，我還是給大嫂一百個銅子，算是將那院子買下來便是，明兒過個手續，在村正那裡落實一下也好。」

他這樣一說，楊氏險些便尖叫了起來，一百個銅錢，那得要崔世福一刻不停歇的做上一個月多了，那間破房子，送人倒貼五文錢都沒人要，這傻子竟然要花一百文。楊氏氣得要死，劉氏卻是一下子咧嘴笑了起來，沒料到今日過來還有這樣的好事，一百文錢夠他們一家子能花上大半年了，農家裡要花錢的地方不多，倒沒料到這個叔叔是個好的，劉氏心裡自然千百個願意，反正她也沒看得上過那破房子，不過這會兒能有錢收又不過是一樣她看不上的東西，便點了點頭，假意客氣道：「我倒是沒什麼，不過自家人，花不花錢什麼的，便是叔

注：扯皮，毫無必要地爭論、推諉。

叔說一聲要那房子，我也不會說什麼的。」

「親兄弟也該明算帳，這錢應該花的。」崔世福雖然也捨不得一百文，但他今日算是看清楚了，一家人還能打成這個模樣，自己與兄長關係雖好，但各自都長大成家了，如今連兒孫都有了，指不定哪日便會為這些事鬧開來，倒不如花些錢買個痛快！一想到這兒，崔世福咬了咬牙，雖然還覺得心疼，不過若能為以後減少些麻煩，也不是完全不能忍受了。

既然崔世福自己都這樣說了，劉氏也怕謙虛過度崔世福當了真，因此抿著嘴不說話了。她沒料到今兒過來還有這樣一件好事，頓時心下歡喜。

而崔世福既然決定了這事，便也不馬虎，想了想，敲了敲煙桿道：「薇兒可要想清楚了，這房屋我給妳修整好了，不過家裡還有這些人，我這個做爹的也不偏幫誰，若是屋裡要替妳修整了，往後妳的嫁妝錢，可得從這裡扣除才是，妳願意嗎？」崔世福這段時間以來覺得女兒長大懂事了不少，因此這樣的事也不避著她，反倒要與她說清楚的。

崔薇還沒表態，楊氏忍耐不住，眉梢間浮現出一絲喜悅之色來，崔薇心裡其實是知道崔世福有難處的，畢竟身為一家之主，就算是疼惜女兒，可也要一碗水端平的，而他提出的這個建議崔薇心裡其實也滿意，這樣一來她欠崔家的也不多，能用金錢的方式兩清，那是最好的。

想了想，崔薇乾脆道：「爹，這樣當然好，不過那房屋我覺得爹也不用管了，只要我簡單收拾一下就行了。」

她這樣說來崔世福沒有再開口，顯然心裡認為女兒不過是小孩子家隨口說的話而已，也沒有放在心上，一邊就拉了她起身，一邊道：「先不說這些，我先帶妳去瞧瞧大夫。」

其實崔薇自己清楚，王氏雖然打了她一下，但除了掉牙之外，並沒有打到她其他地方，若是一去看病，豈不是露了餡兒嗎？眾人現在正恨王氏得要死，要是一看她並沒有大事發生，而王氏則是被砍了兩刀，說不準崔敬懷等人反倒要將注意力轉到王氏身上，更何況楊氏剛剛那些舉動令崔薇這會兒心中還有些不太痛快，因此崔薇垂著眼皮，微微轉了轉眼珠，突然道：「爹，不用了，我也沒什麼大事，如今家中又沒有錢，娘說得對，我不去看了。」

能借這個時機給王氏添堵，讓她多吃些苦頭，又將楊氏架著下不了臺，還可以讓自己博得眾人憐惜，崔薇自然不去看大夫，她說話時故意露出怯生生的神色看了楊氏一眼，使得楊氏心裡也跟著有些內疚了起來。林氏等人臉色鐵青，崔世福父子自然對崔薇更添憐惜，現在還趴在院子中的王氏不只是被眾人恨上了，連楊氏也遭了眾人鄙視。

此時已經是夜深了，林氏等人折騰過這一回，想到屋裡還有幾個小的張著嘴等飯吃，劉氏又得了崔世福應允的一百大錢，頓時歡喜得跟什麼似的，深怕自己再留下去楊氏反悔了，因此連忙陪著笑，將林氏拉了回去，崔薇看病的事在她堅持不去又有楊氏不願出錢的情況下，自然便不了了之。

院子裡王氏這會兒狼狽不堪，既怕又恨，再加上她挨過打，渾身都疼，根本爬不起身來，在院子中躺了一陣，下身衣裳濕糊糊的，也沒哪個過來搭理她，反倒人人都圍著屋裡的崔薇，王氏心裡生出一股怨恨與不甘來，不過想到崔薇拿刀砍她時的狠勁，卻是打了個冷顫，剛生出的一絲戾氣頓時又散了個乾淨。

估計是內疚了，楊氏將孫子交到崔敬懷手上，自個兒出去打了盆水進來，拿了帕子要替崔薇擦臉和手，不過此時卻是已經晚了，崔薇心裡早對楊氏徹底生了厭惡之心，看她臉上的討好與擔憂之色，也不用她照顧，自己接過帕子，輕輕擦了擦臉，又洗過手之後，與崔世福知會了一聲，點了油燈便回了裡屋收拾東西去了。

外間傳來楊氏讓崔敬懷將王氏抬進屋裡的聲音，崔薇也沒有放在心上，她跟崔家總有一天會劃清關係的，這一天早些來也是好事。屬於崔薇的衣裳並不多，在崔薇本來的記憶中，幾乎長到這樣大還沒有穿過一身新衣裳，崔薇收拾出來的，也是一些補了又補楊氏傳下來已經看不出本來面目改小後的舊衣裳了，這也令崔薇更加同情原主。此時天色已經大黑了，不可能這會兒便立即搬到隔壁去，崔薇也就只有強忍了心裡的著急，自個兒隨意收拾了一下，和衣便裹著躺上了床。

這一夜崔薇沒怎麼合過眼睛，而崔家人幾乎都沒怎麼睡得香甜，尤其是王氏，被人抬回家之後，一整夜對著崔敬懷的冷臉，閉上眼睛就能想到崔薇當時令她膽寒的神情，身上的傷口疼痛得厲害，不知道是不是因為失血過多，她整個人一直顫抖著，身上之前被嚇出來的屎尿這會兒也沒有哪個給她收拾著，若不是崔佑祖還需要她餵奶，恐怕這會兒她睡到院子中沒有哪個會抬她進屋來，王氏一想到這些，悲從中來，倒是流了一宿的眼淚。

第十一章

第二日天色還大黑時，除了崔佑祖不省事還睡得香甜之外，崔家睡得好的恐怕也只有崔敬忠了，他是讀書人，每日都要去村裡頭學堂處進學，再過幾個月就是秋季眾人入考的時候，他想要進場得個秀才的名號，因此每日便越發勤奮，幾乎日日都到夜黑時分才回來，天不亮就出門了。

崔薇一大早起身打水時，正好就看見這個二哥已經衣著整齊站在了院子裡，經過一整晚的時間，崔薇的臉高高地腫了起來，紫紅一片，瞧著極為嚇人，嘴裡牙齒掉了幾顆，估計這會兒天熱，有些發炎了，連吞口水都疼。

「二咕，你起來了。」崔薇這會兒一說話，便牽動了嘴裡的傷口，疼痛加上掉牙而帶來的漏風問題，令她說話時口齒便有些不清楚。

崔敬忠看她一起來便忙個不停，表情有些矜持地點了點頭，接過崔薇遞來的水，擰了把帕子抹了臉，看她腫起的臉，以及眼睛下方的青影，多少還是有些憐惜。「薇兒受傷了，就在家裡耍著。」

少年唇上已經隱隱冒出青影來，聲音溫和，崔薇聽他這樣說，連眼皮也沒有抬，鼻孔裡輕嗯了一聲。

崔敬忠也不說話了，自個兒抹了臉，取了包裡的書本出來，點了燈光便靠過去坐著讀了起來。他這是等著要吃了早飯去私塾裡的。

崔薇提了他洗過臉的水拿到外間倒了，就著玉米稈將火點了起來，裝好米準備煮稀飯，崔世福夫妻這會兒早已經起來了，可是院子裡卻沒有人影，不知道去了哪兒，崔薇也不以為意，她準備今日天亮時便過去後面院子將屋裡收拾了，最好是能在這幾日搬過去住著，如今天氣熱，又連著七、八日沒下過雨，她早些過去住著，也好過成天看著王氏等人。

正想著崔世福，院門外便傳來了一陣腳步聲，崔薇拍了拍身上的柴渣，拿了桶打了些熱水提出去，就看到崔世福挑著一擔水桶回來了。

「怎麼不多睡一會兒，這麼早就起來了？」崔世福看到女兒，吃了一驚，借著朦朦朧朧還沒有褪去的月色，他看了女兒腫得跟個豬頭似的臉，頓時嚇了一跳，氣喘吁吁地拿了搭在脖子間的汗巾擦了把額頭，待將水倒進缸裡之後，喘了幾口氣才道。

「睡不著就早些起來了，爹，您先洗把臉。」崔薇略有些吃力地說話，一邊又將水桶衝他挪過去了一些。

崔世福沈默了半晌，看女兒無精打采的樣子，沈默了半晌，點了點頭，兩父女間也不知該說什麼才好，崔世福高大結實的身形頓時像是矮了一截下來，有些疲憊的無聲嘆息了一句，原是想摸摸崔薇的腦袋，不過看她臉腫皮泡的樣子，深怕自己手摸過去她要疼，因此手伸到一半，又縮了回來。

楊氏出去摘了些豇豆回來，看到女兒臉腫成這般模樣，嚇了一跳，不知道為什麼，她也不敢看崔薇的臉，看女兒雖然受了傷，還知道做事的分兒上，心下倒是滿意，一邊放下豇豆之後，連忙就進屋了。

崔薇接過裝豇豆的簸箕，將豇豆拆成一小段小段的，倒進此時已經沸騰開的稀飯裡，拿勺子攪了攪，抓了些泡菜出來切了，也沒工夫去炒一下，等到稀飯黏稠時，她盛了一碗端出去。

崔敬忠看到今日的早飯時，眉頭微不可察地皺了皺，卻沒多說什麼，那頭楊氏借著昏暗的燈光卻是看得分明，想了想原是要張嘴的，不過看女兒面無表情的樣子，乾脆自個兒轉身進了房間，出來時手上拿了幾個雞蛋，也不敢看崔薇的臉，連忙就朝廚房走了去。

崔薇一見這情景，便彎了彎嘴角，平日裡楊氏將這雞蛋瞧得跟個命根子似的，一般自己家裡捨不得吃，待到攢了十個時，是要等趕集時拿到集上去賣的，崔薇來到古代這麼久時間，還沒嚐過一回蛋的滋味，王氏坐月子時倒是吃了不少，平日託崔佑祖的福也能吃到一些，可若說想吃就能吃得到蛋的，除了還在讀書的老二崔敬忠之外，也就唯有崔敬平這小子了。

這會兒楊氏做出這模樣，難不成以為她會鬧？崔薇也沒理睬楊氏，自己進了屋裡將裝好的衣裳等物撿到一旁，出來時果然就看到崔敬忠將粥撇到了一旁，手裡端了碗正吃著，一旁還放了些剝碎的蛋殼。

「妳二哥是要讀書的，得好好補補。」楊氏看女兒死氣沈沈的臉，也覺得臉上有些掛不住，連忙就解釋了一句，崔薇點了點頭，像是不在意的樣子，楊氏頓時又有些不是滋味，屋裡冷清得厲害，楊氏也覺得有些尷尬。

這會兒東側屋裡的門口處崔敬平打著呵欠揉了眼睛站了出來，楊氏目光一轉，面上不由自主的就露出柔色來，慈祥道：「三郎，今兒怎麼這樣早就起來了？」她說完，又看到崔敬平赤著腳站在地上，連忙就彎了腰去找昨日崔敬平扔的鞋，一邊嘴裡唸道：「早晨寒氣重，不能打光腳的，仔細著了涼，往後可是一輩子的大事。」

她一邊說著，一邊崔敬平卻也沒吱聲，目光就落在了崔薇身上。

他的表情有些怯生生的，像是既想接近，又害怕她生氣一般，天不怕地不怕的崔敬平何時曾有過這樣的神情。

崔薇心裡不由一軟，動了動嘴唇。「三哥。」

她喚得含糊不清的，崔敬平卻是立馬原地復活，神情一亮，那雙丹鳳眼像是都要活了過來般，連忙就湊了過來，連楊氏喚他都沒理睬，一邊挨著崔薇坐，一邊說道：「妹妹，妳怎麼樣了？臉腫得好高，等下我出去給妳找些草藥，熬了喝了，能止些疼。」他長年受傷，對於這些東西倒也多少認識一些。

楊氏見兒子調皮，一邊拿了鞋子蹲下來，替崔敬平穿上了，慈愛的摸了摸他腦袋，出去又端了兩碗水煮雞蛋進來。

「妹妹吃，妹妹昨天受傷了。」崔敬平說完，將那碗往崔薇面前推了推。裡頭裝著兩個白水煮雞蛋，端上來的是已經剝過殼的，白生生的圓胖胖的，瞧著就喜人。楊氏的臉刷地一下子就拉了下來，不過因為說話的是她平日最心疼的兒子，因此這會兒還忍著沒有翻臉，崔薇卻是心裡清楚，冷笑了一聲，搖了搖頭道：「三哥，我早晨起來時吃過了，我不吃，你吃吧。」

這話她說得不清不楚的，崔敬平卻是只當她已經吃過了，畢竟一旁的崔敬忠都還在吃著，崔薇又是一臉堅定之色，因此就點了點頭，接過碗「呼哧」幾下就吃了個乾淨。

估計難得吃上一回雞蛋，索性楊氏便多煮了幾個，崔世福挑好了水進來時她也端了幾個雞蛋上來，與崔敬平一樣，崔世福端碗時也問了崔薇一回，楊氏這下子臉色就有些不好看了起來，崔薇雖然沒吃，但也沒管楊氏心裡痛快與否，自個兒回了屋裡，留了楊氏臉色青白交錯，卻是一股氣發作不出來，鬱悶地端了米糠等物去餵雞了。

待天色亮起來時，崔薇拿了掃帚等物就準備去收拾隔壁屋子，崔世福等人今兒到了這個時辰還沒出門，為的就是昨日那院子的事情準備去村正（注）那邊一趟，準備將事情落實了，崔世福決定一旦下了，楊氏就是唸叨了一宿也沒能使他改變主意。

一大早崔世財也過來了一趟，兩兄弟說了一陣，依舊是同行出去，不多時回來後崔世福手上揣了張紙，將這張蓋了紅印的紙交到了女兒手上，看她手裡拿著掃帚等物，愣了愣，一

注：村正，古代鄉官，即村長。

邊就道：「過幾日將院子修整好了再打掃吧，等我忙過了，一塊兒過去收拾收拾，這地契妳收好了，往後妳出嫁時，這院子也是妳自己的，要賣要送，都由得妳了。」

崔世福這話一說出口，楊氏便撇了撇嘴，也就只有崔世福這樣的人才會花一百文錢去買那破院子，前不著村後不著店的，院門又開得不是在正當中，又幾十年快上百老沒修整過的老房子了，送人都不會有人要，誰又肯花錢去買？這些話楊氏昨日裡就說過，這會兒卻不敢再說出來使崔世福心煩，原本她對於崔薇還多少有些憐惜的，一想到數出去的一百文錢，這絲憐惜頓時又變成了厭煩，看也沒看她一眼，板著一張臉進屋裡去了。

崔世福嘆息了一聲，看女兒沈靜的樣子，有些無奈。「妳是個好孩子，也別怪妳娘，她只是……」

「我知道的，爹，我先過去打掃了。」

聽崔薇這樣一說，崔世福後來的話自然也說不出口來，也就點了點頭，他今兒地裡還有事情沒忙完，若是過幾日玉米還不趕緊收完，恐怕過幾日便遲了，又耽擱接下來收割稻穀等其他事情，一天也耽擱不得，否則這會兒他也能多少幫著崔薇一些。

後邊院子座落在靠近山邊處，小灣村背後就獨有這一座大山，院子便是鄰近在山林下，據說深山裡有狼與野豬等凶獸，凶險得很，因此村裡人一般就是入山採些藥草砍些柴等都只敢在周邊而已，並不敢入大山深處。

那院子雖然是鎖著的，不過已經是幾十年沒人過來開過，那鎖孔早就已經生了一片的鏽，幾十年下來，連鑰匙都找不到了，幸虧這院子破得厲害，那門搖搖晃晃的，像是風一吹就會倒般，有門也跟沒有差不多，崔薇將掃帚等物靠在牆邊放了，伸手推了推門，「吱嘎」一聲輕響，那門晃了晃，還沒用力呢，「撲通」一聲，門果然就朝裡頭落了進去，掉在地上時還斷成了兩截，可以想像在幾十年間這門腐朽成了什麼樣！

崔薇一隻眼皮不住抖動，而另一隻眼睛則是腫得瞇成了一條縫，實在是動不起來，原本崔薇還想著若是門打不開，她準備從院子進去的，誰料此時這門根本不中用，還沒用力就推倒了。崔薇拿了掃帚等，踩著門框進了院子。

那籬笆許多地方已經被雨水沖倒，院裡倒是寬敞得厲害，比整個崔家還要大上一半不止，不過到處都長滿了半人高的野草，草叢濃密，將三間草房圍在其中。

南面處堆著一個草棚，四面空蕩蕩的，頭頂上破了半邊，四周是木柱子，裡頭依稀能看到灶臺的雛形，而草房後則是搭上豬圈，看起來這裡樣樣東西都是有的，可惜幾十年沒住過人，這會兒連門都爛成了那般模樣，更何況這屋裡了。

只是不論如何，這都已經是自己的家了，往後幾年，這兒是自己安身立命的根本，再加上崔世福又將地契給了她，往後就算她出嫁，這些東西也是她的私產，崔薇雖然還有些怕這看起來有些陰森的地方，不過心裡卻是來到古代之後，頭一回真正的踏實了起來。

這院子冷清得厲害，估計是幾十年沒沾過人氣的原因，再加上地方又大，整個人站在這兒只能聽到周圍呼呼的風聲、以及後面山林裡傳來的蟲鳥的叫聲，越發顯得這院子中陰森森的，就算此時正是朝陽出來的時候，崔薇也忍不住打了個哆嗦。

掃帚等物此時看來派不上用場，崔薇乾脆將這些東西準備放到屋簷底下。只是半人高的野草密密麻麻的纏住了人的腳步，崔薇又怕這草叢中恐怕藏著蛇蟲等，這會兒正是盛夏季節，這些東西可不少的，幸虧她運氣也算好，一路沒有碰著蛇。

不過，走到屋簷下的階梯上時，那原本的土階梯此時已被沖垮大半，上頭長滿了綠色的青苔，青苔上爬滿了密密麻麻約有指關節長短的細小毛蟲，這情景看得崔薇頓時渾身雞皮疙瘩都立了起來，估計是受到驚嚇，一些原本趴在青苔上沒有動彈的，長得類似蜈蚣一般渾身都是腿的蟲子，飛快地爬了起來鑽進泥土縫隙裡。

見著這情景，崔薇欲哭無淚，她生平最怕的就是這些東西了，此時看來這單人套房的待遇果然也不是那麼好享受的，這些蟲子等物也不知道該用什麼東西弄開，崔薇忍著渾身鑽出來的雞皮疙瘩，將掃帚等物隨意扔進草叢裡，她怕放到屋門口，等下恐怕掃帚上都會爬滿了這些奇怪的小毛蟲。

這院子大倒是挺大，估計怎麼也有三百多平方公尺了，不過正因為太大，此時長滿了雜草的情景看起來就特別的可怖，崔薇嘆了口氣，無論如何，也得先慢慢將這地方收拾了才成。

她挽了袖子正準備先將這滿院子的雜草拔下來時，突然間牆頭上傳來「窸窣」的聲音，她後背寒毛一下子就立了起來，睜著一隻尚能動彈的大眼睛，警惕得跟小獸似的朝聲音來源處望了過去，那頭崔敬平趴在牆上，笑嘻嘻看著她。

「妹妹，我幫妳來了！」

說話間，這小子一下子就飛身竄了下來，可見平日這爬牆的事他沒少幹，一副極其熟練的樣子，崔薇眼見來了個壯丁，跟著眼睛便是一亮，這滿院子的淒涼，她一個人收拾不知道要弄到什麼時候，若是能有個幫手自然好。崔世福雖然說等他忙完再來幫自己，可依著崔薇的記憶，這玉米收完就要等著收割稻穀，最少還要忙上一個月時間，她可不願意再看到王氏一個月！

「三哥，你來了。」她一邊說完，那頭崔敬平連忙就跑了過來，見她手裡抓著一把野草，頓時自告奮勇。

「我也來幫妳拔。」說話間，動作很神勇的就一下子連根拔起了好大一爪子野草，上頭還帶著泥土，崔薇眼尖的看到泥土裡竟然有蚯蚓在湧動，頓時尖叫。

「三哥啊，有蚯蚓啊！」她最怕這些軟趴趴的東西，一想到自己踩著的地底下不知道有多少這樣的東西，崔薇剛消退下去的雞皮疙瘩這會兒又全部鑽了出來。

崔敬平看崔薇怕得要死，嘿嘿笑了兩聲，撓了撓頭，乾脆將手裡的草往後頭扔了過去，一邊又雙手左右開弓瘋狂拔起草來，他一路拔過那地跟被牛犁過似的，坑坑窪窪不說，而且土也被他扯起的草根弄得翻鬆了，要是能種上菜，這會兒連犁地的錢都省了下來。

一想到這兒，崔薇頓時腦子一轉，一邊手下動作不停，邊靈活道：「等院子整理好了，我要在這邊種些花和菜！」她一邊說著，一邊臉上露出笑容來。

崔敬平偷空轉頭過去看了一眼，見她臉上神色不像昨日讓他害怕了，頓時鬆了一口氣，做事也更加來了勁兒，不到一個時辰，竟然光是崔敬平一個人就已經扯了約有十分之一的空地出來！

「呼，休息一下，接著再來！」崔三郎平日雖然調皮搗蛋的，精力也足，不過還從來沒有這樣正兒八經的做過事，這會兒忙了半天，早累得滿頭大汗了，不過是看崔薇抿著嘴唇還在堅持著拔草，他不好意思開口而已。

兩兄妹忙了這樣久時間，竟然才整理了這樣一點兒，效率也實在太低了些，崔薇有些鬱悶，若是照這個速度下去，恐怕她將房子簡單整理好也得是到崔世福忙完時了，畢竟她這段時間住在崔家，楊氏可不會讓她光吃飯不幹活的，這邊只能偷空整理一下而已。

崔敬平看得出來她臉上的鬱悶之色，想了想，眼珠一轉，臉上露出一個賊兮兮的笑容出來。

「我想起來了！猴子跟聶二如今在家呢，一天到晚他們又沒事，我等下去將他們也喚過來，人多力量大嘛，肯定做事也快！」毫無愧疚之心的崔敬平頓時將小夥伴們供了出來，一邊搓了搓髒兮兮的手，一刻也坐不住的就要出去喚人。

崔薇見他這樣子，愣了一下，連忙拉住他。「不行啊三哥，猴子哥就算了，可是聶二哥昨天才被打過啊！」崔薇想到昨日聶二叫得那淒慘的聲音，頓時忍不住想笑，那板子打在肉上的響聲隔著院子都聽得分明，恐怕這會兒聶二受傷不輕呢。

「沒事！」崔敬平大大咧咧的揮了揮手，一邊不懷好意地笑。「那小子皮實著哩，一頓打死不了，更何況他幹不了這個粗活，總能幹些其他簡單的活兒吧，又不是娘兒們，哪裡能受點兒傷便咋咋呼呼的？」說完，深恐崔薇要反對似的，拍了拍屁股就跳過那半垮的牆，溜了。

崔薇看他飛快消失的背影，嘴角不住抽搐。聶二那傢伙誤交損友，崔敬平有好事不會叫他，一旦有壞事，保准他跑不掉，兄弟拿來是出賣的，在崔敬平這兒得到了完美的體現！一想到聶二昨天火燒屁股似的模樣，還有喚他回家挨打的聶大，崔薇忍不住咧嘴一笑，只這下子樂極生悲，笑容扯動了傷口，疼得她倒吸了兩口涼氣，嘴裡頭的傷頓時又裂了開來，一股腥鹹味頓時又充滿了口腔之中。

不出兩刻鐘工夫，果然外頭又傳來了腳步聲。這地方人煙荒涼的，平日連狗都知道不往這邊溜達，崔薇抬了頭看過去，果然就見崔敬平拉著一瘸一拐的聶秋文以及頭髮亂得跟雞窩般，眼屎迷濛的王寶學過來了，兩人臉上都帶著不痛快，可惜掙扎不過崔敬平，要死不活地朝這邊挪了過來。

那牆壁被沖得差不多垮光了，幾人臉上的神色一眼就看得分明，崔敬平拉了王寶學一下子跨了腿就過來了，而聶秋文這會兒身上帶著「重傷」，根本發揮不出平時翻牆的水準，這樣一個倒塌的牆壁跨得也辛苦萬分，被崔敬平一扯，這傢伙頓時慘叫了一聲，捂著屁股衝崔敬平怒目而視。「崔三兒，你這傢伙是不是不安好心，哥哥受了傷你也不憐香惜玉一些，躺床上也被人拽下來了！」

瞧聶秋文的動作能看得出來昨兒是被打了屁股，又聽他亂用成語，崔薇忍不住「噗嗤」一聲就笑了出來。

「什麼重傷，男子漢大丈夫，只要還有一口氣在，就不該躺床上，你是個娘兒們吧！」崔敬平臉上露出不屑的神色來。

這下子聶秋文像是被踩到了尾巴般，頓時後背一拱就想要跳起來，只是剛剛一動才發現自己屁股昨兒被打得險些開了花，走路都疼，哪裡能像平日那般利索，不肯承認那一句娘兒們的稱號，頓時將胸脯拍得「咚咚」作響，大聲道：「我是娘兒們？哈哈哈，那這村裡可沒一個男子漢了！你有什麼招，儘管使來，哥哥要是皺一回眉頭，我就跟你姓！」

一旁王寶學見這兩人開始掐了起來，頓時打了個呵欠，目光這才落到了崔薇身上，還沒有開口，崔敬平已經笑了起來說。

「那好吧，你跟猴子今兒將這院裡的草拔乾淨了，我就承認你是個爺們。」

一聽這話，剛剛還保證不會皺一下眉頭的聶秋文頓時臉色就耷拉了下來，咬牙切齒道：「崔三兒，你故意耍著我玩的吧！」這樣一大院子草，跟那大河似的，一望是沒有邊際啊，他跟猴子兩個人就是從早幹到晚那也是拔不光的啊，更何況他如今還帶著傷哪！

「要反悔也成，那你可得改姓崔了，不過聶夫子如今還沒走，崔二，回去你爹肯定會給你留口氣的！」崔敬平皮笑肉不笑的威脅聶秋文，說話間連人家的名字都已經改了過來。

一提到聶夫子的名字，聶秋文頓時臉上露出驚恐之色來，既不肯被崔敬平小瞧讓他說自己是娘兒們，也不肯回去被打一頓，脹紅了臉，半晌之後憋了一句話出來。「做就做，拔個草算什麼！」只是梗著脖子說完這話，又哭喪了臉。「只是崔三兒，一天做不完，明兒再做成不成啊？」

他這話一說出口，王寶學活生生掐死他的心都有了！崔敬平等的就是聶二這一句話，聽聞此話，當然就點了點頭。「那也成吧！等這廂收拾完了，我去摸點兒魚鰍，到時請你們吃！」崔敬平一面壓榨著人，一面多少還知道給點兒好處。

聶秋文剛剛還在想自己是不是上當了，畢竟崔敬平這傢伙實在奸詐狡猾得很，可是一聽到有吃的，他頓時臉上露出笑意來。「那也成，崔妹妹做的飯好吃！」

王寶學翻了個白眼，乾脆扯了草根撥著屋簷下的小毛蟲玩，無精打采的樣子，一看就是剛被崔敬平從夢裡拉出來的。

崔薇開始還有些不好意思，不過想想這兩小是崔敬平拉過來的，跟她又沒關係，頓時又覺得理直氣壯，自己一邊拔著草，一邊看王寶學的動作，渾身雞皮疙瘩亂竄，想了想道：「三哥，能不能先將屋簷下的那毛毛蟲收拾了？我怕！」說這話時崔薇理直氣壯的，絲毫沒有不好意思的。

崔敬平難得聽她撒嬌一回，頓時樂顛顛地看了王寶學一眼，王寶學又翻了個白眼，慢吞吞的拍了拍屁股起身走了出去。

幾個小孩在那兒拔著草，聶秋文也一瘸一拐按著屁股在拔著，不多時王寶學端了一瓦罐過來，裡頭還冒著熱氣，崔薇偏了腦袋過去看，卻見王寶學齜牙咧嘴的，走到屋簷邊將那瓦罐一倒，裡頭倒出大量冒著熱氣的水來，屋簷下青苔上爬著的毛蟲頓時蜷成一團，跟下雨似的往地上滾，不多時死了大片！

也不知道王寶學從哪兒弄來一罐熱水，顯然剛剛就是燒水去了，不過見到這樣的情景，崔薇渾身寒毛倒豎——哥，你這手段也太簡單粗暴了些！那情景絕對可以讓人作惡夢。

收拾了一陣，崔薇想著崔家的一堆事情，如今她雖然說是自個兒住著，但以楊氏的為人，恐怕在吃著崔家飯的一天，楊氏不會讓她白玩著不做事，再加上她這會兒臉龐腫著，正好給王氏弄些樂子來瞧！崔薇想了想，拍了拍手，咧了咧嘴。「三哥，我要去洗衣裳了，你在這兒吧。」

聶秋文一看就不像個好孩子，正好留崔敬平下來監督他！崔薇心裡打著好算盤，可崔敬平也不傻。「我跟妳一塊兒去。」他說完，轉身衝懶洋洋的聶秋文笑道：「聶二，等下我們回來得將這一塊拔完啊！」一邊說著，崔敬平一邊還疾走了一道，劃出一個巨大的圓來。

一聽這話，一看這崔敬平劃出來的土地面積，聶秋文頓時臉黑了大半。「崔三兒，你這傢伙收拾人呢！我認識你真是倒八輩子楣了！」一旦劃出面積來，他要沒拔完豈不是一眼就瞧出來了？連偷懶也不成，一想到這兒，聶秋文頓時心裡生出一種是不是交錯了朋友的感覺。

崔敬平聽他這樣說，不由就衝他家方向指了指，聶秋文剛剛鼓起來的氣頓時洩了大半。王寶學看這兩人鬧著，抓了空的瓦罐站起身來。「聶二慢慢做吧，我要回去了。」

「你敢走！」聶秋文一聽要自己做，頓時慌了神，想了半天，擠出一句話來。「王二，你要是走了，把我的大蟈蟈兒還我。」

王寶學一聽這話，頓時張了張嘴，突然心裡就浮現出剛剛聶秋文說過的那句話，果然是認識這兩傢伙是倒了八輩子楣，要死不活的重新坐了下來。

崔薇在一旁聽得好笑，心裡卻是不厚道的笑了起來，有了這兩個免費童工，做事一定很快，平日這幾個傢伙不是在逗人家的狗就是追人家的雞，如今她將這幾人圈在這兒替自己做事，是不是也算為村裡間接做了好事？崔薇心裡感嘆了一陣，卻也轉頭往崔家走去，若是回去得遲了，恐怕楊氏又要罵了。

第十二章

崔家裡頭楊氏今兒心裡不痛快，現在還沒去地裡做事。

王氏哼哼唧唧的躺床上，她昨日要死不活地被抬進屋，估計是嚇著了，身上全是被嚇出來的大小便，臭烘烘的一團，也沒人替她收拾，這會兒她還起不來身。楊氏一大早進她屋裡抱崔佑祖時，那味道險些熏得人吐了出來。

崔薇回來時，正好看到楊氏抱著孫子一邊罵著王氏讓她去收拾一通。

正好今兒崔世福擔了水，否則家裡這些恐怕還不夠王氏洗澡的，一見到崔薇回來，楊氏搭了搭眼皮，原是想罵的，看到她腫得跟豬頭似的臉，眉眼間的厲色又軟了下來。「回來了？那邊可是收拾妥當了？」

那破房子是個什麼情景，恐怕這小灣村裡就沒有人不知道的，崔薇不信楊氏看不出來，聽她這樣說，眼皮也沒抬一下，慢吞吞地應了一聲。

楊氏看她這樣子，眉頭又豎了起來，總覺得見女兒這模樣心裡像是窩了一團火般，想了想心裡的不痛快卻是無處發洩，看到跟在女兒身後的兒子，頓時板了臉。「一大早就起來到處亂瘋，就不肯著家，不要跟王家那小子一塊兒混，自在家裡待著，過幾個月把你送學堂裡去！」楊氏罵完，又想到崔敬平是她老來得子，有些捨不得，不過說出去的話卻收不回來，只得住了嘴，有些心疼，幸虧崔敬平是個大大咧咧的性子，聞言也不放在心上，楊氏這才覺得舒坦了些。

「我回來拿衣裳去洗的。」崔薇見崔敬平被罵，乾脆在院子邊取了桶，將昨日裡崔家人扔在裡頭的衣裳壓了壓，取了洗衣棒以及皂角子等物。

楊氏見她還勤快，臉上露出一絲笑意來，不過看女兒這模樣，又覺得有些過不去，有些猶豫道：「要不先放放，晚些時候讓妳嫂子去洗吧，妳昨兒受了傷，也歇歇……」

王氏在豬圈後側搭的茅房裡沖澡，那水淋到傷口上痛得她跟殺豬似的嚎叫，不過楊氏這話她卻是沒有錯過，深怕楊氏真讓自己去洗衣裳，一想到昨兒自己不過是打了崔薇一巴掌，最後挨了兩刀不說，還眾人都哄著崔薇那小賤人，王氏氣不打一處來，也顧不得再洗下去，匆匆拿了汗巾將身上的水擦乾，看到自己腫得跟擀麵棍似的手腳，頓時嘴裡又不乾不淨的罵了幾句，套了衣掌披頭散髮的就出來。

「娘，我可是受傷了，讓崔薇那小賤……」她話沒說完，就看到崔薇冷冷盯視她的眼神，昨兒被砍得痛了，王氏這會兒也知道怕，一想到昨天崔薇說要跟她同歸於盡的話，王氏頓時縮了縮身子，也不敢再嘴上罵。「讓薇兒去洗吧，反正她也沒怎麼受傷！」

楊氏聽她這樣一說，頓時就冷笑了一聲，她如今看王氏是百分之百的不順眼，要不是她昨兒鬧將起來，最後又怎麼會惹得崔世福拿了一百銅子兒出去，買了那麼一個破房子？幸虧崔薇是個懂事的，也沒嚷嚷著要去看病，否則一趟大夫請下來，少不得又要花出去七、八十銅錢，而這一切全是王氏鬧的！楊氏一想到數出去的錢，頓時心疼得直抽抽，那得要攢多少個雞鴨蛋來賣，才湊得齊這麼多。

「妳這敗家娘兒們，一天到晚好吃懶做的，妳今兒不洗衣裳不做飯，自個兒去地裡刨著！咱們崔家養不起不幹事吃閒飯的人，要是不樂意待著，自個兒滾回你們王家去！」

一聽楊氏這話，王氏又怒又是委屈，她昨兒才被崔薇這小賤人砍了兩刀，最後不只崔薇沒事，反倒是她挨了崔敬懷一頓打，這天底下還有沒有這樣冤枉的事了？今兒她還受著傷呢，昨兒崔薇不過是被打了一巴掌，崔世福等人就鬧著要帶她去找大夫，自己受了兩處刀傷，卻無人問津，今兒王氏看到自己腳後跟腫得跟個饅頭似的，經過一晚上，那傷口看起來越發猙獰了些，她連鞋都穿不上，手臂處傷口火辣辣的疼，讓她這會兒想起還心裡憋著一團火氣。

「娘說的是什麼話！我是受傷了，如今連鞋都穿不進，難不成赤著腳還能出了門去？」王氏越想越是火大，頓時將腳一扭，露出踩著一雙布鞋腫得厲害的後腳跟來，上頭還血肉模糊，腫得跟個豬蹄似的！

雖說村中婦人也有脫了鞋下田幹活的，不過若是平日在村裡就穿成這模樣，指不定要被人家戳脊梁認為不守婦道了，若不是攤在自己家裡，楊氏若遇著這樣的情況也能看下別人的笑話，可一旦王氏成了自己媳婦兒，楊氏卻不能讓自己的兒子出那個醜，因此就猶豫了一下，果然不出聲了。

崔薇眼中閃過一絲亮色，慢吞吞地收拾了衣裳，主動開了口說：「我去吧。」

楊氏不由鬆了一口氣，對於今兒早晨花去了的一百文錢有些怨懟女兒的心裡總算舒坦了些。崔薇這會兒傷著還知道做事，令楊氏心裡多少有些難受，想了想原是要說自己去洗的，不過看到王氏受傷的樣子，顯然沒辦法抱孫子，昨兒崔薇才跟王氏鬧了一回，說不準這會兒心裡對於崔佑祖恐怕還有疙瘩，想了想動了動嘴唇沒有開口。

那頭王氏聽到崔薇服軟，又變回了之前的樣子，只當她昨日是不知中了什麼邪，又被自己抽了一耳光才發作了一回般，頓時心裡又大意了起來，擺了擺手道：「豬圈後頭還有我的衣裳，妳去幫我拿過來洗吧！」

她這理所當然的話一說出口，不只是崔薇冷冷掀了掀嘴角沒睬她，連楊氏臉色也跟著不好看，眉頭挑了挑，道：「妳手砍斷了還是腳斷了殘疾不能做事？要是今兒妳自個兒將手砍斷了，我也服妳一次，一輩子妳躺床上我就伺候妳了！」

王氏聽到婆婆這話，頓時打了個冷顫，心裡又氣又怒，聽楊氏這話的意思，像是不準備以後讓崔薇給她做事了，那怎麼行？以後難不成衣裳都要讓自己去洗了？王氏鬱悶得跳腳，剛張嘴想嚎哭，卻看到楊氏瞪過來冷冷的眼神，頓時嘴剛一張開，灌了口氣又趕緊閉上了。

楊氏教訓了王氏一回，原本回頭是想看女兒的，誰料剛一轉過身，卻見崔薇根本沒理睬她，擔了一只裝了衣裳的桶就要朝門邊走，楊氏心裡一酸，下意識張嘴道：「薇兒等下，妳讓妳三哥幫妳挑著去，幫著妳打個下手。」她這話一說出口，想到崔敬平又有些後悔和心疼。

誰料她還沒來得及再說什麼，壩子處的大門外探進一個頭來，崔敬平笑嘻嘻地道：「娘，我知道的，您放心就是！」

這下子可是連自打嘴巴都不成了！楊氏哪裡捨得自己的心肝寶貝去做這事，連忙猶豫道：「要不王氏來帶孩子，我幫著去洗衣裳。」

王氏一聽這話，連忙嘴裡哎喲喲的叫喚了起來。

見她這模樣，楊氏氣不打一處來，那頭崔敬平果然接過擔子挑著出去了，楊氏回頭看王氏時就沒了好臉色，冷笑了一聲。「妳嚎什麼喪！既然帶不得孩子，那去抱捆柴回來準備煮飯了！」她一說完，王氏就要張嘴，楊氏警告她道：「要是妳爹和大郎他們回來吃不上飯，瞧老娘怎麼收拾妳！」

這話裡已經透了不耐煩，王氏知道自己再鬧的話估計討不得好，頓時心裡罵罵咧咧，嘴上卻不敢吱聲，黑著一張臉一瘸一拐的朝廚房去了。

這頭崔敬平還是第一次由楊氏開口幫崔薇忙的，雖然崔三郎平日就調皮搗蛋慣了，並不怕楊氏，但昨日家裡鬧的事還是使崔敬平心中有些不安，他覺得若是楊氏今兒開了口讓他幫崔薇，說不定妹妹會高興一些。崔敬平雖然鬼靈精怪的，不過到底還是一個真正的孩子，對於大人的情緒雖然能感受得到，但並不如何明白，因此今日一醒他才只想著要討好崔薇。

兩兄妹來到村頭的小溪旁時，今兒出門遲了，那兒的石頭位置上早已經占滿了人，崔薇的模樣自然落到眾人眼中，頓時好些婦人臉上神色就跟著一變，除了有人真正看她臉腫成這般有些同情外，剩餘的便是那些不懷好意想看熱鬧的婆娘了。

「崔家丫頭，妳這臉是怎麼了？」說話時湊過來的，正是潘家的么兒媳婦宋氏，也是崔薇路過時養狗的那戶人家。

崔薇跟潘家的人不怎麼熟，但也知道這宋氏乃是潘老么新娶過門沒多久的媳婦兒，平日看得跟眼珠子似的寶貝，宋氏長得比一般三大五粗的婦人好看得多，臉似圓盤般，嘴唇也抹了胭脂，平日在這溪水邊可沒瞧過她來洗衣裳的，沒料到今兒倒是遇上了，這婆娘一看就不懷好意的樣子，崔薇懶得理她，想到前幾日自己讓她幫忙拴下狗，宋氏躲閃的樣子，頓時冷笑了一聲，不過今兒她也是有意出來的，宋氏來問正好，因此故意裝作不好意思一般，別開了臉，卻是將自己那半面被打得紅腫的臉露了出來。

「哼！」沒有得到回答，那宋氏冷哼了一聲，眼裡卻是露出興奮的光彩，扭著腰走了。

溪水邊不時有人衝這邊指指點點的，眾婦人談笑的聲音傳來，無外乎不過是說楊氏虐待女兒，將女兒打成這模樣，還讓她出來做事罷了。

崔敬平年紀還小，聽到這些，先是愣了一下，看崔薇滿臉平靜的樣子，又低了頭拿了洗衣棒敲了幾下衣裳，擰乾了扔回桶裡。這些日子他跟著崔薇做事，洗衣裳也看起來似模似樣了。

兄妹倆洗這趟衣裳，崔薇神色平靜看不出表情來，像是沒有聽到別人議論一般，崔敬平則是臉皮一向厚，嘿嘿笑了幾聲，也將這些話當成耳邊風一般，兩兄妹的表現使得一些說閒話的人也跟著沒了興致，漸漸轉成其他話題說，只是新來洗衣裳的人又往這邊指點了一番。

崔薇洗完之後收揀了東西，招呼著崔敬平回去，崔敬平玩了會兒水，這才在水中踩了幾下，上岸套了自己的破布鞋挑了擔子。

回家時屋中還冷冷清清的，到這個時辰了火還沒有生得起來，楊氏在院中罵罵咧咧的，看到兒女回來時臉色才稍微好看了些，衝兩人點了點頭，崔薇卻沒理她，自個兒拿了衣裳往院邊的草繩上掛，楊氏面色有些不好看，幸虧崔敬平是個嘻皮笑臉的，一下子湊了過去，伸手戳了戳楊氏懷中的崔佑祖，朝廚房看了一眼，故意道：「娘，今兒中午吃什麼好的，我可是餓了！」

楊氏見他這樣子，既是想笑又是想罵，剛剛因女兒那絲生疏而起的不快頓時煙消雲散，側開了身子避過了崔敬平戳孫子臉的手，一邊笑罵道：「你仔細些別弄著你侄兒，怎麼當人叔叔的。」

她雖然是責備的話，但語氣裡說不出的慈愛，只是楊氏話音一頓，眉頭頓時立了起來，臉朝廚房轉了過去，頓時由晴轉陰。「只是有些人蠢頭蠢腦，也不知以前是哪戶千金之家出來的，連生個火都花了這樣幾個時辰，今兒吃什麼，靠這種蠢貨，午飯只有喝西北風了！」楊氏說完，廚房裡卻一聲不吭，半晌之後果然能聞到廚房裡一股嗆鼻的煙味傳了出來，楊氏冷哼了一聲，這才不作聲了。

崔薇晾了衣裳，自顧自將空桶放好了，自己又朝院門外走去，崔敬平一看她這個動作就知道她想去隔壁瞧她的院子，頓時眼珠轉了轉，一邊也跟著朝外頭，回頭喊道：「娘，我出去玩會兒。」

楊氏見崔薇出去，心裡本來有些不快，不過聽到崔敬平這樣說，頓時便應了一聲，連聲叮囑。「三郎，跑慢些，仔細摔了。」她一邊喊著，又叮囑了幾句，外頭卻沒有傳來應答聲，楊氏笑罵了幾聲。

廚房裡滿身灰塵的王氏拿著火鉗出來，一張臉陰沈沈的，自己受了傷還得要做事，崔薇那死丫頭不過挨了一巴掌，今兒就到處瘋跑還沒有被楊氏打，果然這崔家人也太過偏心了些。王氏氣得要死，可這會兒誰還理她。

崔薇朝自己院子走去，走沒幾步就被崔敬平跟了上來，她早猜到這傢伙不會安分，因此也不以為意。

院中王寶學與聶秋文二人還在彎著腰扯著草，兩人幹得都滿頭大汗的，一邊拔草一邊嘴裡還罵罵咧咧，旁邊已經扔了一大堆野草，倒也空了不少地方出來。

聶秋文困難地伸了一下腰時，抬頭就看到從門口處走進來的兄妹倆，頓時大怒，將手中的野草往地底一扔，學著他娘的作派，扠了腰就罵。「崔三兒，你這傢伙可來了！」這樣大一圈草，恐怕拔到天黑都幹不完，崔敬平這傢伙還讓他們半天做完，聶秋文拔了一陣才察覺出不對勁來，這會兒一看到崔三郎，頓時跟看到了仇人似的，要不是他昨兒才挨了打身體不靈活，恐怕這會兒已經撲將上來了。

崔敬平看聶秋文氣得眼睛通紅的樣子，頓時嘿嘿笑了幾聲，裝模作樣的在地上瞅了幾眼，「嘖嘖」幾聲。「聶二，你們動作不行啊，跟娘兒們似的，半天工夫才做了這樣一點兒，三哥我大人有大量，也不跟你們計較了，再拔一陣，回去吃了飯再來吧！」

一聽這話，王寶學也忍不住了，翻了個白眼，乾脆一屁股坐到地上，隨手就揪住了一隻在草上還沒來得及跳走的小蚱蜢，撥著人家的翅膀，一邊道：「崔三兒，你這傢伙不厚道，讓咱倆做事還不管飯！」

雖然早知道崔敬平不是個好東西，不過聶秋文聽到這兒也回過神來，頓時瞪了崔敬平一眼。「哥哥我不幹了！」他說完，也學著王寶學的樣子坐了下去。

只是屁股剛一碰到地，這傢伙就跟長了彈簧似的，一下子跳了起來，嘴裡怪模怪樣的叫了一聲。「哎喲！」

這情景引得崔薇直想笑，看崔敬平要說話，她連忙扯了崔敬平袖子一下，可憐兮兮的站出來。「聶二哥、王二哥，要是你們不願意幫我，那你們就先回去吧。」她裝柔弱小白花，聲音可憐兮兮的。

聶秋文剛剛還氣得要死，見到這情景，有些不好意思了起來。其實這傢伙也不是個好東西，性情吃軟不吃硬，又完全沒有風度，惹了他連女人都揍的，他家兩個姊姊都怕他，可這會兒不知道為什麼，崔薇這樣細聲細氣的一說，他覺得有些不自在了起來，努力做出無所謂的樣子揮了揮手，眼珠亂轉。「無所謂，與崔妹妹無關啦，不過是拔草而已，哪裡不想幫妳拔的，對吧，王二？」聶秋文聰明了一回，這回知道要死也將王寶學逮上。

王寶學其實不想幹這個，他在家時被爹娘寵得跟眼珠子似的，平日連彎腰撿下東西他娘劉氏都捨不得，哪裡幹過這樣的活兒，不過此時一來崔敬平在一旁虎視眈眈，二來崔薇又可憐兮兮，聶秋文這傢伙偏偏不給他留後路，他哪裡敢說一句不行。崔敬平這傢伙一般是先跟人講理，可一旦理講不通，他就開動拳頭了，要是自己被打上一通，回頭告狀，他娘劉氏說不定不信！都怪崔三兒這傢伙平日太過偽裝了，討好賣乖，簡直不是男人！王寶學陰沈著臉，鬱悶無比地答應了一聲。

聶秋文頓時鬆了一口氣。他如今還是個病號，要是讓他一人幹這麼多活兒，他寧願被爹打死！

兩兄妹一文一武聯手將兩隻小的拿了下來，多了兩個勉強的壯丁。那頭小灣村裡卻是最近都開始熱烈的談起了崔家的事情來。平日村子裡有點兒雞毛蒜皮的小事都被一些婆子翻來覆去的說，這會兒得知崔薇被打得臉都腫得老高，且牙都掉了幾顆，哪裡沒人說的，許多婆娘背地裡甚至猜測著這姑娘是撿來的話都傳揚了開來。

晚間時候楊氏出門趕鴨子時，正好就對上了諸人指指點點的目光，頓時丈二金剛摸不著頭腦，回來時還有些愣愣的。

崔薇拿了竹耙把院子石壩上的玉米攏到一堆，準備收進屋裡時，大門外突然傳來腳步聲，她抬頭一瞧，卻看到崔世福父子各自擔著一筐玉米「呼哧呼哧」喘著粗氣進來了。若是換了平常，這父子倆不到天黑是不會回家的，更何況他們一些收玉米的工具等都放在籮筐上頭弄回來了，顯然不會再出門，崔薇還沒出聲，楊氏抱著孫子聽到聲音已經出來了，看到這樣的情景有些詫異。

「今兒回來得倒是早！」她這話是笑著說的，楊氏對誰都可以甩臉子，但唯獨對丈夫不可能露出一副苦悶相。

以往崔世福也給她臉面，誰料今兒她這話一說，崔世福頓時臉色黑如鍋底，睬也沒睬她，就將玉米一下子倒在一旁空出來的壩子上。

「這是怎麼了？」楊氏瞧出不對勁來，連忙回頭要招呼女兒給丈夫和崔大郎打桶水來讓他們擦汗，誰料不用她吩咐，崔薇已經辦得妥貼，將桶連汗巾一併遞了過去。

崔世福心情雖然不好，但看到女兒時，好歹還是擠了個笑容出來，擱下擔子接了汗巾過來擦了擦臉，沒有吱聲。

崔薇又將自己另一隻手的桶遞了過去，有些含糊不清。「大哥，洗臉。」

崔敬懷衝她露出一個笑臉來，他年輕氣盛，不如崔世福沈得住氣，回頭就衝楊氏抱怨。「娘，外頭都傳遍了，逢著人就逮著咱們說妹妹不是咱們家的。」那言外之意是，如果是自己家的親骨肉，不可能下這樣重的手！

楊氏一下子就聽明白了，頓時腦門間就是感覺一緊，她想到自己出門時人家指指點點的神情了，頓時氣得說不出話來。

幾人頓時又將王氏給恨上了，王氏被收拾且不提，而另一廂破院子有了這幾個小壯丁的幫忙，收拾起來也快，沒幾天時間，倒是將院子裡的草拔了個乾淨！

而崔薇受傷，內情如何自然是沒有瞞過聶秋文與王寶學二人的，這兩人回去不知道為何，倒是被大人知曉了，沒半日工夫，王氏虐待小姑子的事情竟然傳得滿村都知道了！

在這個沒什麼娛樂資訊的時代，一丁點兒的小事都能被人津津樂道說上個十天半月的，更別提這樣一件村頭村尾能翻來覆去被人越說越來勁的消息了！此時打女孩倒不是什麼新鮮的事情，嫂子打罵小姑子也是常有的事，不過打人不打在臉上，像王氏這樣打得人牙齒都掉了好幾顆的還是少，崔薇臉上的傷又極為醒目，頓時眾人都將目光從楊氏身上轉到了王氏身上，王氏的名聲頓時壞得不能再壞，不過楊氏卻也並沒有鬆了氣，王氏名聲不好聽，這樣便有人說楊氏腦子不好使，娶了這樣一個媳婦兒回來，連小姑子都敢這樣打，恐怕往後還要欺負妯娌！

楊氏聽到這消息時，氣了個半死，又狠狠收拾了王氏一回，卻沒有消了這口氣，整日在家裡都陰沈著一張臉。這道流言一起時，楊氏就不再讓女兒去溪邊洗衣裳了，反而自己去，家裡事情也有了王氏這個倒楣鬼頂著，崔薇頓時時間便空了出來。她跟小灣村裡其他姑娘沒什麼交情好的，因此也不成天往外跑，空出來的時間都放到了自己的那間院子裡，成日一有時間就鑽過去收拾收拾，楊氏看在眼裡，見女兒沒有出門正好合了她心意，只要崔薇不是成天只顧著玩耍，那麼收拾院子往後也是減少崔家父子的時間而已，因此對這事也是睜一隻眼閉一隻眼不去理會了，反正家中事情有王氏頂著，出不了什麼差錯！

可惜這下子苦的就是王氏了。她從來不知道，不去地裡種田，可家裡的事情依舊是多得讓她忙不過身來，以前看崔薇那死丫頭也沒有像自己這樣難受的。她的傷口經過幾日時間化了膿，看起來越發猙獰，但她卻不敢喊，否則恐怕崔敬懷饒不了她，還有之前對她縱容的楊氏，這會兒凶神惡煞得厲害，王氏嫁人以來頭一回吃到苦頭，覺得這生活簡直是生不如死了，沒幾日下來，她的性子倒被磨了不少，不過心裡卻是越發更恨崔薇了。

「娘，屋裡飯做好了沒有！」

院子外傳來崔敬懷的大喝聲，楊氏連忙出屋，就看到兒子挑了一大擔玉米汗流浹背的回來了。最近王氏在家裡做事，為了防止她偷懶，楊氏大半的時間都要盯著她，這婆娘懶得要死，能坐著絕對不站的，到這個時辰了，苕藤還沒有割得回來，又哪裡能抱柴做飯的？楊氏聽到兒子這樣一說，心裡無名火直竄，對兒子也沒了好氣。「你媳婦兒這會兒還死在外頭沒回來，哪裡來做的飯吃？」

一聽這話，崔敬懷臉色頓時有些不好看了起來，將籮筐往地上一扔，裡頭的玉米滾得到處都是，他陰沈著臉將玉米倒了出來，又重新將空籮筐套上了繩索，一邊道：「以前小妹一個人時也能將屋裡收拾得俐俐落落的，她一個大人了還趕不上小的！」

崔敬懷火大得很，最近地裡忙，父子倆都想趕緊將玉米收完了好請人將稻穀割了，眼見地裡之前種的花生都快熟了，一天忙得不可開交，多耽擱一天，地裡的收成就誤上一天，每日父子倆都忙到夜黑盡時分才回來，連外頭的流言都顧不上了，偏偏王氏還懶得要命，做事拖拖拉拉的，要不是地裡忙著，崔敬懷早就揍王氏了！

聽到兒子這話，楊氏面容也有些不快，她最近也忙，好久沒沾家裡的活兒，冷不防一做上還真覺得有些繁瑣，這會兒倒是察覺出女兒的好來了，尤其是在王氏像隻癩蝦蟆，不戳她就不跳的情況下，楊氏覺得喝王氏一天，比自己幹活還要累。想想以前，崔敬懷父子倆回來總有飯吃不說，而且外頭做事一回來，女兒就打了熱水過來給他們擦臉，確實乖巧，如今換到王氏，別說打熱水了，她連米都還沒下鍋，又哪來燒的熱水！

楊氏一想到這兒，氣不打一處來，卻是看兒子滿頭大汗的樣子，也心疼，想了想道：

「我去將薇兒叫回來，王氏過會兒再收拾她！」

崔敬懷臉色依舊有些不好看，他在外頭忙得要死，一刻也不停歇，肚子早就餓了，以前妹妹在家做事時回來就有吃的，而且飯菜味道還不錯，換了王氏，回來連水都不見一滴，而且煮的東西連豬都不肯吃，要不是晌午後一般還有事要做，恐怕崔敬懷自己都不肯吃飯的。

「娘，小妹年紀還小。有些事，您還是教她做，不聽話只管揍就是！」崔敬懷這話一說，正巧趕上王氏揹了苕藤回來，頓時臉就綠了大半。她將背上的背簍往地上一扔，嘴裡就嚎了起來。「崔大，你現在能耐了啊，有本事你娶你妹妹當老婆，讓她來……」王氏一大早出去忙了半天，回來聽到這話心裡不痛快，也不想想，話就罵了出來。

崔敬懷哪裡聽得了這個，臉色鐵青，將自己剛剛才套上的扁擔抽了下來，劈頭蓋臉就朝王氏砸了過去。「賤人，妳胡說些什麼！」

不只是崔敬懷而已，連楊氏也氣得渾身直哆嗦，伸手指著王氏，厲聲道：「打！打！打死她，今兒打死了人，老娘來賠命！」

王氏剛剛只圖一時痛快之下說出這話，等說完才發覺不對勁來，可後悔已經遲了，扁擔直直砸到她面門上，頓時還沒感覺到疼，只覺得眼前金星一閃，鼻子一酸，頓時就有兩股熱流湧了下來，半晌說不出話來，只能蹲到了地上捂著臉叫喚。

幸虧那扁擔是橫著砸過來的，打到臉上的面積大了，力道被分攤了自然沒那麼疼，若是豎著砸到臉上，恐怕王氏的鼻梁都得被生生砸斷不可！

王氏這會兒被砸了，也不敢罵，眼角餘光看到崔敬懷凶神惡煞的朝她走過來，頓時就慌了神，張嘴就嚎哭。「大郎，我錯了，我胡說八道，我不是個東西，你別打我了，看在小郎的分上，饒了我這一回吧！」楊氏說要打死她，崔敬懷這傻東西一向孝順，說不得真要打死她的，這幾天也不知走了什麼霉運，接二連三的遇著這事，王氏也捂著鼻梁，只覺得臉上一陣麻木，整張臉好像都不是自己的一般，崔敬懷最近對她冷淡得很，再加上她身上有傷，又不能服侍他，更是連求情都沒法子，王氏也不傻，看到崔敬懷滿身煞氣過來，連忙起身就開始往門口跑。

若是今兒被逮到了，少不得要被揍上一頓，她還是先躲了再說，晚些時候回來，說不準今日連事也不用做了！王氏受了傷這樣久，成日喊著這兒痛那兒疼的，可這會兒受傷之下爆發出潛力來了，那腿腳利索得跟兔子一樣，崔敬懷冷不防還真沒追上她。

第十三章

崔薇回來時就看到一道影子跟閃電似的竄了出來，她下意識地往一旁閃去，幸虧躲得快，那道影子撞出來時沒有闖到她身上。

估計出來的人也沒料到這會兒會有人回來，腳步踉蹌了一下，衝勢不及，又沒撞到人身上，頓時一個狗啃沙「撲通」一聲摔在了地上，嘴裡痛呼出聲。

崔薇回頭看著這影子，見到這人穿著的布鞋露出腳後跟的傷時，頓時就明白了這人是王氏，當下就冷哼了一聲。

也不知道王氏是犯了什麼事，落到被人追了出來，崔薇朝屋裡望去，就正好見到崔敬懷撿扁擔的情景，屋裡楊氏臉上也帶了煞氣。

看到崔薇回來的身影時，楊氏愣了一下，接著道：「薇兒回來了。」她說完這話，目光又落到了王氏身上，還帶了煞氣。

原本趴在地上的王氏一聽到楊氏的聲音，就知道是崔薇回來了，頓時一個激靈，身形利索的從地上爬了起來，一下子竄到了崔薇身後，這才張嘴嚎道：「打死人啦，打死人啦！」她聲音尖利，又離得崔薇極近，聲音像是喝在了她耳朵邊一般，震得人耳朵嗡嗡的響，腦門突突的疼。

看這架勢，崔薇哪裡不知道王氏是挨了打，也不知道她是怎麼又惹得崔敬懷發了脾氣，但兩人可不是好交情的，她下意識地身影閃了開來，誰料王氏兩隻爪子一下子搭在她肩上，那手跟練過九陰白骨爪似的，一下子掐在崔薇肩上，一用力，崔薇身子打了個轉兒，頓時便擋在了她面前！

這是要用自己來給她當擋箭牌的！崔薇冷笑了一聲。

後頭王氏抓了個「人質」擋在自己身前，才稍稍覺得心裡多了些底氣，一邊看著屋裡頭，仗著崔敬懷不敢將自己剛剛說的話講給崔薇聽，頓時就朝外頭嚎叫了起來。「崔敬懷，老娘給你生了兒子，你如今就開始卸磨殺驢了，不把老娘當人看，一天到晚把我當犢子似的打罵使喚，你當老娘是個好欺負的不成？」她說話時聲音洪亮，鼻涕上掛著兩管鼻血，頭髮散亂下來，跟個瘋婆子似的，這會兒雖然正值農忙的時候，但也不時也有像崔敬懷一般挑了玉米回來的人，一聽到這邊嚎得響亮，頓時有人就朝這邊望了過來，瞧起了熱鬧。

崔薇被王氏喝得頭昏腦脹的，王氏又緊緊地扣在她肩膀上，使她掙脫不得，崔敬懷見王氏這樣子，頓時惱羞成怒，捏著扁擔衝王氏喝道：「妳將小妹放開！」

「我不放！」王氏沒這麼傻，要是放開了崔薇，被崔敬懷追上恐怕今日少不得一頓皮肉之苦，一想到這兒，她又將崔薇捏緊了些，想到上回挨了這小賤人兩刀，頓時怒從心頭起，狠狠在她背上掐揪了一把。

這會兒正值夏天，王氏又是惡意出手，那指甲都快掐到了肉裡頭，疼得崔薇一個激靈，她卻是咬了咬舌尖，一下子大哭出聲來，一邊說著：「嫂子掐我！」

崔敬懷臉上怒氣更盛了。

崔薇不慌不忙從衣袖處抽出一根別好的針出來，趁著人不備，狠狠將針朝王氏搭在自己肩膀上的手背戳了下去！

兩人都是冤家，王氏掐崔薇不留餘力，崔薇自然對她沒什麼好客氣的，這一下子光憑著感覺，崔薇就知道那約有指頭兩處關節長的針最少沒了大半進王氏手背裡頭！

王氏「嗷」地叫了一聲，下意識地鬆開了還抓住崔薇的手，一邊捂著手背，吃痛之下又驚又怒地罵了起來。「妳這遭瘟該砍腦袋的小賤人，竟然敢使這樣下作的事，妳拿什麼戳我了？」

剛剛崔薇拿針戳王氏時，像是受了疼下意識地伸手去摸自己被王氏掐的背一般，誰也沒注意到她是拿了針刺王氏。她又先哭在前頭，眾人都只當王氏掐了她，這會兒王氏吃了苦頭卻說不出口，一面捂著手掌，疼得倒吸冷氣，連話也說不出來。

這被針刺過的地方疼得她眼淚縱橫，簡直是比臉上的傷還要疼得多，而且這東西刺過後疼得鑽心，可卻偏偏看不出傷口來，王氏又驚又怒，下意識地伸手要去刮崔薇耳光，崔敬懷卻早已經忍耐不住，上前將妹子護在身後，那蒲扇似的手先行抽在了王氏腦門上！

「賤人，妳先掐人還敢惡人先告狀！」崔敬懷這會兒是要氣瘋了，王氏丟人現眼地到了門口來，當著自己的面還敢這樣對自己的妹妹，不知道平日背後是怎麼做的，難怪那天小妹這樣溫順的一個人兒都要拿了刀砍她！這會兒崔敬懷氣得眼珠都紅了，也忍不住想回屋拿刀砍上王氏幾下才消氣。

王氏見他要吃人般的模樣，心下也有些犯怵，不過她卻是鬱悶無比，自己在崔薇手裡吃過好幾次虧說不出來，心中實在是冤都冤死了！她這會兒受了冤枉，又聽到崔敬懷罵她，頓時有些不服氣，探了手出來尖叫道：「這小賤人拿東西扎我，你怎麼不說？你就維護著你妹子，難不成護著了好處還能給你享用不成？」

王氏這話說得又尖又利，直氣得崔敬懷身子不住顫抖，周圍看熱鬧的人漸漸多了起來，許多人挑著籮筐竟然也不往地裡趕了，就站在不遠處幾條田埂外看熱鬧，王氏的話一說出口，不時有人就衝這邊指指點點頭。

崔薇斯條慢理地將自己剛剛扎過人的針又別在衣袖上，線正好與衣裳顏色相同，這樣一別著要是不仔細看根本瞧不出來。這東西她是專用來對付王氏的，上回吃過王氏的虧，如今說話時嘴裡還漏風，自那之後她就開始隨身都帶著一些小玩意兒，感謝上一世時看的電視劇裡的容嬤嬤！

王氏罵罵咧咧的話不堪入耳，再加上她手背上剛剛唯一的一點兒血珠兒都被她自己抹了去，這會兒乾乾淨淨的，連半絲傷處都瞧不出來，崔敬懷又想到她剛剛說的話，頓時腦子裡一根弦就「啪嗒」一聲斷裂開來，拿扁擔砸人雖然痛，但不痛快，他乾脆將扁擔扔到一旁，手捏了拳頭就劈頭蓋臉朝王氏砸了過去！

王氏「嗷」地叫了一聲，崔敬懷的手跟鐵爪似的，逮著了讓她使了吃奶的勁兒也逃不脫，那一下下的砸在她身上，只打得她哭爹喊娘的，這會兒才開始感到後悔了起來。

楊氏面色鐵青，一手抱著孫子，一手拽著女兒進了屋裡，崔薇由她逮著，反正自己今日沒做什麼，楊氏也挑不出自己的錯來，不過她身體卻本能的繃了起來，滿臉警惕。

楊氏將人拉了進來，放開了手又回頭招呼兒子。「將人先拖進來再說，外頭丟人現眼的，讓人看笑話！」崔敬懷答應了一聲，直打得氣喘吁吁，要將跟死狗似的王氏往屋裡拖。

王氏知道自己這一進門恐怕還要更糟，哪裡肯走，連忙抱著門檻，死也不放手，嘴裡朝遠處看熱鬧的人大呼道：「救命，崔大打死人了，你們幫我報個官！」

一聽這話，崔敬懷又是氣不打一處來，臉色憋得通紅，狠狠一腳踩在了王氏扒拉住門檻的手上，只踩得王氏手背一麻，那手自然就放了開來，被崔敬懷跟捉小雞似的提進了屋中，大門「砰」一聲被關上。

沒了熱鬧看，自然遠處田埂上的人三三兩兩的就離開了，只是雖然沒有再看了，但不少人卻興高采烈地說起了崔家的閒話來。

屋中楊氏滿臉鐵青，崔敬懷臉色也不好看，王氏這會兒知道害怕了，滿臉的焦急惶恐之色，她鼻梁這會兒已經腫得跟香腸似的，而手背上卻是火辣辣的疼，不過這些都抵不上崔敬懷與楊氏兩人帶來的威壓。

「哇！」估計是感受到了這股緊繃感，楊氏懷中的崔佑祖突然間扯開嗓子哭了起來。

王氏頓時像找到了救星一般，眼睛一亮，爬了幾步，哭了起來。「大郎，你饒我一回，我不是個東西，胡說八道，我下次再也不敢了，你瞧在小郎的分上，小郎也是我養的，我真的不敢了，大郎，饒了我一回吧。」說完，王氏壓不住心裡的恐懼，也跟著哇啦大哭了起來。

崔敬懷聽王氏說到兒子時，臉色猶豫了一瞬間，下意識地朝妹妹看了一眼。

王氏這會兒也跟著機靈了一回，看到崔大郎的動作，連忙又朝崔薇道：「薇兒，以前我有對不住妳的地方，妳也原諒嫂子吧，再不濟，妳也砍了我兩刀，就是有天大的怨氣也該消了！」說到這裡時，王氏心頭又生出不滿來，鬱悶得要死，自己也不知怎麼回事，最近連走霉運，被崔薇這死丫頭砍了兩刀，如今還得低頭給她賠不是！王氏心裡又氣又悶，這會兒見她不吱聲，還得好生哄著。

崔薇冷冷看了她一眼，轉身朝屋裡走去了。

崔敬懷見她這模樣，哪裡不知道崔薇心裡頭的想法，見她邊走還在邊揉著背，頓時想到剛剛王氏的作為，又氣不打一處來，一巴掌甩到王氏臉上，將王氏身子打得一偏，倒在地上半晌爬不起來，崔敬懷卻是兀自不肯甘休，上前又重重踹了她一腳。

「現在知道怕了，剛剛打人時不是挺爽快的嗎，如今被人打了，滋味如何？被人掐時疼不疼？」一邊說著，崔敬懷一邊狠狠在王氏手臂上掐了一把。

他力氣比王氏大得多，這一下只掐得王氏齜牙咧嘴的，眼淚嘩啦啦的就湧了下來，卻緊咬著嘴唇不敢出聲，她知道崔敬懷性格，要是自己今兒嚎出來了，估計會被收拾得更嚴重！不過她嘴上不說，但不代表她心裡頭就服氣了，剛剛她是掐了崔薇一下，但那死丫頭也不知拿了什麼東西扎她！王氏心裡鬱悶得要死，又被掐得鼻涕眼淚不住流，崔敬懷收拾她夠了，將手收回去時，王氏這才鬆了一口氣。

楊氏在一邊看了半晌，心中也不由有些懷疑自己是不是太過縱著王氏了一些，見她這模樣，厭惡的皺了下眉頭，想到如今廚房裡還冷鍋冷灶的，崔世福如今還在地裡刨著，忙一天要是回來沒有飯吃可不是好耍的。

楊氏深呼了一口氣，招呼崔敬懷道：「大郎，甭理她了，你趕緊先去地裡幫著，我晌午後也跟著去幫忙。」她說完，沒好氣地看了王氏一眼，將崔佑祖朝她懷裡一塞，惡聲道：「兒子妳自己瞧著，晌午後在家裡待著把事情做了，要是沒有做完，瞧我回來怎麼收拾妳！」

旁人家的玉米到這個時辰已經收得差不多了，而崔家按照人口來說，剛出生不久的崔佑祖都分了土地的，崔世福父子倆如今要種的足足是八個人的分兒，而家中又只得他們兩個人忙著，因此玉米到這會兒還有好幾塊土地沒有動過，楊氏心裡也有些著急了，在這個農忙時候，多耽擱一天，就是收成耽誤一天，若是玉米遲遲收不完，往後田裡稻穀也跟著收割不了的，連帶著後面的花生高粱等收成都要受影響！

王氏一聽到自己不用去地裡幹活，頓時鬆了一口氣，深怕崔敬懷還要打自己，忙將兒子拖了過來，一把摟進懷裡，跟救命稻草似的拽著。

楊氏看不得她這樣子，但想想王氏平日沒少仗著生了兒子神氣，因此忍下了即將脫口而出的話，只當作沒看到一般，俐落地去後頭抱了捆柴回來，見王氏還坐在地上，只敞開了衣裳給崔佑祖餵著奶，頓時又氣不打一處來。「妳去將苕藤給切了，把院子先掃了，等下妳爹送玉米回來好曬著！」王氏這會兒不敢吱聲，連忙顫巍巍的起身來，一手抱著兒子，一邊望著那幾條捆得鬆垮的苕藤，心裡一股火氣騰的就冒了出來，但這會兒卻不敢多開口。

崔敬懷又套了籮筐出去了，楊氏都知道耽擱不得，他心中更是明白。

崔薇聽到外頭的哭鬧聲歇了下來時，這才又重新出院子來。王氏聽到聲響，看她的目光便如同要吃人一般，崔薇也不理睬她，自個兒拿了竹耙將之前崔敬懷倒出來的玉米均勻的攤了開來，又拿了米糠等物餵雞。

王氏見她這樣子，恨得牙癢癢的，低聲道：「四丫頭，我抱著小郎不方便，妳幫我將苕藤切了吧！」

剛剛才吃過虧，這會兒又知道使喚人，崔薇剛剛可是聽得清楚楊氏是讓王氏去做的，這會兒聽到王氏使喚她，頓時冷笑了一聲，大呼道：「娘，大嫂說她抱著小郎不能做事，您是讓我切苕藤了嗎？」

廚房裡正生著火的楊氏一聽這話，頓時氣不打一處來，提了火鉗就往外頭跑。王氏一見楊氏凶神惡煞的樣子，嚇了一跳，抱著孩子跑不快，楊氏那燒得正燙的火鉗一下子就抽到了她背上，燙得王氏背都繃直了，嘴裡「嗷」的慘叫了一聲，懷裡孩子都險些扔了出去，嘴裡哀求道：「娘、娘，我錯了，我錯了，我就是讓薇兒幫幫忙，幫我把小郎揹到我背上好做事而已！」王氏一邊哭著，一邊往旁邊躲了躲。

幸虧楊氏這會兒是剛生火不久，那火鉗雖然燙，還沒燒得通紅，不過就是這樣也夠王氏吃痛的了，驚嚇再加上之前被揍過的疼痛，令她渾身直哆嗦，看著崔薇的目光裡透著陰毒之色。

崔薇也不怵她，王氏這樣的人就是為她去死都不一定能暖得了她的心，更何況自己就算是讓著她，也讓她更得寸進尺而已，得罪了她與不得罪她後果都是一樣，又何必再讓著她？

楊氏拿著火鉗燙了王氏兩火鉗，心裡的氣這才消了些，又警告似地看了王氏一眼。「再讓我逮著妳偷懶妳給我試試看，老娘今兒要妳的命！」說完，轉身回廚房去了。

王氏惡狠狠地盯著崔薇，大有想上前又打她的姿態，崔薇卻不怕她，與她互瞪了一眼，王氏想到她剛剛告狀的話，也不敢在這會兒惹她，忍了心頭的一口惡氣，沈著臉也沒讓崔薇碰自己兒子，自個兒拿背帶捆了崔佑祖在背上，陰沈著臉去切苕藤了。

崔薇知道楊氏不可能會讓她真玩耍不做事，便拿了個簸箕出來，去家對面的地裡摘了一大把豇豆與茄子、黃瓜等菜回來。

楊氏聽到腳步聲時，看她還知道做事，果然臉上難得露出慈愛的神色來。「妳也受了傷，今兒也甭做事了，乾脆玩耍一天，讓妳三哥帶著出去玩玩，那對面山裡頭妳三哥是玩瘋了的，妳讓他帶著去，準有好耍的。」楊氏難得有了些良心，看到女兒木然的臉色，心中也感覺不好受。

她平日是不准崔敬平去山裡玩的，如今難得開了一回口，崔薇木然應了一聲。

那頭王氏一邊切著苕藤，一邊聽楊氏讓崔薇出去玩耍的話，氣得心頭直詛咒——讓你們這兩小崽子出去被狼叼走了才好！

那後面大山裡是有狼有狐狸有猴子的，不過平日是躲大山深處而已，這座山大得很，裡頭有些什麼危險誰也不知道，因此平日楊氏才輕易不肯讓自己的寶貝兒子出去，如今難得鬆了一回口，還是因為崔薇，王氏自然心裡不大痛快。

崔敬平正在那邊破房子幫著打掃，回來吃午飯時，在飯桌子上就聽到楊氏說讓他帶著崔薇出去玩的話，頓時端了碗險些就跳了起來。「娘，您當真讓我去玩？」

「什麼你去玩耍，讓你帶著妹妹一起去，路上將她看好了！」崔世福拿筷子挾了一些菜吃了，這才抽空看了小兒子一眼。

崔敬平一向有些怕他，聽聞這話頓時便懨懨地答了一聲。楊氏在一邊還沒有吃飯，拿了碗筷分別挾了不少菜在一旁放著的幾個空碗裡頭，準備給如今還在學堂沒有回來的崔敬忠送過去，偶爾抽空還應答這父子倆幾句。

王氏端著碗站在一邊，臉色漆黑，看到桌上的菜被楊氏挾走了大半，頓時不滿，拿筷子敲了敲碗。「娘，我也挾些菜！」

楊氏正不滿她，一聽到她這話，頓時冷笑了一聲。「拿筷子敲什麼碗，妳當妳是要飯的呢，滾一邊去，什麼事也不做，一天到晚就知道吃，妳餓死鬼投胎的啊！」

說句要挾菜就被罵，王氏心裡氣得要死，卻不敢回嘴，崔家不是什麼大戶人家，卻偏偏規矩不少，王氏翻了個白眼，嘴上不說，卻是一把擠到桌子邊，挾了一大筷子菜到碗裡，再想伸筷子時，手背上「啪」地一下就被楊氏拿筷子敲過，頓時手背火辣辣的疼。

「吃得多拉得多，吃死妳好了，下午地裡的活兒妳全幹了，這桌上的菜隨妳吃！」

楊氏這樣一罵，王氏也不甘不願的將手收了回來，她哪裡願意去地裡幹活，如今太陽火辣辣的，曬得人頭暈眼花的，在地裡幹上一天，比被打了十頓還慘！

王氏將碗端到一旁，心中怒氣騰騰，她最近拿兒子說了太多事，要是再拿給兒子餵奶來說事，恐怕崔敬懷又要發火。不過她以前都是能上桌吃飯的，此時看崔薇坐在桌旁，自己卻端了碗站一邊，心裡更是將崔薇恨得牙癢癢的。

一頓午飯王氏沒吃出個滋味來，她飯量一向大，最近又沒像以前偷懶不幹活，中午只吃了兩碗，哪裡夠飽，不過楊氏回來將剩餘的飯吃了個乾淨，又叮囑她煮一大鍋稀飯涼著，自己則挑著籮筐，跟著崔世福父子倆出去了。

崔敬平一邊拿了把扇子在手上，招呼著崔薇準備上山去，後頭王氏一見他們要走，連忙道：「四丫頭，我下午忙不過來，妳在家裡幫幫我的忙吧。」

聽到這話，崔敬平翻了個白眼，也沒搭理王氏，看崔薇拿了個竹籃在手上，兄妹二人這才離了家。

王氏看到他們頭也沒回的樣子，頓時氣得牙癢癢的。

兩兄妹先去新院子那邊，既然要上山，崔敬平自然是準備將兩個夥伴們也一併叫上的，王寶學與聶秋文二人跟打工似的，每日吃了午飯一準兒會到。

如今院子已經變了個模樣，雖然房屋依舊破破爛爛的，但滿院的雜草沒有了，看起來院子寬敞了許多，看起來這院裡的壩子倒是跟個小型的足球場似的。兄妹二人站在屋簷下的陰涼處等著，如今屋角處的小毛蟲已經被王寶學收拾乾淨了，連地上的青苔都鏟了一層，不知道是不是最近院子裡多了人氣，連那些出沒的長得像蜈蚣似的多腳蟲都少了，看起來倒不像最開始崔薇過來時那樣的陰森。

沒等多久，王寶學跟聶秋文兩人就已經懶洋洋的過來了，這兩小東西各自戴了頂草帽，倒跟那些下田的大人差不多，慢吞吞地朝這邊走了過來。崔薇看到他們挽著褲腿的樣子，忍不住趴在崔敬平身上笑了一回。

聶秋文耳朵尖，聽到聲音了，連忙朝這邊看了過來，見到這兩兄妹早就到了，身體跟猴子似的往那半垮的牆上一竄，輕巧地就越過了那破牆，朝這邊衝了過來。「嘿，你們倆今兒倒是來得早了！」

這小子最近屁股上的傷剛好，便有些開始調皮了起來，收拾出來的正門不走，偏偏要去翻牆，剛好兩天就不知道痛了，要是剛那一幕被聶夫子瞧見，恐怕又是一頓好打。

「你們兩個，來得遲了，幹什麼去了！」崔敬平虎著臉喝了一句。

王寶學翻了個眼皮，一把將頭上的破草帽取了下來，捏在手中當扇子似的搖了搖，慢吞吞地踱了進來。「崔三兒，你審犯人呢，又不是青天大老爺！」

聶秋文也跟著走了過來，一屁股坐在地上，也學著王寶學的樣子取了草帽搧風，一邊道：「剛吃完飯，休息一下，等下再做事啊。」

他們跟崔敬平這小子認識，就跟倒了八輩子的楣似的，平日在家裡個個跟大少爺似的，可這幾天跟替地主家做事的長工似的，還是不領錢的那種，更過分的是崔敬平這傢伙連飯都不包，這事要是被家裡大人知道，恐怕孫氏與劉氏等人早就喊叫了起來。

「今兒不做了！」崔敬平一臉興奮之色，衝這兩人高興的叫道：「今兒咱們去山裡玩吧，我妹妹還沒有去過呢！」

一聽這話，王寶學二人眼睛陡然亮了起來，異口同聲道：「當真？」這段時間他們天天玩拔草，一開始沒做過時還覺得新鮮，可最近有些熬不住了，要不是崔敬平這傢伙一看說的不成就用拳頭，他們早就不幹了，沒料到今天竟然崔敬平會說去山裡玩的話。

聶秋文高興得跳了起來，一邊拍了拍屁股上的泥沙，一邊興奮道：「崔三兒，好啊！可是你最近不是改邪歸正了嗎？」崔敬平最近不是幫著崔薇做些洗衣裳煮飯的娘兒們事，就是在這邊幫著拔草整理院子，連田地裡捉蛐蛐兒都不去了，聶秋文二人還心裡覺得痛失了一個「志同道合」的好友來著，沒料到他今兒就說一起去山裡的話。

王寶學看他傻，拿手肘撞了他一下，聶秋文眉頭一挑就要發火，王寶學卻慢吞吞道：「聶二，你傻了啊，崔三哥只是想幫崔妹妹做事而已，他什麼時候邪過了？」

聶秋文反應過來，看到崔敬平漆黑的臉，頓時乾笑了兩聲，竄到了王寶學身後。

光是從這一點，就能看得出眼前幾人的性格來，王寶學平日看似悶不吭聲的，其實心中不傻，聶秋文脾氣衝，不過壞在嘴上與拳頭上，腦中只得一根筋，這三人中，崔敬平嘴巴拳頭都有，說不準這幾人中他平日還是老大。

「少廢話了，你們去不去？不去就自個兒在這裡收拾吧。」崔敬平翻了個白眼，從地上站起身來。

這兩人又不是個傻的，哪裡不願意進山玩還在這裡傻做事的？只是王寶學回頭看了聶秋文一眼，斯條慢理道：「聶二，你爹走了沒有？」聶夫子最恨的就是這個小兒子不學無術，不像大兒子聶秋染給他掙臉，因此對這個小兒子一向沒什麼好臉色，逮著聶秋文在外頭調皮搗蛋，回頭就要被揍上一回。王寶學這樣一說，聶秋文打了個哆嗦。

「走了走了，今兒一大早帶著大哥走了。」聶秋文性子靜不下來，這幾天可真是憋壞了他。

幾個孩子說了一陣，都想著要進山，也沒人管這屋子了，反正這屋子破破爛爛的，如今裡頭東西都沒放，沒有哪個不長眼的會進來，因此幾人都從院子裡竄了出來，準備就從院子後入山。

第十四章

崔敬平這段時間可是忍了夠久的性子了，他本來也是個調皮搗蛋的主兒，這些日子天天幫著崔薇在家裡洗衣裳做飯的，也難為他能忍得了。

聶秋文一路蹦蹦跳跳的，要麼掐根狗尾巴草編成個草圈戴頭上，要麼就是去追追草叢裡的蚱蜢蜻蜓，一刻也靜不下來。崔敬平開始時的時候還能撐得住，不過最後看到聶秋文跟王寶學兩人都捉了蜻蜓捏在掌心裡玩時，頓時有些受不住了，回頭衝崔薇道：「妹妹，妳等著，我去給妳捉隻天牛過來！」

一聽到崔敬平這話，崔薇本能的雞皮疙瘩就立了起來，連忙要阻止，她最怕的就是那些蟲，又不是崔敬平幾人，哪裡喜歡玩這些。誰料她還沒開口，崔敬平已經將她手裡的大籃子奪了過來揹在肩上，一邊動作俐落地就扒拉開一旁的草叢鑽了進去，動作靈活得跟隻猴子似的，不多時就聽到他歡喜地叫了一聲，從草叢裡鑽出來時，崔敬平手上就已經捏了一隻長著兩隻長觸角，渾身黑白點花紋，長得像隻甲殼蟲似的大蟲子來。

這蟲子還發著「吱呀吱呀」的響聲，看得崔薇寒毛直立，嘴角抽搐了兩下，就要往後頭躲。

崔敬平卻是不知從哪兒找了根細籤兒，一把插進了那天牛嘴中，那天牛發出的聲音更響，也不知崔敬平怎麼弄的，撥了兩下那蟲子的翅膀，那蟲子頓時不停地開始揮起翅膀來，發出嗡嗡的響聲，崔敬平捏著那籤子，遞到了崔薇面前，獻寶似的道：「妹妹，妳來。」

雖然不想要這隻蟲子，但看崔敬平滿頭大汗卻討好的神情，一雙丹鳳眼閃閃發亮，崔薇又看了看那蟲子被死死叉在那細籤上，落不下來，這才猶豫著伸過手來。

崔敬平見她小心翼翼的樣子，連忙捉了她的手，將那天牛塞進她掌心裡，離得近了看這天牛，那幾隻腿上還長著細小的倒刺，一張嘴跟剪子似的，崔薇尖叫了一聲就要扔，崔敬平連忙將她手捏穩了，嘴裡緊張叮囑道：「拿穩了，可不要丟了！」

「三哥，這是什麼啊！」崔薇尖叫了起來，手被崔敬平拽住掙不脫，頓時衝他怒目而視。「我不要！」

「可涼快了！」崔敬平看她發火，連忙討好的將蟲子屁股舉到了離她臉不遠的地方。

崔薇嘴角不住抽抽，不過那蟲子揮動翅膀間，果然一陣陣涼爽的風傳了過來，她掙扎的動作一頓，這才小心翼翼地拿穩了蟲子，果然那蟲子翅膀便不住地飛了起來，跟前世時小孩子玩的小型風扇似的，倒也涼快，這樣可比自己搧風來得省力多了！崔薇臉上露出一絲笑容來。

看她這樣子，崔敬平這才笑道：「涼快吧！」

崔薇點了點頭。

那廂聶秋文與王寶學二人在崔敬平說天牛時便已經鑽進草叢裡各自捉了一隻，跟崔敬平的模樣一般，拿了細籤叉了那天牛的嘴，一隻天然的風扇便搖了起來。這古代雖然沒有風扇空調等物，但此時在天熱時能被崔敬平他們想出這樣的東西，既是有趣好玩，又是能解了熱，倒也是一舉兩得。

古代環境沒有被污染過，這山林中別的不多，唯有樹木最多，如今又正是天牛最多的季節，這東西趴在樹上吃樹皮，多得很，隨便扒棵樹就能捉到好幾隻，幾人走一段路，便捉幾隻天牛來捏著，當為民除害，又能解了暑。

走了小半刻鐘，周圍的樹木便越發蓊鬱了起來，四周一片青草與泥土的氣息，不過周圍就是蟲多得很，幸虧來時崔薇做了準備，頭上戴了草帽，身上衣裳又穿得嚴實，因此也沒怎麼被毛毛蟲爬到，崔敬平幾人是完全不在意，反倒是可以將這些蟲子抓在掌心玩，看得崔薇雞皮疙瘩一陣亂竄。

幾人一進森林就跟猴子回了家似的，一會兒東跑西竄的，崔薇想著楊氏說的這林子中有危險的話，也沒敢深入了，連忙招呼了崔敬平幾人道：「三哥，別跑了，爹說了，林子深處不能進的。」

一聽這話，聶秋文頓時撇了撇嘴。「怕什麼，咱們來了好多回了，也沒遇著什麼東西，要是真能打到一隻狼，回去不知該有多威風了，我爹一定會對我另眼相看的！」說完，就自個兒陶醉了起來。

與聶秋文相處了一段時間，再加上身邊還有崔敬平在，崔薇也不怕聶秋文，聽他這話就瞪了他一眼。「聶二哥，這狼要真出現了，咱們幾個哪是牠對手啊！」

眾人也都白了聶秋文一眼。

聶秋文嘿嘿笑了幾聲，抓了抓頭，自顧自鑽草叢裡去了。幾個孩子爬樹的爬樹，捉蜻蜓的捉蜻蜓，崔薇則是將目光放到了林中的一些蘑菇與野菜上頭。

這座森林中樹木不少，一些年老枯乾的樹幹上經過風吹雨淋之後，長了不少的木耳出來，崔薇看得眼睛發光，毫不客氣地就將這些木耳全部拔到了自己隨身帶的籃子裡。一些野生的青香蕉等在這林中多不勝數。

崔敬平趁著抓蛐蛐兒的時候回頭看到崔薇割香蕉的樣子，連忙阻止她。「妹妹，這東西吃不得的，吃了麻嘴巴。」

崔薇笑了笑，仍是將這些香蕉割了裝進籃子裡，這東西若是生吃當然是要麻嘴，不過若是擱上一段時間再吃，那就是真正好吃的香蕉了！

崔敬平看她這樣子，沒有立即要剝來吃的意思，只當她是拿來玩的，頓時鬆了一口氣，也不再制止她了，反倒是看到崔薇籃子裡裝的木耳等物，頓時來了興致，一下子躥到樹上，沒多久倒扔了一大把木耳下來。

他爬得高，膽子又大，伸手捋木耳的動作看得崔薇心驚膽顫的，連忙招呼道：「三哥，小心些，別摔了！」崔薇一邊喊著，一邊撿著地上的木耳。

那頭崔敬平答應了一聲，動作卻是沒停，越摘越爬得高，沒多久身影就隱入了樹冠裡。

看那頭頂上搖曳不止的動靜，看得崔薇心驚膽顫的。

聶秋文一身草葉屑，頭髮亂蓬蓬的湊了過來，也學著她的樣子往頭頂看，好奇道：「崔妹妹，妳看什麼呀？」他說話時，也看到了草叢裡散落得到處都是的木耳，又見崔薇籃子裡還裝了不少，頓時有些好奇的扯了一片出來，拿在手上撕著玩。「這木菌拿來有什麼用？崔妹妹還撿這麼多！」

聽聶秋文這話，崔薇有些好奇，看他又要伸手過來撿，連忙拍了他手一把，將籃子往自己身後藏了藏，驚奇道：「聶二哥，這是用來吃的啊，你們不知道嗎？」這木耳自古以來應該就是能吃的，怎麼聽聶秋文的意思，竟然是不知道這木耳似的！前世時崔薇可是知道木耳價格有多貴，而且這東西極美味，不論是拌炒還是用來燉湯，那滋味都好，人工培育的都已經價格不菲，更何況這些野生的，遠較人工培育的看起來水靈得多！

「吃的？」聶秋文怪叫了一聲，接著又將手中撕了一半的木耳扔進嘴中嚼了嚼，歪了腦袋道：「倒是脆生生的，不過沒什麼味道，有啥好吃的？」他說完，又呸了幾口，將嚼爛的木耳又吐了出來。

崔薇嘴角不住的抽抽，光憑她一句話，這傢伙也敢將東西往嘴裡扔，還是不知道這木耳能不能吃的情況下，也實在太大膽了些。

崔薇還沒有開口說話，那廂王寶學也跟著從草叢裡鑽了出來，手裡捉了一條淡青色繩子似的東西，還在不住地扭動著，嘴裡興奮道：「崔三兒、崔三兒，你瞧瞧我捉到什麼了？」

「嘶！」那淡青色的繩子扭動了起來，三角形的頭上一雙眼睛泛著寒光，嘴裡還在不住吐著芯子，崔薇頓時尖叫了起來。「蛇啊！三哥，有蛇啊！」如今正是盛夏季節，有蛇也不奇怪，甚至在崔家院子裡，崔薇還看到過時常扭動的菜花蛇，不過見王寶學捉著這條青色的蛇，卻是令崔薇渾身雞皮疙瘩亂竄了起來。

王寶學看崔薇尖叫，笑呵呵地將那還在掙扎不已的青蛇遞到了崔薇面前，一邊笑道：「崔妹妹，妳喜歡嗎？我送妳吧。」

崔薇近看那蛇頭，眼皮抽動得更是厲害，隨手撿了個樹枝就朝王寶學身上砸。「拿開、拿開，我不要！」

王寶學冷不防被她一打，嚇得手一鬆，被他捉住的青蛇頓時找了個空隙就往地上鑽，聶秋文連忙過去一把將蛇尾踩住，趁那蛇調轉過頭來欲咬他時，一把將蛇頭捏了，這才站起身來，不滿道：「崔妹妹，妳不要就算了，可也不能將它放跑了啊！好不容易捉到一隻，要是跑了多可惜，女人果然是女人，這樣膽小！」

說話時，樹頂上傳來一陣響動，崔敬平抱著樹幹，身體「嗤溜溜」就順著樹幹滑了下來。

這實在是太亂來了！崔薇臉色青白交錯，這個世界實在太危險了，這幾個傢伙平日裡看不出來，沒料到都是這樣膽大包天的，連毒蛇都敢捉來玩，這樣幾個人湊一塊兒，難怪平日裡楊氏不放心崔敬平進山來。

崔敬平方才聽到了樹下的動靜，這才趕緊滑下來，深怕妹妹有危險，誰料一回來就看到聶秋文手裡捏著的青蛇，頓時驚呼道：「竹葉青啊，你們哪兒找的？」說話時，一邊伸手過去撥了撥那蛇頭，那蛇頓時不樂意了，一個個的將它拽著玩呢，張開嘴就要朝崔敬平咬過來。

那兩顆明晃晃的獠牙看得崔薇渾身直冒雞皮疙瘩，崔敬平也不怕，隨手捉了根草就往蛇嘴裡捅，逗得那蛇直吐芯子，偏偏被聶秋文捉得牢，掙扎不脫！

這情景看得崔薇後背直冒冷汗，這幾個人實在是太危險了，連崔敬平都這樣不靠譜，想到聶秋文說想見狼的話，崔薇不敢再留下去了，要是真出了什麼事，恐怕楊氏會記不得是她開口讓自己等人出來玩的，一有事，頭一個恐怕就要將帳算到她頭上。

「三哥，這林子中有蛇啊，咱們回去吧。」反正木耳都採了這樣一大籃了，估摸著恐怕都有七、八斤了，再加上那幾堆割下來的青香蕉、採的一些零零碎碎的野菜，將籃子都裝滿了，這一趟也不算是白來了，這林子中一些毛蟲就不說了，如今連毒蛇都有，崔薇哪裡還敢留下來。

「再玩一會兒吧。」崔敬平不想回去，他好不容易才能進山一趟，而且是奉命出來，不是偷跑的，機會更是難得，因此還想多待一陣。

聶秋文跟王寶學二人就更不用說了，都不肯走，幾人各自往林子中鑽，一會兒爬樹掏鳥窩，一會兒摘些蛇果子，看得崔薇一陣頭疼。一個崔敬平已經夠讓人頭疼了，更別提還要加上聶秋文跟王寶學這兩小子，湊一塊兒簡直是讓人抓狂，崔薇又不能自己一個人先走。她進來時跟崔敬平等人一塊兒的，回去又不認識路，只能跟著幾人又繼續往山裡走，雖然又採了不少東西，但越往裡走崔薇越害怕，森林裡東西雖然多，但不時聽到風吹草動的卻讓人心裡發毛，尤其是聽說裡頭有狼的，四周還傳來不知名動物的叫聲，崔敬平等人越來越興奮，崔薇則是越來越害怕。

她吃力地提著一個籃子，扯了扯崔敬平的手道：「三哥，咱們回去吧！」她說話時，離聶秋文遠了些，這小子一路不知捉了多少條蛇在身上了，專門一路拿了個口袋裝起來掛在腰上，那蠕動著的情景，看得人頭皮發麻。

她說要回去都說了好幾回了，崔敬平看她這樣子，也不由有些猶豫了起來，心裡的興奮稍微減退了一些，回頭看著聶秋文二人道：「我妹妹怕了，要不，就先回去吧？」

王寶學沒有說話，轉頭看了聶秋文一眼，聶二頓時翻了個白眼，興高采烈道：「崔三兒，剛來就要回去了，你也太膽小了吧，崔妹妹是個女人，你難不成也是個娘兒們了？」他之前被崔敬平一句娘兒們堵住，如今將這句話還給他，頓時心裡爽快得跟什麼似的。

崔敬平聽他這樣說，頓時衝他揚了揚拳頭。「聶二，你小子是不是想挨揍了！」

聶秋文往後退了兩步，警惕地看著他。「我爹說了，君子動口，不動手的。」雖然他也不能完全明白這話是什麼意思，但常聽他爹說著，這會兒就拿出來用了。崔敬平這傢伙他跟人說時就是講道理，一旦他說不過時，就開始用拳頭了，賴皮得很。

王寶學看他倆鬧，事不關己的坐在一旁，崔薇看著頭頂的天色，恐怕自己出來已經一、兩個時辰了，雖然說夏天的天色黑得晚，不過這走進來都花了不少時間，出去時恐怕都已經傍晚了，也不能真天黑才落屋吧，要那樣，回頭楊氏非得罵她不可。

見崔敬平二人鬧了起來，她連忙道：「不要吵了，趕緊回去吧，要是天黑了，回頭又要挨罵了，要進山，等下回再說吧！」

好說歹說的，總算是將這二人哄著了，崔薇覺得勸這二人比自己趕了半天路還要累，準備下回堅決不管這二人的事了。幾人雖然聽了崔薇話下山，不過出山時果然太陽已經西斜了，山腳下不遠處的房舍遠遠看去就跟鴿子籠似的，家家戶戶屋頂上的煙囪裡冒出股股炊煙來，幾人今兒跑了一天都累了，就在山腳下分道揚鑣各回各家。

崔薇手裡提著這樣一大籃木耳等物，也不準備將這些東西便宜了王氏等人，連忙拎著就朝自己那破屋前去。那院子雖然被收拾了出來，不過屋子裡沒整理過，大家都知道這破屋子沒人住的，也沒有哪個會過來，把東西放在院子中，撿了雜草過去掩住了。

崔敬平看她小心翼翼的樣子，忍不住笑。「妹妹，這東西又沒人要的，妳就是擺在路上也沒人會撿！」

崔薇翻了個白眼，也沒理他，將東西藏嚴實了，這才站起身來。剛剛聶秋文不知道木耳能吃的時候，崔薇心裡就已經湧出一個主意來，她準備用這些木耳來掙錢的，不過現在還不是時候，自然要先將東西藏好了，現在事情還沒有眉目，她也沒有跟崔敬平解釋，反正說了他也不信，因此笑了笑，這才拉了崔敬平回家去。

這會兒崔家裡已經生起了火，王氏一向懶惰，在這個時辰能生起火倒是有些稀奇，崔敬平跳進院子裡，大喝了一聲。「娘，我回來了。」

楊氏一聽，提著火鉗從廚房裡頭站了出來，拍了拍身上的柴渣，看到院子裡剛回來的兄妹倆時，這才鬆了口氣，臉上擠出一個陰沈的笑容來。「你們回來了？今兒三郎回來得倒是早。」

說話時，堂屋裡突然間站出一個穿著青色衣裳，身材矮小的老婆子來，綰著一個圓髻，一雙眼睛在兩兄妹身上溜了一圈，臉上嚴肅至極的法令紋，顴骨高高的，一看就是極凶狠的面相。

被她一瞧，崔薇頓時不自覺的眉頭就皺了起來，感覺到這老婆子目光落到自己身上時令人直打寒顫，一旁崔敬平顯然也感覺了出來，大大咧咧地衝楊氏道：「娘，家裡來客人了？」

崔薇歪了腦袋想了想，這老婆子長相凶狠，要是她見過，一定有印象的，她自己來到古代之後是肯定沒有見過這老婆子的，一回想，倒真想了起來，這老婆子是王氏的母親，當初兩家結親時，崔薇曾躲在後頭見過一回，不過估計這老太太記不得她，在崔薇印象中，這老太太都不拿正眼瞧人的。

「是啊，你姻伯娘與你大嫂家的嫂子過來。」楊氏聽到兒子問話，面色有些不大好看。

這可是極為難得的，楊氏將崔敬平看得跟眼珠子似的，與他說話還從來沒有皺著眉頭的時候，這會兒竟然臉色這樣不好看。崔薇低垂了眼皮，心裡轉過念頭，聽到崔敬平「哦」了一聲，一個陌生老婆子的聲音就響了起來——

「這是那崔四丫頭吧？瞧不出來，人瘦瘦弱弱的，沒想到這樣凶悍，竟然敢提刀砍人，年紀小小的就敢做這樣的事，以後長大了怕不就敢放火殺人了？」這老婆子聲音有些高昂，說話時便顯出幾分尖利來。

崔薇聽到她這樣說，頓時眼睛就冷了下來。

那老婆子又接著說道：「親家母啊，不是老婆子多嘴，妳女兒這樣凶悍，也不怕往後長大了嫁不出去？」

一聽這話，楊氏頓時惱了，她再是不喜歡女兒，可女兒也是姓崔的，聽到這婆子如此一說，哪裡忍受得了，冷哼了一聲。「親家母啊，這個問題你們就不要提了！你們家王花這樣凶悍，敢打小姑子又好吃懶做得我也不好意思開口說的婆娘都能嫁得出去，我女兒妳就不要擔心了！」

楊氏是忍這王家人很久了，這王家人一進門就開始鬧，跟那王氏果然不是一家人不進一家門，性情都一樣，崔世福父子去了地裡，家裡就得她一個人，楊氏已經忍了好幾回火氣，沒與她們吵起來，沒料到這會兒這王家的老婆子董氏一開口就說這話，楊氏哪裡還能忍得住。

那董氏聽到楊氏這話，頓時臉色便是一沈。

楊氏這會兒火氣發洩出來，也不忍了，又接著道：「再說了，我閨女長得俊，妳家王花就那模樣，狗瞧了都嫌，也難為我當初看走了眼，以為這是個勤快的，沒想到比狗熊還要懶，妳家閨女都有我這樣看走眼的人能要，我閨女親家母就不要操心了！」

這話說得董氏臉色漆黑，連屋裡的王氏都臊得臉色脹紅。

王氏長得不好看，當初嫁給崔敬懷時就不是什麼美麗清秀的主兒，如今生了兒子，又更是長肥了不少，這些日子又被折騰著幹活，之前去地裡幹了一天活兒，那臉皮都被曬了翻捲過來，如今黑一塊紅一塊的，瞧著確實嚇人。董氏回頭看了自己女兒一眼，就是想昧著良心說王氏長得好看亦是張不開嘴，不過莊稼人娶媳婦兒要的又不是好看，而是能幹，可董氏過來時女兒還在院子裡被楊氏罵著還沒幹活，這也實在太懶了些，要是在家裡，恐怕早被打了不知道多少回了。

崔薇在一旁看楊氏一個人將董氏等人堵得說不出話來，楊氏臉上卻沒有多少痛快之色，估計那董氏一家今兒過來是給王氏討公道來了，心裡也不懼，冷哼了一聲，自顧自提了桶進廚房，崔敬平也跟了進去。

楊氏見兩個兒女都進去了，不再跟那董氏多說，也跟著轉了身，一進來臉色又垮了下來，想了想，翻了衣裳從內襟荷包裡掏出五文錢出來，朝崔薇遞了過去，有些不高興道：「妳等下去村東頭的李家那兒割點豬肉回來。」

王家這門親戚楊氏如今心裡著實有些瞧不上，不過人都來了，若是不整治些好吃的，回頭崔世福恐怕要拿她說嘴了，不過一想到之前才支出了一百文，如今又要拿五文錢出來買肉，楊氏心中頓時心疼得跟什麼似的，連帶著又恨王氏了一些。

如今眼瞧著要收割稻穀了，那是要請人的，恐怕要花出去不少錢，現在崔敬忠年紀又不小了，雖說楊氏想等他今年秋試中了秀才之後才給他說親，那樣也能說戶好些的人家，不過如此一來更是要花上不少錢的。如今崔家裡雖然過得不算是吃不上飯，但也並不闊綽，楊氏一想到這些，又覺得煩躁，連那嘴角都耷拉了下來。

崔敬平卻不管這麼多，一聽到吃肉，頓時眼睛就亮了起來，連帶著對那剛來的董老婆子心裡都歡喜了幾分。不過崔敬平剛歡喜了沒一陣，又突然想到這會兒天色都晚了下來，連忙又湊到了楊氏身邊。「娘，這都天黑了，姻伯娘來這兒是不是晚上不回去了？」隔壁王家村雖然表面上看是跟小灣村離得不遠的，不過真正要走恐怕要走上一個多時辰的，都到這會兒時間了，若是再隔一陣吃了晚飯才走，恐怕回到家都天黑盡了，王氏一家人過來的都是女人，恐怕不會打著夜路走的，除非讓崔世福與崔敬懷父子倆去送，不過楊氏又哪裡捨得丈夫兒子忙了一天之後還得折騰著去送這兩老兒娘們？

「你呀！」楊氏慈愛地拍了拍崔敬平的腦袋，一邊想到董氏婆媳，臉色又陰沈了下來。「今兒她們是要在這兒歇的，今晚上你大哥跟你們一個屋，擠一擠，那兩人就跟王氏一屋睡吧。」

崔家並不寬敞，崔敬平一聽說崔敬懷要跟自己和二哥一起睡，頓時臉色就垮了下來，屋裡雖然大，不過就那麼兩張床，如今天又熱，二哥是個讀書人，恐怕大哥不會跟他擠，唯有跟自己擠了。崔敬平一想到這兒，頓時看了楊氏一眼，哀求道：「娘～～」

「乖三郎啊，你就忍忍吧，啊，聽話！」楊氏果然就是崔敬平想的那個意思，伸手便摸了摸他的腦袋。

看著眼前這母慈子孝的一幕，崔薇眼皮垂了下來，一邊打了水自個兒洗了臉、擦了脖子和手，覺得舒坦了些，這才接過楊氏手中的五個銅板，準備出去。

崔敬平眼珠轉了轉，連忙也要跟，回頭衝楊氏討好地道：「娘，少割些肉，餘的錢給我買糖吃吧。」

楊氏看不得他撒嬌的樣子，再一想到割肉多了都餵了董氏婆媳的嘴，心下也不大痛快，倒不如給自己兒子吃了，因此便痛快地點了點頭，揮了揮手道：「你自個兒瞧著辦吧，你爹問起，就說人家肉賣光了就是。」一連辦法都想好了，看得出來楊氏是真不待見王家人。

崔敬平咧嘴笑了笑，答應了一聲，連忙朝崔薇追了過去。

院子裡董氏搬了條凳子坐著，旁邊坐了一個年約三十許的中年婦人，皮膚黝黑，看人時的目光帶著挑剔，光是瞧面相就極凶狠的，她臉上塗了脂粉，嘴唇上抹了大紅的胭脂，乾裂的嘴唇皮上沾了些胭脂粉，瞧著有些嚇人。崔薇出來時看了她一眼，這婦人也挑著眉頭覷了她一下，接著就冷哼了一聲。

崔薇也沒理睬她，等了崔敬平出來就要往外走，不知是不是剛剛楊氏在屋裡的話被人聽到了，這婦人一見他們要往外走，連忙招手道：「欸，你們兩個是不是去割肉的？多割一些，我喜歡吃瘦一些的，你們記好了。」

崔薇聽到這話沒睬她，不過崔敬平卻是有些受不了，他在家中跟個小霸王似的，除了崔世福，哪裡有人敢這樣對他，一聽到這婦人吩咐，頓時眉頭都豎了起來。「妳是哪家討要飯的，竟然跑到我屋裡來了，還不趕緊出去！」聽他這樣一說，崔薇忍不住就想笑，後頭楊氏聽到說話聲，也跟著站了出來，卻沒有要幫這婦人出頭的意思，只靠在門邊，提著火鉗笑吟吟地望著。

「你敢說我是要飯的！」那婦人一聽這話，頓時臉色就難看了起來，一把站起身來，扠了腰就開始罵。「你們這破窖裡頭還有人來討飯，人家沒長眼睛的啊，我們王家是瞎了眼倒了八輩子楣了才跟你們這樣的窮人家做了親戚，如今一個殺千刀該砍腦袋的臭小子竟然敢這麼說我，年紀小小的就牙尖嘴利，也不怕往後長不大了！」這婦人嘴皮子也利索，碰一碰惡毒的話便接二連三地說出嘴來。

若是說到旁的便也罷，就是與楊氏自個兒吵起來，說不得楊氏瞧在親家的分上還能忍得住，不過說到了崔敬平長不大，這可是真正觸到了楊氏的逆鱗，頓時跟隻母老虎似的，吼地一下就衝了過來，怒氣騰騰地衝著那婦人怒聲道：「賤人，妳再說一聲試試！」楊氏可不是好性兒的！

那婦人被她一罵，愣了一下，接著才反應過來，臉上閃過一絲尷尬，不過被楊氏這樣指著罵又覺得有些過不下去，再一想到自己來的目的，頓時便梗著脖子道：「我說錯了怎的？妳家這小子牙口尖利，就是上梁不正下梁歪……」

話沒說完，楊氏哪裡能忍得了別人說自己兒子一個不好，頓時怒氣一下子就衝了上來，手中的火鉗劈頭蓋臉就朝這婦人砸了過去，嘴裡罵道：「我讓妳說，我讓妳說！你們死老婆子生個女兒還敢唧歪，不會下蛋的母雞，你們王家就要斷子絕孫了，還敢來我崔家罵，沒得給我家晦氣！」

王家除了王氏一個女兒之外，還有另一個出嫁的姑娘，董氏總共有四個孩子，除了兩個女兒外，還生了兩個兒子，大兒子成婚多年了，可這媳婦羅氏卻只生了一個女兒，如今都十歲了，比崔薇還大一些，正是要說婆家的年紀；二兒子比王氏還小兩歲，才剛成婚不足一年，王家後代現在還沒個帶把的，這是他們一直以來心中的痛，楊氏這樣一說，頓時那董氏也惱了，見兒媳要吃虧，連忙也跟著撲了上來。

「妳這賤人，敢罵我兒子！」楊氏此時跟個母老虎似的，一下子將羅氏按倒在地，拽了她頭髮狠狠抽了她兩耳光，又拿了火鉗往她嘴上戳了幾下。那火鉗在灶裡是燒得滾燙，這一碰到人的嘴，頓時「嗤溜」一聲，一股焦味就竄了出來，那羅氏發出殺豬似的嚎叫聲，卻是被楊氏死死坐著，翻不起身來，嘴上被燙起了指頭大小的泡，還在不住怒罵。

董氏過來壓在楊氏身上揪她頭髮，嘴裡也怒罵著，場面一片混亂。

崔薇愣了一下，這會兒也顧不得去割肉了，將錢揣好了，雖然不怎麼願意幫楊氏，不過一想到董氏之前的嘴臉，頓時眼珠就轉了轉，回頭拿了個洗衣棒就奔了過來。

崔敬平也精明，看到妹妹動作，一把將洗衣棒奪了過來，嘴裡叮囑道：「妹妹，妳站遠些，等下打到妳了！」說完，就衝了上去，衝董氏後背就是一下，這下子抽得董氏回過頭來，崔敬平嘴裡卻擔憂道：「姻伯娘，您沒事吧？」一邊問著人家有沒有事，一邊那洗衣棒就朝人家身上砸。

那董氏被打得齜牙咧嘴的，又驚又怒，揪著楊氏頭髮的手就鬆了鬆。

這會兒就能看得出楊氏的慓悍了，反手拽了那董氏的頭，一把就將她拖到了地上趴著，楊氏跨到這婆媳二人身上，一想到之前受的氣，也顧不得許多了，摸了摸火鉗尖不燙手了，拽著尖細的那頭，拿了火鉗把手就往董氏婆媳身上招呼！她聰明，打人不打在臉上，反倒專抽人家最軟的肉招呼，又要讓她們知道疼，又不好意思脫出來給人看的地方她下了死手去打，直打得董氏婆媳哀哀直叫，嘴裡怒罵道：「楊氏，妳敢打我們，妳這遭瘟的死婆娘，往後也該斷子絕孫，兒子死個乾淨！」

她們越這樣罵著，楊氏下手越發狠，那火鉗抽在人身上「啪啪」作響，直聽得崔薇都抽眼角。

崔敬平一想到剛剛羅氏罵自己，專挑了她的小腿去打，間或打到腳趾尖上，疼得羅氏頓時掐尖了嗓子便叫個不停。

「別打了，別打了，打死人了！」王氏之前還感到心裡舒坦，有娘家人過來給自己撐腰，正想著借此時機好好收拾崔薇一頓的，誰料情景一轉，羅氏便得罪了崔敬平被楊氏打了一通。她是深知崔家人性情的，除了一個崔世福好說話外，其餘人沒哪個好惹的，可惜自己娘家人不知道，如今自己母親和嫂子都被打了，這下子恐怕要恨死自己了，往後自己在婆家被欺負死，恐怕也沒哪個敢過來給自己幫忙了！一想到這兒，王氏心裡不由害怕，但卻不敢站上前去。

她可知道楊氏如今是有多瞧她不順眼了，若是這會兒自己湊上前去，恐怕楊氏連帶著要將自己也收拾了！對於這個婆婆，這會兒王氏是真有些害怕了，看她慓悍地將董氏與羅氏兩人騎在地上跟騎馬似的抽打著，王氏便心裡發寒。

楊氏發了一回威，看得王氏腿都軟了，看到一旁的崔敬平還在打著自己嫂子，崔薇則是站得遠遠的，她自己不敢過去勸架，就怕誰冷不防打自己一下，連忙就道：「四丫頭，妳趕緊去將她們分開，讓妳娘別打了！」

崔薇翻了個白眼，冷笑了一聲。「妳怎麼不去？」

「我去要是打到我了怎麼辦？」王氏不滿道。

崔薇一聽她這話，頓時便別開了頭，懶得跟這樣的人說話。

那頭王氏還在罵罵咧咧讓她過去幫忙，崔薇也不理她，楊氏自個兒打夠了，出了心頭一口惡氣，聽到董氏婆媳完全只知道求饒了，這才冷哼了一聲，又狠狠掐了那羅氏一把，這才站起身來。「老娘今兒說給妳們知道，老娘可不是好惹的，下回要再說我兒子，我要妳們命！」

這話說得凶狠又淒厲，再配上剛剛楊氏打人時的慓悍，嚇得羅氏打了個哆嗦，她是個欺善怕惡的，遇著不如她的人，她能將人往死裡欺負，可若遇著像楊氏這樣凶狠又潑辣的，她卻不敢還嘴了，可是楊氏她不敢惹，但心裡頓時將王氏給恨上了，要不是這小娼婦鬧騰出這些事來，她今兒怎麼會被楊氏這母老虎欺負？羅氏心頭越想越氣。

那廂王氏一見她們不打了，頓時鬆了口氣，連忙故作關切地湊過來，一邊擔憂道：「嫂子、娘，妳們沒事吧？我扶妳們起來。」

王氏現在才來擺姿態，羅氏這會兒心頭無名火直冒，又想到剛剛心裡的恨處，頓時氣不打一處來，喉嚨裡動了動，頓時一口濃痰便迎面朝王氏吐了過去，「呸」地一聲，正好貼在王氏臉上，王氏懵了，反應過來時拿手去抹，抹到一手的濕膩，鼻間又聞到一股惡臭，頓時彎腰便吐了起來。

「我呸！王花，妳這個沒用的東西，都是因為妳這小賤人，才累得老娘今天受這樣的侮辱，你們這崔家，我不認這門親了！」那羅氏顫顫巍巍從地上拎了裙子爬起來，還怕楊氏得很，一站起身就躲得遠遠去了。

楊氏扠了腰衝她冷笑。「你們王氏一門都是這樣沒臉沒皮的，我還懶得與你們這樣的人做親家，免得說出去我都嫌丟人，呸，趕緊滾吧，這兒不歡迎你們，薇兒，給我拿把掃帚來，我要去去晦氣的東西！」楊氏氣得又衝地上呸了幾口。

崔薇看了王氏一眼，見她還彎著腰在吐著，頭一回對楊氏的使喚很快地拿了個掃帚過來，楊氏接過去，揮舞了幾下，打得董氏婆媳二人狼狽不堪，忙不迭就朝門口處跑去。

待這二人一出了院門，「砰」一聲，楊氏從裡頭一下子就將院門給關上了。董氏婆媳二人相互看了一眼，心裡既羞且怒，一股無名火跟著湧了起來，見周圍不少回家的婦人都盯著她們看，頓時她們拍著大腿就哭了起來。「崔家欺負人啦，欺負兒媳婦不說，連親家都敢打，你們都來給評評理呀！」許多回家做飯的婦人都從門裡站了出來，朝這邊看著熱鬧。

最近崔家可真夠熱鬧的，三天兩頭就鬧出些這樣的事情來，不少人背地裡都說著閒話，楊氏在裡頭聽得真切，頓時冷笑了一聲。蝨子多了她也不愁，反正有人說的閒話多了，再添一件她也不怕，不過到底這口氣還是忍不下，想了想乾脆從屋裡端了一缸準備煮來給豬吃的泔（注）「呼哧呼哧」地搬到門口邊，崔敬平機靈地拉開大門，楊氏衝兒子滿意地笑了笑，一開門看準了人影，劈頭蓋臉就朝她們潑了過去！

董氏婆媳正鬧得起勁，冷不防一股餿水味傳來，頓時一個激靈，從頭到腳就被潑了嚴嚴實實一頭的泔水，渾身上下都濕透了。

「哪兒來的喪門星，今兒竟跑老娘門口來鬧了！」楊氏將缸裡的泔水潑完，將那缸往一旁放了下去，這才看了看面前董氏二人狼狽不堪的模樣，又冷笑了兩聲，回屋就要找東西。

羅氏這會兒妝也花了，一見這情景，頓時覺得不好，連董氏也不管了，乾脆轉身就開跑，深怕跑得慢了要挨打。

楊氏看得分明，這才站住了腳，看董氏也忙不迭地逃了，拍了拍手，看了四周一眼，這才回了屋。

旁人被她這一看，頓時都乾笑了兩聲，各自回了自己家，都是鄉里鄉親的，雖然楊氏說不定也知道自己等人在背後說她，不過沒抓著現形那都不算，要是這會兒被她瞧見，多不好意思，更何況這楊氏可不是好惹的，連親家都敢打，惹著她了，說不準便要掐上一架。雖然別人也不怕打架，但多一事不如少一事，更何況這個農忙的當口，哪來那閒工夫。

注：泔水，剩下的飯菜之類倒在一起混合，那些剩飯菜就叫做泔水，也叫潲水又稱餿水。

第十五章

雖然將董氏婆媳給趕走了，不過這會兒楊氏氣還沒消，見到一旁嘔吐不止的王氏，頓時氣不打一處來，惡狠狠地抱起缸回廚房，一邊看著她道：「死了沒有，沒死趕緊洗把臉去做飯，瞧妳那喪門星的樣兒，還在這兒給我裝什麼重病！」

楊氏這樣一喝，王氏乖乖的便站起身來。惡人自有惡人磨，在王氏心中，娘家凶殘無比，在她印象之中怕得要死的羅氏今兒一見面就被楊氏打趴下了，她哪裡還敢跟楊氏鬧騰，因此聽楊氏喝斥，果然便準備去做事了。

不過剛剛被羅氏吐了口唾沫，王氏心裡雖然噁心，卻絕對沒有那個膽子敢跟羅氏去鬧的。一看到崔薇，想了想，若不是剛剛崔薇她使喚不動，楊氏停手時羅氏怎麼會吐了她一口口水，王氏頓時氣不打一處來，看了崔薇一眼，使喚道：「四丫頭，給我擰張帕子來。」

崔薇懶得理她，冷哼了一聲，轉身進了廚房裡。

既然今日羅氏等人走了，她自然是要將剛剛接到手的五個銅子交出來的，崔敬平見她這動作，連忙向楊氏討饒道：「娘，咱們還是割肉吃吧，我都好久沒吃過了，憑什麼要割給她們吃啊，咱們自己還不是能吃。」

楊氏最看不得他這模樣，一想到兒子哀求討好的樣子，頓時心中一軟，想到今兒若是沒跟董氏她們掐起來，確實要割肉餵這兩娘兒們，既然她們都餵得，她們人走了，自己一家人憑什麼就吃不得了，尤其眼前討好的還是自己兒子，猶豫了一下，楊氏仍舊是拍了拍身上的柴灰，想了想道：「那這樣薇兒還是去割些肉回來，你這饞貓啊，今兒晚上就多吃一些！」說完，又摸了摸自己兒子的臉，看也沒看一旁的女兒一眼。

崔薇也不以為意，將那遞出去的幾個銅子兒又收了回來，轉身就朝外頭走去。

崔敬平一見這樣子，連忙衝楊氏招呼了一聲。「娘，我也去。」說完，就追了出去。

楊氏在後頭招呼著他們要小心一些，回頭看到一旁王氏還呆愣著沒動，就拿眼神剜了她一眼，王氏一個激靈，心裡不住詛咒著，一面卻是連忙拿帕子在院子中的小池塘裡擰了一下，擦了一把臉，又將帕子掛在了一旁的竹竿上，見她懶成這模樣，楊氏是越看越不順眼，不過這會兒也懶得再說她，轉身進了廚房。

兩兄妹跑到村頭李屠夫處割了一斤多肉，剩了一個銅板，崔薇想到崔敬平之前說要吃糖的模樣，將這銅板遞到了他手上。

崔敬平猶豫了一下，搖了搖頭，又示意她將銅板收回去，小聲道：「妹妹，妳收著，過幾天就是鎮上趕大集的日子，到時我央娘帶咱們一起去，妳自個兒到時留著買糖吃。」他說完，忙讓崔薇將錢收好了，這才接過崔薇手中的肉一邊就朝前頭走了過去。

崔薇愣了一下，捏著手中的一枚銅板，不知怎的，眼眶卻是有些酸澀，楊氏重男輕女不太喜歡她就算了，不過這三哥卻真正是好，崔家裡王氏雖然不是個好東西，不過崔世福卻也不錯，她這會兒心中也不知是個什麼滋味。低垂著頭站了一陣，抬起頭來時，崔敬平已經朝前走了好幾步，正回頭衝她笑著招呼，崔薇眨了眨眼睛，忍下了心裡的澀意，連忙也跟著朝他追了上去。

晚上崔家人吃了一頓炒肉，這肉算不得多美味，楊氏手藝稱不上好，甚至就連崔薇炒來也比她好得多，但眾人都久不沾肉味，再加上農家裡自個兒摘的配菜全是純天然無污染的，因此倒也香。眾人聞著這肉味，口水便都快要流了出來，楊氏將飯菜端上了桌，卻也沒人去吃，直到崔敬忠回來時，眾人才開動。

王氏照例端了碗站在一邊，這會兒桌邊沒有她的位置，聞著那肉香，直饞得流口水，可是多挾兩筷子就要挨打，心裡又氣又恨。想到被趕走的娘家人，崔家旁人她一個也惹不起，便又將帳算到了崔薇頭上，認為若不是這死丫頭當時不肯去拉開楊氏，自己母親與嫂子便不會被趕走，有娘家人在這兒，崔世福怎麼也要給自己幾分臉面，不會讓自己上不了桌吃不了東西的。

這頓飯只有幾個男人吃得最痛快，崔薇想著自己懷裡揣的一枚銅板，又想著自己今日採的木耳等物，心中湧起一個主意，吃得心不在焉，要不是崔敬平時常幫她挾些菜，她連筷子都沒有朝肉碗伸過去一下。而楊氏則是痛並快樂著，她既是心疼著五枚銅子兒，又是看丈夫兒子們吃得快樂的樣子，心裡也歡喜，不過到底是隱隱有些後悔了起來，也沒怎麼吃得下，都想著要給丈夫兒子多吃一些。唯有王氏，想吃卻又吃不了，痛苦得要死，連帶著飯都比平時少吃了一碗。

今日鬧了一回，崔世福也沒有說什麼，他表面雖然不說，但實際心裡也是很心疼兒子，王家人的做法令他心中不滿，對於楊氏今兒打人一事，自然便當作睜一隻眼、閉一隻眼地裝著不知道了。

做了一天事，將曬在院子裡的玉米拿東西擋好了，眾人這才各自洗漱後睡下，最近挑水的事落到了王氏頭上，崔薇自然是每天都要洗澡的，她寧願自己每日主動多燒些熱水給全家人洗，亦不願意偷懶不洗，直將王氏氣得牙癢癢的，一看她抱了柴生火，心裡便鬱悶無比，可惜今日誰都看她不順眼，她自然不好告狀，也就著熱水洗了一回澡，眾人這才歇下了。

第二日一大早，楊氏估計還在氣著昨日王氏娘家人來的事情，破天荒將王氏也拽了出去幹農活，家裡一個女人都沒有，煮飯的事自然又落回了崔薇身上，不過這也正合她心意，昨日採的木耳等物晚上時她發現已經曬得乾了些，她又拿了開水泡著，今兒還沒拿回來呢。據聶秋文說，此時人們還沒嚐過木耳的滋味，她若是能多採一些，先做一點拿出去賣，就算是賣不了多少錢，可只要能有個幾十銅板，能修整一下自己的房屋也是好的，總比成天與崔世福夫妻擠要來得好得多，屋裡沒人，正是最好的時機。

將上午時崔世福等人回來可以吃的稀飯煮好，又出去摘了一把豇豆回來涼拌上了，崔薇這才出了院門，朝自己那破房子邊溜了過去，這會兒崔敬平還沒有起來，估計昨兒上山玩累了，到這會兒還在睡著。

天色剛剛濛濛亮而已，四周還青幽幽的，路邊不時能聽到蛐蛐兒與不遠處田園裡的蛙鳴聲，她的院子裡冷清一片，在早晨的霧色裡，像是與後邊的青山連成了一片般，冷不防瞧著倒真有些嚇人。

早晨的風倒是涼快，崔薇摟了摟胳膊，從破門框處進去，翻開草堆，果然就將自己昨日收拾好的木耳取了出來，把籃子裡的青香蕉全部埋進了那一堆厚厚實實拔出來曬得乾脆的草堆裡，將木耳抓了一大把出來，剩餘的也是拽了出來，這東西捂久了怕壞了，倒不如曬乾，要吃時再拿水泡就好了。

取了木耳回家，一路又摘了一些青椒放進兜裡，崔薇回到屋裡時，家中還冷冷清清的，打了些水將木耳清洗乾淨了，拿了菜板切成一些細絲，又把青椒切成絲了，與木耳一併拌上，從泡菜缸裡舀了些泡鹽水先將木耳絲給泡上，崔薇又將灶頭收拾了一遍，調了米糠等物餵了雞鴨，這才打開大門，將鴨子們趕了出去，又收拾了衣裳等物進桶裡，還沒有走到溪邊，天色就漸漸亮了起來。等到洗了衣裳回來時，崔敬平已經在院子裡百無聊賴的坐著玩耍了。

「妹妹回來了！」他一看到崔薇挑著桶，滿頭大汗的樣子，崔敬平一下子就跳了起來，連忙幫著她將擔子放下來，一邊又替她將衣裳取出來掛在竹竿上，嘴裡一邊抱怨道：「今兒洗衣裳怎麼也不喚我跟妳一起去，那潘家的狗可凶了，萬一咬著怎麼辦？」

崔薇也由他晾衣裳，自個兒坐到一邊取了一把扇子就搖了起來，一邊扯了扯領口汗濕的衣裳，又撥了撥頭髮，想到廚房裡的木耳絲，一邊道：「三哥，你還沒吃早飯吧？我給你嚐個好東西。」她一邊說著，一邊向廚房走去。

崔敬平一聽有東西吃，連忙三兩下將衣裳搭到了竹竿上，也跟著溜進了廚房。

那木耳絲浸泡在鹽水中已經半個多時辰了，這會兒入了味兒，崔薇將泡鹽水倒了出去，撈起一根木耳放進嘴中，木耳便帶了些泡菜特有的酸鹹味，因為泡的時間不長，倒是酸味居多，鹽味剛好，木耳又未被泡軟，吃進嘴中脆生生的，光是這樣吃著，倒也是下飯的好東西！崔薇眼睛一下子亮了起來，連忙將一旁切好的青椒與大蒜等物都倒了進去，可惜這會兒沒有味精，不過這味道已經不錯了，她調勻了之後又嚐了一口，那木耳絲裡酸的辣的味道都出來了，爽口又好吃。

崔敬平看她這動作，一眼便認出來了這東西是昨日自己進山採的東西，頓時也跟著站了過來，原想伸手去撈一根嚐的，不過想到之前聶秋文撈東西被妹妹打的情景，頓時乖覺地轉身取了筷子，挾了一筷子嚐了口，一下他眼睛便亮了起來，跳著腳拿了乾淨碗從缸裡舀了碗水出來三兩口喝了，這才吐了吐舌頭。「又酸又辣，不過好吃！」

看他端了生水就喝，崔薇又好笑又好氣，連忙奪過他的碗，從一旁鍋裡舀了些稀飯遞過去，一邊道：「三哥，我燒了開水，你別喝這冷水，不好的。」說完，見崔敬平接過碗，又扒拉了不少木耳絲到一旁蹲著吃了起來，不由又是好笑又是好氣，也跟著蹲了過去。「三哥，趕集的時候我想做點這木耳絲去賣，你認為怎麼樣？」

她話一說完，崔敬平頓時拿了碗便嗆了起來。

見崔敬平這樣子，崔薇頓時眯了眯眼睛，沒好氣地洗了個碗倒了些早已經涼好的開水遞了過去，一邊替他拍了幾下背。「三哥，好些了沒有啊？」

那被泡菜水浸過的木耳絲又酸又帶著辣，這一嗆，崔敬平眼淚鼻涕都流了出來，哪裡還答得出話來，只覺得嗓子眼兒火辣辣的疼，連忙接過水也顧不得道謝，三兩口就喝了進去。幸虧這開水崔薇燒得早，這會兒已經涼了，一碗水下肚，嗓子還是如同剛被辣過一般，崔敬平咳了幾下，眼淚不要命般往眼眶外鑽，他又咳了幾聲，才稍微覺得好了些，遞了碗過去，聲音有些沙啞地說：「妹妹，這東西妳要拿去賣？」

崔薇點了點頭。

崔敬平有些為難，他以前在鎮上倒是瞧過有人賣糕點等物的，也看過有人賣摘下來的新鮮菜的，還沒看到有人賣這做的熟菜，尤其還是熟野菜的，因此聽到崔薇這話時，他就愣了一下。但崔敬平回頭看到妹妹期待的眼神時，卻又不好意思直接搖頭，猶豫了一下，半晌之後仍道：「要不，咱們下次去試試？」

崔敬平能答應跟自己一道，倒是出乎了崔薇意料，想到之前崔敬平的行為，再想到楊氏等人，崔薇倒是有些猶豫了起來。「三哥，出去娘會同意嗎？」

「沒問題！」既然都已經答應了，崔敬平也不再猶豫，將胸脯拍得啪啪作響，斬釘截鐵道：「就跟娘說下次聶二要去鎮上賣蛇，我也跟著要去瞅瞅熱鬧就是了！」

他不說還好，一說崔薇就想起聶秋文捉的好幾條毒蛇來了，頓時渾身雞皮疙瘩就冒了起來。既然崔敬平都已經說了可以去鎮上，崔薇也不再去想這個問題，她想要弄些木耳賣了試試看，不論成不成，也想去試一回，就算不行，大不了拿回家自己吃就是，最多就是白跑一趟，也費不了什麼事。

兩人說了一會兒這個問題，看到灶臺上頭的木耳絲足足有一大盆，一想到等會兒要到自家那破房子給那兩個幫著拔草的小壯丁，崔薇乾脆拿盆又裝了一些稀飯出來，另又挾了不少木耳絲放在碗裡，拿了個乾淨籃子撿了進去，拿布蓋好了，準備等會兒拿到破院子那邊，給聶秋文等人嚐嚐。

那邊木耳多，不過昨兒一早就摘了恐怕有一斤出來，崔薇還想再進山裡弄一些，將這個主意跟崔敬平說了，他又挾了一大碗木耳絲蹲到一旁吃了，聽到崔薇這話，腦袋點得眼雞啄米一般，自然沒有其他意見。

趁著楊氏等人還沒有回來的工夫，反正家裡的事情都做得差不多了，崔敬平拿了細竹枝捆成的大掃帚將院裡秋風掃落葉似的扒了一圈，勉強看著能入眼了，兩兄妹這才拉了門，提了籃子往崔薇的院子跑了過去。那頭聶秋文二人倒也聽話，果然已經坐在那破院子裡了。

看到這兩人過來時，王寶學懶洋洋的才拍了屁股站起身來，與聶秋文嘀咕了一句：「監工的來了。」

「王二，瞅瞅我妹妹給你們帶啥好東西來了。」崔敬平一想到剛剛吃過的木耳絲，雖然他在家中時已經喝過好幾碗稀飯配這涼拌的菜了，不過這會兒一說起來，那酸辣味像是入了人心裡，讓他忍不住又吸了吸口水。

聽到崔敬平這話，聶秋文與王寶學二人倒是來了些興致，連忙湊了過來，崔薇將籃子放下，把布揭開，露出裡頭的稀飯與黑不溜丟的木耳絲來，上頭配著一些綠的紅的切成絲的辣椒，瞧著倒是好看，不過聶秋文一想到昨日自己嚐過的木耳，頓時沒了興致，與王寶學同時從鼻吼裡哼了一聲出來。「切～～原來是野菜與稀飯啊，我家多得是，你中午要不要來吃一頓？」

「是啊崔三兒，我不小器，你到我家，稀飯隨你喝！」聶秋文聽到王寶學這話，也跟著哼了一句，表現得十分不滿。

這崔三兒拿他們當長工似的，如今更是只請吃稀飯，他們二人剛剛還以為這傢伙要拿什麼好東西出來，這會兒失望之下忍不住都朝天翻了個白眼。不過崔敬平這傢伙一向只使喚人，沒料到今日竟然願意出稀飯，兩人倒也覺得有些吃驚，共同鄙視過他之後，又將那籃子給圍住了。裡頭放了兩個洗得乾淨的青花粗瓷碗，另有兩雙筷子，聶秋文看那切得細長的木耳絲，忍不住想伸手去撈。

崔敬平想到他剛剛的話，卻是冷哼了一聲，一下子將籃子提了開來，讓他撈了個空。「我妹妹的手藝，你們還嫌棄，這是要拿到鎮上賣的，你們懂不懂，還以為是王嬸隨手弄的菜，愛吃不吃！」他一邊說完，一邊拿了筷子就自個兒端了碗要去盛稀飯。「不吃我還正好自個兒吃！」

還沒有影兒的事，被他說得煞有介事的樣子，聶秋文二人頓時被唬住，連忙都圍上來陪著不是，一邊將崔敬平擠到了一旁，王寶學順手就接下了崔敬平手中的碗筷，一邊笑道：「三哥，別生氣，聶二這小子胡說八道，咱們別理他，崔妹妹的手藝自然不是我娘可以比的，我要吃！」不吃等下還要做這麼多事呢，要幹到中午了，崔敬平這傢伙讓做事請吃飯還是頭一回，錯過今天誰知道別的時候還有沒有了。

王寶學接過碗筷，伸了筷子就挾了一些木耳絲送進嘴裡，原本也沒有以為多好吃的，誰料那酸辣的滋味剛剛送進嘴中，還沒嚼，就令他眼睛突然間一亮。

聶秋文就看到王寶學以極快的速度給自己添了一碗稀飯，三兩下挾了不少昨日自己嚐過的東西送進嘴中，頓時也明白了過來，連飯都沒盛，搶先挾了些菜吃了，剛剛還不肯吃的兩傢伙，這會兒搶得跟什麼似的。

崔敬平有些驕傲的看著這兩人瘋狂的模樣，一邊得意洋洋的靠坐在門檻邊上，朝這兩人笑。「剛剛還不肯吃，嫌棄著呢，這會兒跟餓死鬼投胎似的。」

他嘲笑他的，兩人也不理他，只顧著吃飯，挾兩筷子木耳絲，辣得受不了張嘴時，再喝幾口稀飯剛剛好，哪裡還顧得上張嘴跟崔敬平鬧。

崔薇笑了笑，看他們吃得滿頭大汗的樣子，也沒有坐著，乾脆進了這屋中。院子裡崔薇來過好幾回，不過進屋還真沒幾次，不知道是不是因為背靠青山的原因，這屋子又長年不住人，進去就帶著一股陰涼的濕氣，裡頭的一些牆壁能看得出潤了水的顏色，拿東西一碰，那牆壁便鬆鬆軟軟的被戳進去一截。

這樣的屋子若要住人，恐怕只是修整還不得，要大修才是！

一想到這兒，崔薇不由有些頭疼，越發堅定了要自己想法子掙些錢的決心。楊氏肯定是不會出多少錢給她重建房子的，一切只能她自己多想想辦法才是，要想住得好一點兒，便不能只圖節約著。

崔薇在裡頭又轉了幾圈，這些房舍好幾十年沒有住過人了，裡頭的一些櫃子等物早被人搬得乾乾淨淨的，空蕩蕩的只剩幾間房舍，光是看這留下來的牆胚，這屋子倒也大，恐怕有兩百來個平方公尺，可惜都毀了，那牆根都被泡軟了，恐怕下場暴雨，這屋子便會被沖垮，因此重建是勢在必行的。崔薇開始將希望寄託在了自己那些木耳上頭，又想到昨日進山時割的香蕉，山林裡還有好些芭蕉，若是能好好捂著捂得熟了，說不定也能拿到鎮上賣一些，如今的情況，她若是能多賣些錢，往後要花的地方也不少。

從屋裡轉了一圈出來，崔薇不只沒有心裡鬆快幾分，反倒是有些發起愁來。

外頭聶秋文二人早已經吃得差不多了，看到崔薇出來時，這兩人抹了抹嘴就站起身來，一邊拍了拍肚子，一邊笑道：「崔妹妹，今兒要幹什麼，妳只管說就是！」

前幾日做的是拔草的事，雖然累了些，但想來也沒有什麼比拔草更累的事了，這兩人說起話來豪氣干雲，心中卻也是極為得意，崔薇見他們這般模樣，忍不住就彎了彎嘴角，也點了點頭。「聶二哥、王二哥，都是全仗你們，草全拔光了。」

這兩人被她軟語一誇，表情更是洋洋得意，胸脯也更挺得直了些。

崔薇忍了忍笑，這才道：「那圍牆垮了，不如你們幫我將圍牆拆了吧！」一聽這話，兩人下意識地點頭，點完之後才反應過來自己答應了什麼。

「拆圍牆？」這一聽就是個大工程，好像不是一、兩天能幹得完的事情，聶秋文臉色有些發白，照這兩兄妹的性格，該不會拆了圍牆就拆房屋吧？這可是大人才會幹的活兒啊！他們一向只知道玩耍，平日在家連菜都沒拆理過一根，拔些草已經累得半死了，拆牆，還不得將人折騰死？

「是啊。」崔敬平雖然不明白妹妹這話的意思，但他腦子轉得快，雖然不明白，但也順著崔薇的話說了，一邊還故意笑道：「拆完圍牆再將房子也拆了重建，全靠你們了。」

一聽這話，王寶學本能的不想幹，頭搖得跟撥浪鼓似的。「三哥，您饒了我吧，我天天好吃懶做的，幹不了這個啊。」這會兒他倒不怕自暴其短了，只恨不能把自己再說得差一些。

「是啊，三哥，留給弟弟一些時間活命吧！」聶秋文一聽這話，忍不住一把抱著王寶學險些大哭了起來，剛剛一碗稀飯不好吃啊，沒料到剛剛還感嘆這崔三兒難得良心大發了一回，可一吃完東西這傢伙立馬露出原形來了，這是狐狸吧！

這兩人鬱悶得恨不能抱頭痛哭，崔敬平這傢伙卻是翻了臉，哼了一聲。「你們剛剛吃了我家的東西，這會兒就不想幹了吧！算是我崔敬平看清楚你們倆的德行了，平日還說是什麼好兄弟！」他一邊說完，一邊拿眼角餘光看這兩人，若是換了平常，聶秋文這傢伙早上當了，可是這會兒，他卻目光躲閃，就是咬緊了嘴唇不肯吱聲，不知啥時候，這傢伙倒是學聰明了。崔敬平哼哼了兩聲，也沒有立馬就惱羞成怒，反倒再給了這兩人一次機會，威脅道：「你倆幹不幹？」

「不！」兩人同時搖了搖頭。

崔敬平翻臉了，揚了揚拳頭。「再說一次？」

「還是不！」見他這模樣，兩小含了眼淚搖頭。末了聶秋文到底沈不住氣一些，抓著崔敬平的拳頭嚎道：「三哥，饒命啊！」聶秋文聲音淒涼，表情慘得如同已經被打過幾百回了一般。

崔薇嘴角不住抽搐，看聶秋文求著饒，崔敬平的拳頭卻毫不猶豫的落到他臉上，「砰」的一聲，光是聽聲音就很疼，崔薇倒吸了一口涼氣，剛想出聲說要不算了，崔敬平卻是又嘿嘿笑了兩聲，冷哼道：「聶二，你要不答應，下回聶夫子回來，我跟夫子說你偷看隔壁阿花洗澡！」

這話一說出口，崔薇與王寶學、聶秋文幾人表情如同被雷劈過一般，王寶學有些不敢置信，回頭看了神情呆滯的聶秋文一眼，呆呆地道：「畜生！」

「我沒有！」聶秋文揪頭髮，表情痛苦欲死！那阿花是村西頭羅家的女兒，長得五大三粗（注）又黑又壯，比他還像個男人，他要偷看誰也不會去偷看她的！若是偷看了她，聶秋文寧願戳瞎自己的眼睛！崔敬平這傢伙滿嘴胡說八道，故意陷害他的！聶秋文一想到這兒，恨恨地瞪著崔敬平，滿臉通紅，又咬牙切齒。「崔三兒，你胡說八道！」

他這樣說，可是卻沒有人信他，王寶學看他的目光都帶著懷疑，崔薇還故意往後退了一步。

崔敬平又大聲道：「你這畜生！連阿花都不放過，你要是不答應，我將這事告訴聶夫子，讓他打瞎你的眼睛！」

一聽到自己偷看了阿花洗澡，聶秋文自己都很想打瞎自己的眼睛，他這會兒是欲哭無淚，崔敬平這傢伙明明不是什麼好人，可為啥他一句話大家都相信他而不是相信自己？聶秋文心裡鬱悶得要死，一邊扯了扯自己頭髮，沮喪道：「我真的沒有，崔三兒，你到底想幹什麼？我幫你做，把這牆推倒還不行嘛！」

「承認了吧！」崔敬平得了便宜還賣乖，將聶秋文氣得又扯了扯頭髮，坐在一邊不說話了。

擺平了一個人，又將目光落到了一旁的王寶學身上，王寶學一見架勢不好，連忙就下意識地要搖頭，卻見不只崔敬平，連聶秋文都眼神不善的看著他，頓時無語。「崔三兒也就算了，二哥，你幹麼也這樣？」

聶秋文聽他這樣說，心裡絲毫內疚都沒有，他都已經被崔敬平這傢伙逮住了，自然不能苦就自己一個人受，最少也要有個同樣倒楣的來陪自己心理才平衡，更何況自己一個人受苦受難，王寶學這傢伙卻在家中享福安樂，他怎麼過意得去？

「猴子，你要是不留下來，我跟崔三兒一起揍你！」聶秋文口出威脅。

崔薇是看出這傢伙典型的自己不痛快也要旁人陪著，王寶學在這兩人手下自然也逃不脫，苦著臉一塊兒答應了下來。只是雖然拉到了幾個小壯丁，不過也不能真讓人光幹活不給好處，崔薇想了想，決定先將這木耳賣賣看，若是能賣些錢，自己再給這兩人分點好處，也好平息眾怒。

注：五大三粗，是指雙手雙腳大再加上頭大，腿粗，腰粗，脖子粗。

第十六章

這幾天太陽大得很，趕集的日子又不是在現在，崔薇還真怕這木耳變壞了，趁著太陽大，將木耳攤出來曬了曬，往後要吃時再用水泡一泡就行了。

這邊收拾了一通，聶秋文二人回頭又拿了些鏟土的東西回來，這兩個人平日調皮搗蛋無法無天，拿這東西出門也沒引得孫、劉氏二人懷疑，反倒是叮囑了他們不要玩得太晚，早些回家，聶秋文二人這回真不是出去玩，而是辦正事來著，可惜不能直接說，反倒要承認下出去玩的事，心裡更鬱悶了些。

幫著在這邊做了一會兒事，想著屋裡還有個崔佑祖躺著，若是等下回去這祖宗醒了，碰上楊氏回來，恐怕又要被罵上一頓，崔薇連忙收拾了竹籃，將聶秋文等人吃的碗筷裝了進去，這才朝崔家院子走去。這兩個院子雖然門朝向的地方完全不同，但是離得卻是很近，若是在後頭牆處開個門，只要鑽過門就到了崔家，因此崔薇提了籃子，跑了幾步便回到了崔家。

推開院門時，裡頭還靜悄悄的，崔佑祖沒有醒來，院子裡被崔敬平掃得七零八落的，崔薇又重新將院子清掃了一遍，那頭楊氏與崔敬懷母子已經挑著籮筐回來了。

兩人都是滿頭大汗的，崔薇連忙提了早準備好的熱水桶過來，裡頭分別搭了兩條汗巾，二人顧不得擦臉，將玉米倒在地上，這才抹了一把汗。

「大哥，餓了沒？廚房裡稀飯應該已經涼了，吃一碗再出去吧。」崔薇擰了帕子遞給崔敬懷，崔大郎謝了一聲，才將帕子接過來，擦了擦頭臉和脖子，這才吁了一口氣。「我還真餓了，等會兒我先帶些稀飯到地裡去，爹也應該餓了。」王氏在家跟崔薇在家結果可是完全不一樣，以往回來時別說有涼下來的稀飯吃，灶頭連煙火都沒有，如今崔敬懷才發覺出妹子的好來，衝她露出一個溫和的笑容來。

那頭楊氏心裡也有些感慨，在外頭做了一天回來時屋裡有東西吃，有熱水可以洗把臉，相比起王氏來，這個女兒不知貼心了多少倍，可惜再乖，長大了也是別人家的，又留不下來。

這樣一想，楊氏笑容又淡了一些，四處轉了轉頭，將汗巾子丟回桶裡，坐在門檻邊取了草帽搧風。「妳三哥起來了？」

女兒起來做事就是天經地義的，兒子睡到日上三竿也是理所當然。崔薇對楊氏的偏心早沒了介意，反正她心裡也沒真將楊氏當作母親一樣看，只將她當成一個上司來應付著，心裡對她如何想也不在意，因此便笑了笑，神態間不像對崔敬懷時那樣自然，反倒帶了些生疏。

「起來了，這會兒與聶二哥他們正在那邊院子裡。」

楊氏只當兒子是與聶秋文他們玩，也沒在意，反倒是覺得女兒這般疏遠她，使她心中隱隱有些不快，臉色也陰了下來，不知與她說什麼好，母女二人之間一時就沈默了下來。崔薇轉身進了屋裡，舀了些稀飯出來，楊氏二人分別端了一碗吃了，崔薇想了想，將自己涼好的木耳絲也一併端了出來，對於這東西，楊氏母子吃得倒是眼睛一亮。這木耳絲酸辣可口，用來配涼稀飯簡直是說不出的好吃，楊氏連吃了幾碗稀飯，這才放了筷子抹了抹嘴。「這東西不錯，妳等會兒多裝些，我帶去讓妳爹也嚐嚐。」

崔薇點了點頭，沒應聲，又回廚房去了。

楊氏表情有些複雜，這個女兒確實是聽話，又心靈手巧，連飯菜也做得比自己好吃，可惜是個女兒，長大是要嫁人的，不像兒子，能守在自己身邊，往後替自己養老送終。一想到這兒，楊氏又是有些遺憾，想到兒子時，心中才稍稍舒坦了幾分。

將木耳絲又裝了些進碗裡，楊氏母子將稀飯和涼菜裝進籮筐裡，這才又出去了，崔薇將剛收回來的玉米拿竹耙將玉米攤開了，又將昨日的玉米攤開來曬了曬，最開始收的玉米這會兒已經早乾透了，用籮筐裝著放在堂屋裡，這會兒已經堆了滿滿一屋子都是。將醒來的那崔佑祖又哄著睡著了放回床上，崔薇忙完了這些，又割了些苕藤回來，她這才歇了口氣，又轉身將午飯做好了，瞧著時間崔世福等人快回來了，她也沒有再往院子那邊去，反倒是自個兒打了水洗了把臉，這才坐了下來。

中午飯時不用崔薇去喊人，崔敬平自己就回來了，崔世福等人遲了些才回來的，王氏一回來時就癱到了長條凳上趴著不肯挪動了，出去一上午的時間，如今太陽又大，她被曬得皮泡臉腫的，渾身都被汗浸濕了，一股子味道，連醒來的崔佑祖都不肯讓她抱著餵奶，王氏一沾他就哭，氣得原本想藉口兒子捨不得她而不想去幹活的王氏恨不能抽這兒子兩巴掌，可惜一來是捨不得，二來也是如果她打了，楊氏等人不會放過她，這才將那念頭作罷。

「四丫頭，妳將上午時弄的涼拌的東西再弄些出來。」王氏躺凳子上，要死不活地不肯挪位置，張了張嘴吩咐了一句。楊氏雖然瞧不得她這懶樣子，但確實上午那涼拌的不知道什麼東西確實好吃，因此也沒有吱聲，連崔世福等人都沒有反對，崔薇弄出來本來就是吃的，想看看眾人反應，此時見他們愛吃，心裡不由添了些信心，忙將剩餘的木耳絲取了出來。

飯桌子上因為今日王氏出去幹過活兒的，她又死活占著凳子不肯讓位，因此今兒她也有位置坐著吃，崔薇自然站在一邊，王氏好不容易又重新有了位置，一下子就動作靈活的挾了不少菜到自己碗裡，「呼哧呼哧」地連吃了一大碗稀飯，這才將碗朝崔薇一遞。「給我添些過來。」

若是沒有鬧翻以前，少不得她這樣一說，崔薇就會乖乖聽話，可此時都已經鬧到這分兒上了，王氏還想像平時一般，那自然是絕對不可能。崔薇連看也沒看她一眼，自顧自端了碗坐在門口邊吃飯。

王氏一見她這模樣，頓時臉便垮了下來。

崔敬平一邊咬著筷子，一邊道：「大嫂，要吃不會自己舀飯嗎？」

他話音一落，原本還不出聲的楊氏一聽兒子都開口了，自然應和道：「是啊，如果懶成這樣，那乾脆不要吃了。」說完，一邊將王氏手裡遞出的碗奪了下來，放到一邊去了。

王氏心裡恨得咬牙，但卻是有些著急的又將碗拿了過來。「娘，我不吃下午哪來的力氣幹活？」她一邊說著，一邊見楊氏沒有反駁的樣子，這才鬆了口氣，心中更恨崔薇一些，忙起身自個兒去舀飯了。

崔敬平看她一離開，連忙伸了腿過去放在凳子上，看崔世福停了筷子要罵人，連忙衝崔薇招手。「妹妹，過來坐。」

原本要開口的崔世福見兒子這樣子，頓時又重新拿了筷子扒飯，裝作沒看見一般了。

王氏回來時見沒了自己的位置，嘴裡嘀咕了半天，又罵了幾句，見崔薇坐著不肯讓她，也不敢當著眾人的面將她扯開，心裡雖然氣得半死，但也不得不忍了下來，學著崔薇之前的樣子，回門檻邊坐著吃飯去了。

王氏被楊氏拽著去地裡做了幾日，險些連皮都給曬脫一層，整個人變得黑了不少，這幾日時間崔薇之前採的木耳曬乾了大半，只是崔家人都喜歡吃這東西，因此倒吃了一些，剩的不多了。

楊氏又知道這東西是野生的，為了能吃上而節約一些菜下來，特意又讓崔薇兄妹進山一趟，崔薇又上山採了不少木耳以及割了不少香蕉下來，十來天左右，山裡近一些的地方，木耳與香蕉幾乎被她割了個遍。第一次捂的香蕉已經快成熟了，崔薇又將生的香蕉捂上，這樣一折騰，自然是錯過了趕集的時間，要想等到下次趕集時，自然還要等上一段時間。

趁著這些日子，崔薇時常進山採些木耳割些香蕉，如今她院子裡藏的木耳曬乾了恐怕都有十來斤的樣子，再加上一些新鮮的，還有草堆裡藏的香蕉，恐怕也有好幾十斤了，趕大集的時間，終於也到了。

對於這個集，楊氏也重視得很，她已經攢了不少的鴨蛋和雞蛋，正準備拿到鎮上賣呢，這段時間地裡玉米也收完了，收割稻穀還要幾日，崔世福也難得鬆了一口氣。最近家裡用了些錢，之前又支出一百文買那院子，還要存些錢給崔薇整理院子，過段時間又要收割稻穀了，那要請人幫忙的，也得花錢。因此今日也不準備去地裡，天不亮時就從屋裡各捉了一對雞鴨出來，從屋裡床上抽了一些乾稻草將雞鴨的腳捆了，準備拿到鎮上賣換些銀錢。

不過楊氏倒是有些捨不得，摸著雞鴨的腦袋嘆息。「唉，當家的，這些雞鴨留著多養段時間，我再孵些小的出來，也好留個種啊。」

這會兒外頭天色漆黑，崔世福的臉在昏黃的燈光下顯出幾分疲憊來，他沈默地抽了一陣菸，這才抖了抖煙桿，將煙袋子重新收了起來，也望了還在不住叫著的雞鴨一眼，嘆了口氣。「不說了，過些日子讓娘幫著再捉幾對小的重新養就是，如今家裡花錢的地方不少，這東西該賣還是得賣。」

聽他說完這話，楊氏一邊數著筐裡的蛋，一邊就有些不大痛快。「你也是，為了那死丫頭，花了一百文錢，這都得抵我兩隻鴨子了！」

想到那數出去的一百文錢，楊氏到現在還有些不大痛快，這也是最近崔薇幹活雖然勤勞，但她卻半點兒沒有好臉色擺出來的原因了。

聽她又說起這件事，崔世福臉色也有些不大好看，不過見燈光下楊氏明顯老了些的臉，再加上梳得整齊的頭上又鑽了些白頭髮出來，讓他心裡一酸，剩餘的話也就化為一聲嘆息，再說出口時，便不是之前的斥責而是有些內疚了。「都怨我沒本事啊，不能讓你們過上好日子，薇兒這事，妳不要再提了，閨女大了，在妳身邊留不了幾年的，妳好些對她，薇兒聰明，心裡也知道的，難不成還真能忘了妳這個當娘的？」

若崔世福一開口就是喝斥，楊氏自然心中覺得有些不舒服，不過他這樣嘆息著，楊氏倒有些不好意思了起來，數蛋的動作頓了頓，一邊就有些怏怏道：「那也不是個閨女嗎？再好，也是替別人家養的。」

她這樣說著，崔世福臉色又有些不好看了起來，但總算也沒有再與她一般計較。

兩夫妻說著話，崔薇站在門外聽著，不知是該進去還是又重新回廚房裡，聽著人家說自己的壞話，那種感覺真是奇妙，她心裡也不怎麼在意楊氏，雖然聽到這些肯定是有點兒不太舒服的，不過自己並不是她真正親生的女兒，因此也並不覺得如何憤怒。她進去倒不怕楊氏會說什麼，只是擔心崔世福會覺得尷尬，因此想了想，又重新回廚房，打了桶水提進來，面無表情地放到了二人面前。

估計剛剛那樣說了女兒，楊氏心中也有些不好意思，將雞蛋和鴨蛋各自清點了一遍，示意崔世福先將臉洗了，自己連數了幾遍，確定蛋的數量不會出錯後，這才擰起已經半溫濕的帕子擦了把臉。今兒要出去趕集，楊氏難得穿上了一身整潔乾淨的朱紅色衣裳，衣裳看得出來平日是放在櫃子底的，半新不舊的，上頭沒有補丁，楊氏還難得正經將頭髮綰了起來，上頭還簪了朵絹花，整個人瞧著跟平常完全不一樣，顯得年輕了好幾歲，估計是年紀大了，她臉上並沒有塗脂抹粉的，崔家也沒有那個閒錢給她買那些胭脂水粉等物，因此楊氏顯得極為素淨，就光這樣，已經算是隆重打扮了，難怪剛剛崔世福與她說話時一副愧疚的語氣。

「妳過會兒將鴨子與雞趕出去放著，今兒也不要到處亂跑，家裡沒人，得有人照看著。」楊氏臉色有些不自在，但又叮囑了幾句，說話間，屋裡頭崔大郎兩夫妻先後鑽了出來，如今趁著趕集，他們還想要摘些新鮮的蔬菜等拿到鎮上賣。王氏穿著一身湖綠色的衣裳，下身是一條大紅色的裙子，是她成婚時穿的衣裳，王氏平日也一向愛惜，不到出門的時候不會這樣打扮，頭髮梳得整整齊齊的，頭上還戴了一只銀釵，一對銀耳環吊在耳垂下，嘴唇抹了大紅的胭脂，看起來倒是比平常要精神幾分。可惜此時的胭脂都不怎麼好，王氏嘴唇又乾，塗在嘴上有些掉皮處便顯得特別的紅，一塊一塊的，在昏黃的燈光下瞧著有些嚇人，偏偏王氏還自以為美，出來時撫著頭髮扭了腰一副得意洋洋的模樣。

顯然王氏也聽到了剛剛楊氏說的話，挑了眉頭看崔薇。「四丫頭，聽到沒有，妳好好看家，不要一天到晚的瘋跑，沒個姑娘樣！」

她說話聲音有些尖利，那眉頭又被繪成兩條毛毛蟲似的，挑起來就跟兩條蟲活了過來般，看得崔薇忍不住別開了頭去，連楊氏也皺了下眉頭，但卻沒有開口，裡頭崔敬平已經光著腳跑了出來。

「娘，不行！」崔敬平說道。

「今兒怎麼這麼快就起來了？」楊氏一看到寶貝兒子起了身，連忙臉上便露出和藹的笑容來，嘴裡一邊唸著他打光腳，一邊就四處開始給他找起鞋子來。

崔敬平抬了腳任楊氏替他穿鞋，一邊揉了揉眼睛就道：「娘，昨兒我就跟聶二他們說好了，今天要一起去鎮上的，妹妹也要跟我一起去！」

一聽這話，楊氏還沒來得及開口，王氏頓時有些著急了。「那怎麼行？家裡沒人瞧著，小郎在家裡誰照顧？更何況還有二郎早上吃了飯要去私塾，午飯還得有人給他送呢！」王氏這樣一說完，就看了楊氏一眼。

若說這話的是旁人，恐怕楊氏還會像王氏一般說上幾句，不過開口的是她最心愛的兒子，那自然是不一樣了，聽聞此言，臉上便露出慈愛之色來，摸了摸崔敬平的手，發覺並不冰涼之後滿意的點了點頭，這才道：「你年紀小，好耍是應該的，不過你妹妹還要在家做事呢，你自己去吧，啊？」

「不行！」崔敬平想到崔薇說的要去鎮上賣東西試試看的話，頓時有些著急了，連忙拉著楊氏的手便晃了起來。「娘，讓妹妹跟我們一起去吧，妹妹平時趕集就在家裡頭，還沒怎麼去過鎮上呢，娘，讓妹妹去吧！」

崔敬平這樣一撒嬌，楊氏頓時便心軟了，看兒子皺著眉頭的樣子，哪裡捨得不如了他的意，猶豫了一下，乾脆就點了點頭。「那薇兒去換件衣裳，也去玩耍一回吧！」

王氏看到婆婆目光落到了自己身上，頓時一股不好的預感便湧上了心頭，還沒有來得及開口，楊氏便已經道：「那這樣王氏就留在屋裡看家，順便瞧著小郎，他醒了，妳餵奶也方便。」

王氏頓時如遭雷劈，她今兒才換過一件新衣裳，又難得一大早起來收拾了這樣一通，結果楊氏竟然不讓她去！王氏頓時要開口，楊氏已經不理她了，看了看外頭的天色，連忙站起身來，從廚房裡端了崔薇已經煮好的稀飯，各人都吃下了，這才準備出門。

王氏被留了下來，氣得要死，沒人給她求情，就連崔敬懷都不理她，自然該她留在屋中，頓時化悲憤為食慾，接連喝了四大碗稀飯，滿臉不快之色，回頭脫了衣裳又鑽屋裡睡覺去了。見她這樣子，楊氏等人也沒理她，看了看外頭的天色，便揹了東西一塊兒出了門。

小灣村離鎮上約有十幾公里路，大約要走上一個多時辰，楊氏等人腳程快，這會兒出門恐怕到了鎮上天還沒有亮。而崔薇等人準備晚些時候出門，他們是孩子，跑跑跳跳的說不定走得比楊氏等人還要快些，就是再不濟，晚些時候出門到鎮上恐怕也遲不了多少工夫。

趁著王氏回頭睡了覺，崔薇趕緊找了個背簍，摸著黑去了自己破院子那邊，拿了不少曬得乾硬的木耳與已經捂得黃了的香蕉回來，因怕時間來不及，因此乾脆將木耳拿泡菜水泡上了，見崔敬平眼巴巴的樣子，連忙剝了一根香蕉遞到他面前。

崔敬平有些為難，這樣長時間了，他還沒有嚐過那些香蕉，這會兒看崔薇遞給他，不接又怕她難受，接了又不想吃，因此表情糾結，一邊尋了些乾草鋪在背簍底下，將香蕉幫著放了進去，掂了掂，恐怕有二十斤左右了，將背篼裝得快滿了，這才回頭看著崔薇，有些擔憂道：「妹妹，這些東西吃了麻嘴的，都沒人要，真能賣得掉？」

「三哥，你嚐嚐就知道了。」看他小心翼翼的樣子，崔薇有些好笑，將剝開的香蕉塞進了崔敬平手裡。

已經捂成熟的香蕉與青澀的時候完全不同，裡頭果肉泛著陣陣香蕉特有的香味，像是帶了些發酵後的感覺，崔敬平忍不住先是小小的咬了口，接著眼睛一亮，頓時三兩口便將這根香蕉塞進了嘴中，兩、三下就嚼了個乾淨，末了盯著背篼裡的香蕉，眼睛發亮。「好吃！」農家裡沒什麼零嘴吃的，楊氏雖然愛兒子，但家裡條件就擺在這兒，平日裡崔敬平要想吃些零食，便得自己想法子，一般平常吃的可稱為零食的東西，除了田裡的番茄，便是生黃瓜等物了，最多偶爾採些蛇果子，還難得吃到這樣的好物件，頓時便忍不住咂了咂嘴。

崔薇看他喜歡的樣子，忍不住笑了笑，又掰了一根遞過去，崔敬平想吃，猶豫了一下卻是擺了擺手。「不吃了，妳留著賣。」

「只是一、兩根，哪裡就能缺得了三哥你的。」崔薇說完，不由分說塞進了崔敬平手裡，看他有些羞澀的又低頭剝開吃了，這才回屋將泡軟的木耳撈了起來，捏起一朵小的嚐了嚐，味道剛剛好，酸得讓人嘴裡泛出唾沫來。又將之前摘回來的新鮮青椒切成絲兒放一旁備用，再拍了些大蒜，看了看外頭的天色，連忙手上動作麻利地將木耳切成細絲了，又加辣椒等物添了進去，這才洗了個乾淨的大陶盆裝了進去。滿滿的大半盆，上頭又拿昨日洗淨後曬了一天的白布給蓋上了，這才端出門來。

這會兒時候已經不早了，崔薇也沒什麼衣裳好換的，就將頭髮梳了梳，又洗了個手，回頭便見崔敬平已經將背篼揹了起來，站在門口處等她，兩兄妹關了門，也沒喚醒王氏，將門就這樣掩攏了，這才出了門。

第十七章

聶秋文這會兒已經等在了家門外，腰間還掛著那只蠕動不已的口袋，這傢伙難得早起一趟，這會兒蹲在大門邊呵欠連天的，看到遠處兄妹倆過來時，頓時便跳了過來。

「崔三兒，你這傢伙磨磨蹭蹭的，害哥哥等了這樣久，趕緊走吧，我等好久了！」他一邊抱怨著，一邊又拍了拍腰間的袋子。那裡頭裝著幾條毒蛇，這東西賣到鎮上換給一些收毒蛇泡五毒酒的人家，可以掙到一些錢，這也是難怪那日王寶學捉到竹葉青時高興的原因，這些錢雖然對於一些人算不得什麼，但對幾個孩子來說，也已經是了不得的財產了，平日可以用來換些零嘴吃。

崔敬平聽聶秋文唸叨不止，也不廢話，這會兒天色確實不早了，四周都霧濛濛亮了起來，村裡離鎮上好歹也要走上一個多時辰的工夫，要是再耽擱下去，恐怕天亮還到不了鎮上。農村人起得都早，要是遲了些去，恐怕人都要走光了！幾人又去王家接了王寶學那傢伙，也不敢像平日去鎮上時邊玩邊走了，反倒加快了腳程，遠遠地看到鎮上時，天邊才剛現光亮而已，鎮上好些人已經揹著背簍等開始準備找起擺攤的位置來了。

幾人鑽進人群中，四處望了望，周圍幾乎擺攤的賣的都是自家生產的東西，不外乎是些雞鴨蛋等，幾人瞧了一眼，很快便失了興趣。崔薇自己都有東西賣，自然要找個好的地方占下來再說，這街上賣菜的不少，不過要賣熟菜的地方卻是一個也沒瞧見，崔薇跟著擠了一圈，眼看人越來越多了，也不再多挑，猶豫了一下，乾脆將自己的攤位停在一些賣山貨以及獵物的地方。這地方現在瞧著雖然冷清，不過因為賣的都是一些人從山裡挖的如藥材或是獵的野味，一般鄉下人沒這個錢往這邊湊，不過若是那些有錢人，恐怕便喜歡往這邊過來。

更重要的是，鄉下人起得早，一些攤位早被人占滿了，連蚊子都擠不進去，唯有這樣賣野味的地方人最少，聶秋文等人賣的是蛇，這東西也不是家養的，乾脆也與崔薇一併站在了這邊，兩人將袋子往地上一扔，也不管乾淨不乾淨，厚著臉皮管人要了一張荷葉，一屁股就坐了下去，還替崔薇兄妹也要了一張，跟著鋪在了地上。

一看這兩人理所當然的模樣，就知道這樣的事不是頭一回幹了，崔薇跟旁邊的人道了謝。這才抿了抿嘴，一邊將崔敬平背上的背篼取了下來，一面將裡頭放著的大陶盆拿了出來，連帶著裡頭的香蕉也一併取了出來，又拿了蓋在上頭的稻草鋪在地上，將香蕉放上去，定睛看去，黃澄澄的一堆，倒也惹眼。

旁邊一個面前擺了兩條血淋淋的不知道什麼動物的漢子湊了過頭來，往這幾人面前看了一眼，忍不住就笑道：「小姑娘這是賣的什麼，倒與山裡長的芭蕉有些相似，不過卻顏色不同。」這漢子身材魁梧，穿著一身粗布衣裳，袖子挽了起來，說話聲音也洪亮。

崔薇見他面上帶著笑，不像是個壞人，想了想乾脆抿了嘴笑，一邊揭開了那陶盆上的白布，一邊與那漢子說道：「大叔，您撕半張荷葉過來！」

剛剛聶秋文就是管這人要的荷葉，這會兒聽到崔薇這樣一說，那漢子只當她還要荷葉似的，聽她喚人喚得清脆，也不小器，答應了一聲，笑呵呵的果然回頭就扯了一張荷葉遞過去。

「半張荷葉能抵什麼事，這東西也不值錢，妳要是有用，多拿幾張就是！」這漢子一邊說著，一邊就伸了手遞過去。

崔薇也不解釋，拿筷子挾了一大筷木耳絲，放到了那漢子攤開的荷葉上，那漢子愣了一下，看得出來崔薇不是想讓自己給荷葉，反倒像是給自己東西的，頓時愣了一下，崔薇一邊放下筷子，重新將白布蓋上，一邊衝他笑。「大叔您嚐嚐。」

那漢子愣了一下，看崔薇笑咪咪的樣子，小姑娘雖然瘦弱，看起來也面黃肌瘦的，但笑起來卻是十分可愛，那大眼睛裡露出一分靈動來。漢子不由自主地點了點頭，將手又縮了回去，看手中黑不溜丟一堆，也不知道是個什麼東西，不過這小姑娘既然敢拿到這邊賣，想來也不是什麼壞東西，他也不避諱，拿手抓了一些便扔進了嘴中。

這木耳絲剛一扔進嘴中，這漢子便嚼了幾下，眼睛頓時就亮了起來，捧著荷葉將這木耳絲就全扔進了嘴中，兩、三下嚼了，末了忍不住回頭拿起自己放在一旁的竹筒喝了兩口，這才擦了擦嘴，張嘴吸了兩口涼氣，讚道：「好吃，這是什麼東西，怎麼這麼好吃！」說完，嘴裡又發出「嘶嘶」的抽氣聲，顯然是有些辣了。

崔薇衝他一笑，一邊就回答道：「大叔，這是我自己做的一些小菜，準備拿來賣賣看，您喜歡就好了，等下我給您包上一些吧！」

那漢子本來也是想討要一些，不過聽到她說是拿來賣的，頓時便有些不好意思，打消了這個主意，連忙就擺了擺手。「不用了不用了，能嚐一口就已經不錯了，妳賣錢的東西，怎麼能給我！」

這個時候雖然也有像王氏那樣討人厭的，不過更多的卻是性子純樸的人們，崔薇這會兒沒賣過木耳絲，也不敢肯定，因此聽這漢子一說，便也跟著住了嘴。

這會兒天色還濛濛亮著，周圍不時有人提了背簍過來，幾乎都是些過來擺攤的，倒沒什麼出來逛街的人。那漢子吃了崔薇一口菜，頓時大方地抽了好幾張荷葉過來給這幾人，他帶的東西只有面前擺著的兩隻麅子屍體，並沒有什麼東西好拿來給這幾小傢伙的，唯一有的就是出門時自家摘的一大把荷葉而已。這會兒吃了崔薇的東西有些不好意思，趁著這會兒人不多，便有一搭沒一搭地跟著崔薇說起話來。

沒過多大會兒工夫，幾人就將這漢子的情況摸了個透。這漢子姓姜，家住在望嶺村的，家裡有六口人，一兒一女都跟崔薇兄妹年紀差不多大，這漢子趁著這兩天收完玉米空閒，進山裡捉了兩隻野味，自家捨不得吃，拿到街上來賣的。這漢子性情直爽，說話也痛快，很得崔敬平幾人喜歡，沒幾下說話時便跟著隨意了起來。

天色漸漸地亮了起來，四周來往的行人越來越多，就著天色，崔薇偏了腦袋往這條街看了一眼，一溜兒望過去不是賣山貨的就是賣野味的，還有一些賣皮毛的，不過這會兒正是夏季，因此看的人也不多，這條街上不是有錢人不會往這邊湊，鄉下人就是自家產的雞蛋都捨不得拿來吃，又哪裡捨得去花錢買野味打牙祭，因此這邊冷冷清清的。只是聶秋文幾人卻不以為意，他們都來這邊賣過好幾回蛇了，知道這邊那些老爺們的管家一般會到日上三竿才過來，因此絲毫不著急，反倒自顧自在一旁與那姜大叔說著閒話。

不多時，果然這邊來往的人就漸漸多了起來，那姜大叔的麅子也被人以七十多文的價格買了一隻去。這麅子恐怕一隻得有七十來斤了，而且還是正宗的野味，可在此時竟然只抵得到兩隻鴨子的價錢而已，崔薇頓時有些驚訝，可惜她手裡沒錢，否則這樣的便宜她怎麼也要買上一隻了！

聶秋文等人的毒蛇也有人買，不管是一些走街竄巷賣五毒酒的，還是一些跑江湖賣雜耍需要蛇的藝人們都喜歡這個，因此聶秋文手中的七、八條毒蛇很快以二十三文的價格也跟著賣了出去。幾人一旦賣了錢，興奮得跟什麼似的，湊在一塊兒數著，並按照三人平分，一人分了七文錢，剩餘的兩文，三人都決定等下要買些零嘴一併吃了。如此一來倒也皆大歡喜，崔敬平摸著手中剛剛才拿到的七文錢，猶豫了片刻，接著才有些肉疼的塞進了崔薇手裡。

「三哥，你給我做什麼？」崔薇愣了一下，接著才偏了腦袋看崔敬平。

這會兒崔敬平內心滴著血，面上卻是露出一個略有些猙獰的微笑來。「妹妹，妳拿去買零嘴吃，再買些花戴，可要小心藏好了，免得被大嫂摸去。」說到最後一句話時，崔敬平聲音壓低了在崔薇耳朵邊，畢竟家醜不外揚，王氏再不好，在家裡自個兒說說也就罷了，要是被聶秋文幾人聽見，他也面上無光。

崔薇聽他這樣一說，頓時愣了一下，接著又很感動，捏著錢，咬了咬嘴唇，將錢又朝他塞了過去。「三哥，我不要，我年紀還小，打扮那些做什麼。」

幾個小孩子捉蛇時看似輕鬆得很，實則也驚險嚇人，要是被毒蛇咬上一口，恐怕命都要休了，若是楊氏知道兒子拿命去換了這樣的錢來給崔薇買糖吃，估計要將她打得滿院亂竄的。崔薇倒不是擔憂楊氏會打自己，不過就是有些心疼崔敬平，這樣的錢她如何能要。

崔敬平卻是豁達的性子，他開始還有些捨不得，不過一旦將錢送了出去，便沒有要拿回來的打算，一邊拍了拍她的手，示意她放自己荷包裡藏好了，這才笑道：「妳自個兒放著就是，以後想吃啥買啥，我跟聶二、猴子他們是好兄弟，要花錢，他們會幫我的，是吧，聶二？」說完，崔敬平回頭就衝這兩小的咧嘴笑了笑。

他一雙單眼皮笑眯了像輪彎月似的，卻是讓這兩人打了個冷顫，鬱悶得很，這會兒卻依舊硬著頭皮點了點頭，聶秋文咬牙切齒道：「好兄弟，自然要講義氣。」那模樣，一看就言不由衷。

崔薇忍不住笑了出來，她也知道崔敬平的好意，自己帶來的東西一樣也沒賣出去，有人問毒蛇的，有人問山貨的，也有人問野味的，可偏偏沒人問她面前擺的陶盆和香蕉的，崔敬平也是怕她受不了，這才想將錢交給她哄她高興的。崔薇鼻子有些發酸，想了想崔敬平的性子，自己外表雖然是個孩子，但實際是個大人了，將他的錢放好，以後他有事想吃零食時自己也好給他，幫他保管一下也行，因此點了點頭，也沒有多說，將錢就放進了荷包袋裡。

看她將錢收好了，崔敬平臉上露出一絲笑意來，又摸了摸她的腦袋，這才轉頭衝聶秋文二人道：「你們自己去轉轉吧，我陪我妹妹再等一會兒。」

「崔三兒，這東西有什麼好等的，反正又賣不掉，不如讓崔妹妹一併將這東西收了，咱們一起去轉轉吧！」聶秋文臉上露出不耐煩的神色來，忙就催了崔敬平一句。

聽到這話，崔敬平臉上倒是露出意動的神色來，趕大集可是要等到十天半月的才有一回，好不容易等到這會兒了，若是下一趟出來還不知道什麼時候。每回趕大集時街上賣的東西都不少，而且還有雜耍看，幾人剛剛賣了錢，這會兒哪裡還忍得了，說到底幾人都還只是個孩子而已，能耐著性子賣會兒東西已經不錯了。

「三哥，你先去吧，等會兒我去找你！」崔薇自然也看得出崔敬平臉上的意動之色，連忙就開口。這鎮上說小不小，可說大也大不到哪兒去，最多轉上小半個時辰就能轉個遍了，崔敬平想了想，確實也惦記著想去看看那些玩雜耍的，因此猶豫了片刻，也就答應了下來，回頭就衝崔薇道：「那我在東街口那賣麵的陳伯娘處等妳。妹妹。妳若沒看到我，直接在那兒等我就是了。」

崔薇回想了一下，確實腦子裡記得崔敬平說的那個地方，因此點了點頭，也就答應了下來，末了要將錢給他時，崔敬平卻擺了擺手。又拜託一旁的姜大叔幫忙照看著崔薇一下，這才被聶秋文二人拉走了。

這會兒街上人漸漸多了起來，連隔壁賣山貨面前的蘑菇等物都被賣了大半，那姓姜的漢子面前剩的一隻麅子問的人倒是多，可真正要買的人卻少，因此抽空了便與崔薇說著話。看她面前根本連問的人也沒有，心中也不由有些憐惜，可惜自己沒什麼閒錢，剛剛雖然賣了七、八十文，可家中一家老小還等著張嘴嚼用的，也不能將錢花在這地方浪費了，因此也只是同情而已。這東西雖然好吃，可是外表看來卻不起眼，黑不溜丟的，有錢的老爺們都講究，如何肯吃這東西，哪裡又會來買。這漢子剛剛轉頭想安慰崔薇幾句時，突然有一個穿著寶藍色錦衣，頭上以銅冠籠著頭髮的中年人卻是一下子在崔薇面前蹲了下來。

「小姑娘，妳這賣的是什麼？」這中年人伸手先撥了撥崔薇面前黃澄澄的香蕉，又拿起來聞了聞，香蕉特有的水果香味可不是現代時各種催熟後而且又人工大量培養出來的香蕉可以比擬的，那中年人捏了一下，覺得有些好奇，將香蕉又放下了，這才從袖籠裡掏了一方雪白的帕子擦了擦手。

好不容易眼前來了個人，崔薇眼神敏銳的打量了眼前人一眼，看他行為講究，身上穿著的衣裳俱都價值不菲，腰間雖然掛的玉並不如何通透，但這個當口，能戴得上玉的就是有錢人，明顯就是一隻肥羊蹲到了自己面前，她哪裡會放過？想也不想，頓時伸手從一爪香蕉上撕了一根下來，俐落地剝了皮朝他遞了過去，一邊乖巧的衝他笑道：「貴人大叔，您嚐嚐！」

崔薇長得瘦弱，也面黃肌瘦，可她眉眼卻是長得不差，這樣一笑起來十分可愛，那中年人愣了一下，原本不想接的，不過見這小丫頭笑得可愛，又沒說要收自己錢的，還主動要送給自己吃，哪裡好意思開口拒絕。雖然不太想吃，不過仍是道了一聲謝，將香蕉接了過來，拿袖子半掩著試探般咬了一口。

也不知道這是個什麼朝代，連香蕉也不知道吃，不過崔薇卻敢肯定自己的這香蕉只要找準了人，絕對能賣上一筆錢的！她這樣一想，臉上的笑容越發笑得可愛，那中年人臉上表情被寬大的袖子擋住了，不過從他三兩口扔了香蕉皮的舉動，便能看得出來他極為喜歡這香蕉的。

這中年人放下袖子時，嘴巴上都已經被擦得乾乾淨淨了，一邊就眼睛發亮，看了看眼前的那堆香蕉，一邊有些歡喜道：「小丫頭，妳這東西是要賣的嗎？」

聽他說話就知道有門兒了，崔薇頓時便點了點頭，連忙道：「大叔，您是要將這些香蕉全部買了嗎？」

她說的是全部買，而不是要買，不知道那中年人是不是沒有聽得出來，聞言下意識的便點了點頭，想了想，頓時果斷道：「妳給我全部裝上，與我一路送回去，自少不了妳的好處！」他一邊說完，一邊就站起身來。

崔薇反正自己是吃不了虧的，她又不是真正的小孩，因此一聽這話，頓時便答應了一聲，手腳麻利地將地上的那些香蕉全部撿起來裝進了背篼裡頭，末了又看了看地上那個陶盆，頓時笑道：「大叔，您買了我的香蕉，我也不虧待您，我請您吃我自己做的木耳絲吧！」她一邊說完，一邊從旁抽了一張乾淨翠綠的荷葉，揭了那陶盆上的白布，露出裡頭黑紅綠白等各種顏色相間的木耳絲來。

那中年人看了一眼，頓時眉頭便皺了皺，下意識地想要拒絕，可誰料崔薇已經手腳麻利地弄了一些木耳絲出來，端著荷葉遞到了他面前。小姑娘唇紅齒白的，臉龐瘦小，可越發襯得那雙眼睛水靈靈的大，討好地看著他笑，看得這中年人心頭一軟，勉為其難地將荷葉接了過來，硬著頭皮接過崔薇遞來的筷子，就挑了一根木耳絲到嘴裡嚼了嚼，頓時眼睛就跟著亮了起來，指著那地上的陶盆道：「這個，我一併買了，跟著我走！」

崔薇心裡鬆了一口氣，連忙就答應了一聲，這下子沒有猶豫，麻利地就將東西收了進去。先是將陶盆放在背簍最下頭，拿布蓋嚴實了，又在上頭細細的鋪了厚厚一層稻草，再將香蕉放上去。那中年人看她細心的樣子，滿意地點了點頭。

崔薇跟那姓姜的漢子打了聲招呼，看那中年人辣得不住吸氣嚥口水可又忍不住朝自己這邊盆子瞧的模樣，忍不住就偷偷笑了笑，揹了背簍跟了上去。

這中年人一路轉了轉，買了幾隻野味，又轉到牲畜那邊買了些雞蛋，又要了些山貨青菜等，讓人跟在他身後一大串了，這才準備回去。崔薇揹著背簍跟在這中年人身後，便顯得極為的惹眼，幸虧這中年人不像是普通人，許多被他點名買了東西的都跟在後頭緊張兮兮的不敢開口說話，否則許多人早就好奇的問起崔薇來了。

太陽漸漸大了起來，那中年人竟然直接朝南面街道處走了過去，在一個紅磚綠瓦的圍牆後頭停了下來，那氣派的朱紅色大門半掩著，聽到腳步聲，從裡頭鑽出了兩個身穿藍色衣裳，戴著同色帽子的小廝來，看到這中年人時連忙就彎了彎腰，討好地道：「林管事回來了。」

那中年人答應了一聲，衝後頭的人招了招手，一邊道：「你們跟著我進來，小心一些，把東西放進後頭，待結了帳再出去。」眾人忙都答應了一聲，小心翼翼的踏上了那青石臺階，跟著進了屋裡。

這戶人家一看就極為有錢，連兩個守門的都穿得這樣的整齊，許多來趕集賣東西的人就算是穿著最好的衣裳，可都已經半新不舊了，許多人衣裳就算是沒有打補丁，也沒法子與這兩個小廝相比的。

那被稱為林管事的人指使著人將東西放進了屋中，一邊又招手喚了個小廝過來吩咐了幾句，不多時從裡頭便有一大群人從裡頭出來了，每人按東西得錢，人人拿了錢時都滿臉欣喜的樣子作揖感恩的退了出去。崔薇被留在最後，不知為何，那中年人就是沒有先點到她的名字，崔薇小巧的鼻尖上沁出了細細的汗珠來，她也不著急，捉著背簍帶子就安靜的等著，直到院子中人走得差不多了，那被人稱為林管事的才衝她招了招手。

雖然崔薇心中是有把握的，不過站了這樣一會兒，背上的東西又壓得她背都有些彎了，她也吃不消，這會兒見林管事喚她，心裡鬆了一口氣，連忙就湊了上去，拿衣裳抹了一把汗，乖巧的喚了一聲。「林大叔。」說完，才將身後的背簍放在了地上。

那林管事眼中泛出一絲溫和之色來，竟然伸手摸了摸崔薇的頭，這個動作讓後頭的人忍不住瞪了瞪眼睛，崔薇仰頭衝這林管事笑了笑，卻見他收回手沈吟了片刻，這才轉頭衝身邊一個年約五十來歲的青衣老頭道：「給這小丫頭二兩銀子。」

「什麼？」那捏著錢袋子的老頭頓時眼睛就瞪圓了，剛剛買了這樣滿地的東西都沒有花到一兩銀子，如今不過一個背簍，裡頭裝的東西眾人連瞧都沒瞧過，竟然這林管事一張嘴就要給二兩銀子，眾人都有些吃驚了。

林管事眉頭一下子皺了起來。「給二兩銀子，我說了！」

那老頭被他一喝，身子抖了抖，這才忙不迭地答應了一聲，連忙從腰側的錢袋子裡顫巍巍的掏出一個約有手指頭大小的銀花生米遞了過去。

這些銀子在大戶人家都是定制的，崔薇還是頭一回看到這種模樣的銀子，來到古代之後也是頭一回見到銀子，頓時心中也有些激動，連忙伸手將銀花生米接了過來。

這樣小小的一粒花生米在此時可是代表著不少銀錢，來到古代不少時候了，崔薇對此時行情也多少有了些瞭解，知道此時一文銅錢約相當於現代時的一塊錢，不過此時的一文錢購物力比現代時不知強了多少倍。一千文銅錢則稱為一貫，一貫錢亦可換得銀子一兩，而眼前這小小的一粒花生米，便約值兩千文錢了！楊氏花出一百文時還肉疼得直抽冷氣，這樣二兩銀子，若她瞧見，還不得發了瘋！

沒料到二十來斤的香蕉，以及一盆子涼拌的木耳絲，竟然就換來了這麼多錢，崔薇頓時也有些不敢置信，眼睛一下子瞪大了。

那中年人看到崔薇的樣子，嘴角邊露出一絲笑意來，一邊又摸了摸崔薇的頭，溫和道：「小丫頭，妳叫什麼名字？可要將這銀子收好了，莫要被人摸了去，這些香蕉味道好得很，若是往後老爺夫人吃得高興了，還有妳的好處在，妳下回趕集時再來一趟。」

崔薇聽他這樣一說，連忙拚命就點了點頭，來一趟就得了這樣多的銀子，下回再來豈不是證明這林管事還要買自己的香蕉？她想到自己捂在草叢裡約還有好幾十斤半熟的香蕉，等到下回趕集時說不定早就捂熟了，頓時便點了點頭，仰頭道：「林大叔，我叫崔薇，您叫我薇兒就是了，下回我再給大叔送一些過來！」

林管事又笑了笑，這才點了點頭，示意人將東西搬了下去，一邊又摸了摸自個兒身上，卻是沒什麼東西，回頭便衝人吩咐了一句。「去廚房包幾塊糕點過來，給這丫頭嚐嚐。」

他身邊一個小廝答應了一聲，又好奇地看了崔薇一眼，這才連忙倒退著下去了。

那林管事又看著崔薇笑了笑，轉身進內院中去了。

崔薇心裡對這林管事也著實有些感激，又小心的將那銀花生米放進了自己腰側的袋子裡，一邊伸手拍了拍，抬頭就看到許多人有些眼紅的模樣，頓時眼皮便跳了跳。自己揣著這樣多銀子，若是有人見錢眼開生了歹心，她一個小孩子說不準還真護不住。一想到這兒，崔薇頓時便笑了笑，衝一個好奇看著她的小廝笑道：「小哥，這是誰家的府邸，我還不知道呢，下回林大叔讓我再送東西過來，我也好找人問一問的。」

崔薇說話間像是跟那林管事極為熟識的樣子，那被她喚住的小廝愣了一下，接著眼中閃過複雜之意，心裡也確實有些懷疑，一向有些潔癖且不大愛理人的林管事不只是摸了摸這鄉下丫頭的腦袋，還破天荒給了她二兩銀子，說不準這兩人是有什麼關係的，原本心中還存了一些心思的眾人相互看了一眼，才將心頭的想法放了下來，那小廝衝著崔薇略有些討好的笑。「小姑娘，妳不知道，咱們老爺乃是當年的臨安知縣，如今告老還鄉了才在此居住的。妳下回若是要來，直接問林老爺府就是，一準兒就知道了！」

聽到小廝這話，崔薇也跟著鬆了一口氣，這林老爺她還真聽說過，這秦家鎮本身雖然地方大，但並沒有出過什麼了不得的人物，連舉人都沒有幾個，出了一個知縣老爺，自然是個出名的事情，這林老爺是半年前剛回來不久居住的，名聲響亮得很。這下子知道了這家人的身分，崔薇自然更不怕這些小廝起什麼心眼，因此笑了笑，待裡頭那個小廝領了命出來，拿帕子包著一大堆約有十來塊的點心遞給她之後，她道了謝，又準備分些糕點出來散給這些小廝吃。

眾人俱都拒絕了，他們住在這林府之中，雖然只是個下人，不過這些東西也不是長年吃不到的，崔薇一看出生就並不富貴，說不得一年半載的不一定能吃到這些東西。這小姑娘懂禮貌，又會討好人，原本心中對她收了錢還有些不滿的眾人，因為她這樣一個簡單的動作都對她生出好感來，個個滿臉帶笑的將她的空背篼還了回來，連那陶盆也被洗得乾淨送還給了她，將崔薇送了出去。

第十八章

出來一趟，竟然就賣了二兩銀子，崔薇出了林家大門時，腳還有些輕飄飄的，包裡七個銅子兒與那銀果子滾到一塊兒，發出叮噹的響聲，不少守在林家大門外還有些好奇的人聽到崔薇包裡沒幾個銅板滾動的響聲時，不少人都退了開去。一些乞丐見崔薇穿得破舊，只懶洋洋的望了她一眼，又將臉別了開去，繼續捧著碗回了原處。崔薇心裡提著一口氣，手不經意搭在口袋上頭，這才疾步離開了林府。

走得遠了，街上人漸漸多了起來，哪裡還有人知道她曾進過林府的，崔薇雖然跟崔敬平約好了在村東面陳家麵館處碰頭，不過這會兒瞧著天色還早，她也沒有急著就往那邊趕，如今崔薇手裡有錢了，也難得有了閒心在街上逛了起來。她如今雖然有了自己的破房子，但現在還住在崔家，吃穿用度都在楊氏眼皮子底下的，雖然說是分開住，但實際不可能完全分得開，若是自己突然之間有錢有了變化，恐怕楊氏會心生懷疑。她也不準備給自己買吃食穿戴等物，這些錢看似多，但只是對農家人而言，若真要花用，恐怕沒幾下便要用個乾淨，崔薇準備將這些錢用來修整房屋。

花了一百文錢買下那房子楊氏已經心疼得厲害，恐怕不會再多花錢給自己修整院子的，一切還得靠自己想辦法。

崔薇走了幾步，看到鎮上開著的綢緞坊時，頓時眼睛便是一亮，連忙緊了緊背篼帶子，朝這綢緞坊裡走了進去。外頭雖然寫著綢緞坊的字樣，不過這窮鄉僻壤的，周圍幾乎都是村民，哪裡有人能真買得起綢緞等物，因此裡頭賣的都是一些粗布與麻布等便宜的。外頭熱熱鬧鬧的，這綢緞坊裡卻是冷冷清清，那守店的童子看到有人進來時眼睛亮了亮，看清崔薇的模樣時，頓時就撇了撇嘴。「丫頭，妳小心一些，那背簍不要刮花咱們的緞子了，否則小心妳賠不起的！」

崔薇眉頭皺了皺，也沒有搭理眼前這個說話的童子，反倒是目光在那店中束得高高的幾卷緞子布上瞧了瞧。她如今來到古代，楊氏為了以後女兒能嫁得出去，不只是家裡的事沒少讓她做，連針線活兒她也得學會。她在現代時也看過許多不同於這個時候的圖案，往後若是能買些緞子繡了賣到鎮上，到時她賣木耳絲與香蕉有錢了時，也好能堵得住楊氏的嘴。

一想到這兒，崔薇眼睛不由亮了亮，又朝上頭的布量瞧了瞧，打量了半天，終於挑了一塊正紅色的緞子，朝那童子招呼道：「小哥，你那種緞子怎麼賣？」這種紅色的綢緞將布料的光滑展現得淋漓盡致，讓人一看就忍不住伸手摸一摸，看得出來是上好的絲綢。這東西被架得最高，上面還拿一塊青色粗布蓋著，有了比對，越發顯得絲綢軟細，這紅色也很正，一看就讓人心喜，用這樣喜慶的布料做些帕子荷包等，下次再去林府時，一準兒能賣得出去一些。

那童子聽到崔薇這話，頓時就撇了撇嘴，打量了她穿著一眼，沒有吱聲，只揮了揮手，一副不耐煩的樣子。正說話間，屋裡頭的布簾子被人打了起來，一個年約六十許，鬚髮皆白的老翁從門後走了出來。這童子一見到這老翁，頓時恭敬的站起身來，衝他拱了拱手。「東家。」

老翁卻沒睬他，只是看了崔薇一眼，呵呵笑道：「小姑娘，妳要買什麼？」

若說是自己要買東西，恐怕沒人信得過她，崔薇眼珠轉了轉，乾脆道：「爺爺，我們族裡有人要辦喜事，讓我來買塊好些的紅布，您那種是怎麼賣的？」她說完，用手又指了指那緞子。這鎮上賣布的只得這一家，若不是這樣，崔薇早就轉身走了。

那小童聽到崔薇將緞子說成布時，一臉不屑之色的別開了頭去，那老翁倒是沒有生氣，朝上頭看了一眼，這才笑道：「這種緞子是上好的，乃是自西杭而來，我這店裡也只得一疋，妳若喜歡，七十文一丈。」

這個價錢可真是不低了，普通的粗布才五、六文就能剪到一丈了，這種緞子足足貴了十倍有餘！可若是要用來賣錢的，便不能在此處節約了。

崔薇咬了咬牙，乾脆與這老翁說要了一丈。開始時那小童還不肯信，見到她掏出一個銀花生米時，才瞪大了眼睛，那老翁倒也沒有大驚小怪，拿了尺子出來給她量了一丈的布，又親自動手剪了下來，這東西珍貴，老翁也沒有多給她一寸半寸的，不過給她將緞子剪下來時，看到崔薇背篼裡的稻草，卻是毫不猶豫又剪了約有半丈大小的粗布將這緞子給包在了裡頭。

這樣一大塊布，可足夠給崔敬平做身新衣裳了，崔薇心中也感激這老翁，又挑了些針線等物，盡數付了錢之後，這才揹著背簍出了綢緞坊。二兩銀子，一下子破開來換成了一大堆銅錢，幸虧那老翁恐怕也知道崔薇帶這樣多錢不好走，因此特意給了她一兩的碎銀錠子，另外又補了她一大堆方孔銅錢，這才將她送了出去。

崔薇將錢倒了一大半出來放在背簍裡，只餘了約有三、四十文的樣子放在自己腰間的荷包裡，如此一來也沒人會想到這樣的背簍裡會裝著這樣多的錢，因此她一路朝村東頭擠去時，倒也沒怎麼引起人懷疑。

村東頭的一家小麵館就在那街頭的轉角處，是隔壁鳳鳴村的一戶姓陳的人家開設的，平日在這兒賣麵的就是陳家的曹氏，因鳳鳴村與小灣村離得不遠，兩村的人婚嫁來往的事情不少，許多人都相互認識，幾百年下來，見到時都能互稱一聲親戚。崔薇揹著背簍過來時，崔敬平幾人已經站在了麵館外，麵館裡冷冷清清的，那曹氏就拿了凳子坐在門外，幾個小傢伙站在那兒望著屋裡噴香的麵，直流口水。

「三哥！」崔薇遠遠的就衝崔敬平幾人揮了揮手，小跑了幾步擠開人群就朝這邊走了過來。「你們怎麼不進去坐一坐？」

崔敬平看到妹妹過來時，鬆了一大口氣，連忙上前接過了她背上的背簍，感覺到裡頭空了不只一點時，愣了一下。「這東西還真賣掉了？」崔薇點了點頭，抹了一把汗，那頭聶秋文二人也好奇，跟著湊了過來。這幾個傢伙手上拿著麵人兒、糖果子等物，一看就是將之前掙的銅子兒花了大半。

這會兒太陽出來了，人一多擠著就熱，崔薇擦了把額頭，又看到崔敬平鬆了一口氣的臉，心下也暖呼呼的，看到麵館中冷冷清清的沒人，門口處擺著幾張長條凳子，頓時有些好奇地道：「你們怎麼不坐一坐，就站在外頭等了？」

「又不吃麵，在裡頭坐什麼坐？沒得擋了我的客人，站遠些去！」那曹氏一聽這話，頓時眉頭就皺了起來，連忙就嫌棄似的揮了揮手。

崔敬平一聽到這兒，頓時有些忍不住了，連忙道：「陳伯娘，不過是站一站，您這邊本來就沒人，我們幾個哪裡擋得到？」曹氏的夫家是在鳳鳴村那邊的陳家，楊氏的妹妹就嫁到了那曹氏的本家去，因此兩家拐彎抹角的帶著關係。如今崔敬平聽到這曹氏說話不留情，自然心裡也有些不舒坦，這曹氏平日裡要帶些什麼東西，偶爾也會讓他幫忙，沒料到今兒只是坐一坐，卻不樂意了。

「什麼叫我這邊沒人？」曹氏一聽這話，頓時眉頭就挑了起來，扠了腰站起來就要開罵。

崔薇一見她這樣子，眉頭就皺了起來，一邊扯了扯崔敬平的袖子，一邊道：「三哥，咱們再去轉轉吧，反正我也到這兒了，我想著那姜大叔的麅子也不知道賣了沒有，我想去買了！」

崔敬平原本還欲與曹氏再爭上幾句，一聽到妹妹這話，頓時便住了嘴，有些吃驚道：

「麼子？那東西可要好幾十文錢的！」

聶秋文抱怨了起來。「崔妹妹，咱們去轉轉，剛剛那雜耍看得正有趣，崔三兒非要去找妳。」這傢伙滿臉的怨氣，對於這兄妹二人說的話只聽到了前頭崔薇說的半句要去玩的話。

崔薇看他有些不大痛快，連王寶學臉上都帶了些不滿，頓時抿嘴一笑，乾脆從崔敬平背的背簍裡取了一個大帕子來，將上頭的結解開了，露出裡頭淡綠色的糕點來。

一看到這種情況，幾個人頓時口水都險些流了出來，盯著這帕子看，連那曹氏都朝這邊望了過來，滿臉的貪婪之色。

「三哥，你先吃一塊！」崔薇先給了崔敬平一塊糕點，一邊又分別給了聶二和猴子一塊，把剩餘的都要打結包起來。

剛剛還滿臉不屑的曹氏這會兒腆著臉湊了過來，一邊望了望崔薇的手一眼，一邊笑道：「丫頭，妳家裡陳表哥也喜歡吃這東西呢，給我幾塊吧！」說完，伸手就要過來拿。

剛剛還一副勢利眼的模樣，如今又這樣厚著臉皮，崔薇身子一讓，將糕點打了個結包起來又放進了背簍裡，看也沒看曹氏一眼，扯了扯崔敬平等人的手，幾人有說有笑的就上了街，留那曹氏在後頭氣得牙癢癢的，心裡直咒罵不已。

路上崔薇將剛剛自己賣木耳絲的事情說了一遍，可她卻是留了個心眼，並沒有說自己賣了多少錢，崔敬平雖然疼她，不過他到底是小孩子，崔薇也怕他一不小心與楊氏說漏了嘴，以楊氏為人，聽到二兩銀子，還不得跳起來讓她將錢交出去，崔薇可沒這麼傻，因此只說了賣東西的事，也沒說多少錢。聶秋文二人更是個沒心眼的，吃著糕點，連手指尖上的糕點渣都舔了個乾淨，滿腦子吃的，更沒想到要去問賣了多少錢的事情。

在他們看來，這些東西雖然好吃，不過要想賣多少錢卻只是說笑了，最多能像他們一般得個幾十銅子兒便已經不錯了。

路上這幾個傢伙也不是個安分的，看到周圍擺攤的就要湊過去瞅瞅，連賣老鼠藥的他們都想要看一眼，崔薇也無奈了。街上人漸漸少了起來，也不知道那姓姜的漢子走了沒有，見聶秋文等人還守著那些雜耍攤不想離開，乾脆讓崔敬平扯了他們的衣裳就往前走。

這兩個傢伙正看得來勁，三番兩次的被崔敬平打斷，這會兒終於翻了臉，一路都在抱怨：「崔三兒，你這傢伙現在越來越沒勁了，連雜耍也不看了，來趟鎮上實在沒意思，一天到晚就跟著你妹妹跑！」

這兩傢伙一說起來就是滿肚子的怨氣，這要馬兒跑，還是得要給兩隻馬兒吃草的。崔薇目光在四周溜了溜，看到一旁賣彈弓的地方，聶秋文二人很快眼珠轉不動了，頓時心裡就有了主意，乾脆大方了一回。問這彈弓一文錢一把，這幾人之前賣蛇分的錢早吃了個乾淨，崔薇出錢一人買了一把，頓時讓聶秋文二人看她的目光都帶了感激與光彩。

有了這幾把彈弓的作用，這兩人也不好意思邊走邊看了，只是撫摸著彈弓，恨不能立即回到家便試上一回才好。很快到了之前賣野味的地方，那賣麅子的姜姓漢子果然還在，崔薇眼睛不由一亮，連忙上前就打了聲招呼。「姜大叔，您還在這兒呢！」

看到這幾個小傢伙又回來了，原本正準備收了東西回去的那姜姓漢子頓時愣了一下，臉上露出笑容來。他僥倖得了兩頭麅子，能賣了一頭得了七十多文心中已經很高興了，這會兒雖說剩了一隻有些遺憾，但能收入幾十文，他臉上還帶著笑意。看到崔薇回來時，動作停了下來，一邊招呼著幾人去坐，一邊說道：「崔家丫頭的東西賣掉了？」

「全賣掉了！」崔薇點了點頭，看了看地上的麅子屍體一眼，大約這麅子有三十多斤左右，之前賣的那頭稍微大一些。崔薇這麼大還沒吃過野味，頓時便開口笑道：「大叔，我不坐了，我過來是想要買你這個的。」她說完，伸手指了指地上的麅子，那姜姓漢子聽到她這樣一說，愣了一下，有些不敢置信。崔薇剛剛還是身上沒錢的，如今賣了一趟東西就敢說要買他的麅子，看來剛剛那些東西最少賣了幾十文了。

他猶豫了一下，雖然覺得這樣有些像占小孩子便宜，不過家裡也實在需要錢，這麅子自己吃了也有些虧，再加上這東西全是骨頭，沒什麼肉，有錢人就圖這個新鮮，肉好吃，在他看來，倒不如換了錢買成豬肉，吃得還痛快一些，若是能多上幾十文，家裡情況也好過一些。一想到這兒，這姜姓漢子臉上露出一絲猶豫之色，半晌之後才比了比手指頭，咬牙道：「行，妳要的話，我四十文給妳了！」

這頭麅子比剛剛的要小十來斤左右，剛剛的那頭大的賣了七十多文，這頭小的瘦一些不說，而且還是最後收攤的東西了，說到這兒，那姜姓漢子也覺得有些不好意思，猶豫了一下，又想到自己剛剛吃了崔薇的東西，自己聲音又低了下來。「崔丫頭，妳要喜歡，就三十五文拿回去，也省得我扛著還要再走一回。」三十五文錢可以買上不少斤豬肉了，還全是淨肉，比這渾身骨頭的麅子來得要好得多了。

崔薇沒料到這頭麅子竟然比自己想的還要便宜，她心中一喜，乾脆將錢袋拿了出來，攤了手心拿著錢袋子便往手掌上頭倒。

崔敬平看她的動作也不阻止，在他看來錢袋子裡雖然有他之前分到的七文錢，不過既然給了崔薇，他便沒想過是自己的，妹妹要怎麼用，他自然不會去多嘴說一句。

聶秋文等人一想到剛剛美味的糕點，再一想到崔薇之前給自己等人買的彈弓，又看了看崔薇如今倒出來的銅子兒，頓時眼珠子都險些滾了出來。「崔妹妹，妳到底有多少錢啊！」

看起來這些錢可不像是比他們賣毒蛇的要少了，崔薇也沒有理這兩人，數了三十五文，剛好剩了約兩文錢的樣子，又重新放回袋子裡，這才將滿把的銅錢朝那姜姓漢子遞了過去。

「幸虧剛剛好呢，要是姜大叔要四十文，我可是真沒有了！」她背簍裡雖然還裝著一些銅子兒，不過這會兒自然不會傻得張嘴說出來。

那姜姓漢子有些不好意思，卻仍是伸手過去將銅錢接了過來，一邊拿搓細的稻草將銅子兒穿上了，一邊要將麅子屍體往崔敬平背上揹著的背簍裡裝。

那背簍裡可是裝著一丈新扯的緞子，崔薇眼皮一跳，連忙阻止。「姜大叔，別放裡頭，裡頭等下將草染上血腥味了，回頭我還要用來裝香蕉賣的呢。」

知道她的香蕉今兒有人買，那姜姓漢子自然不會再繼續把麅子屍體往她背簍裡放，想了想，乾脆將麅子屍體往自己背簍裡一扔，將背簍朝崔薇遞了過去。「那這樣妳先揹著我的，下次趕集時再將背簍還給我就是了。」

一聽這話，崔薇想了想，也懶得再還來借去的了，又給了那姜姓漢子兩文錢，索性將背簍也一併買下來了，荷包裡這才真正空了下來。

原想將背簍揹上時，那頭崔敬平卻已經看了聶秋文一眼。「聶二，你一個大丈夫，還好意思讓我妹妹一個小女孩揹東西啊！」

一聽這話，聶秋文頓時便想溜，在他看來女孩子做事本來就是天經地義的，在他家裡頭，都是他兩個姊姊做事的，有啥不好意思的，這傢伙臉皮厚著，不過看崔敬平一臉嚴肅與警告的樣子，聶秋文既是有些糾結，又是有些痛苦，想拒絕，又剛剛收了崔薇的東西，哪裡好意思說不，可要是答應，這麅子幾十斤，他還沒有吃過這樣的苦頭。

崔薇看他臉色，頓時有些好笑，又有些好氣，這兩個小傢伙，她還不信她治不住他們了！

崔薇原本打算自己揹的，這會兒也改了主意，一邊衝王寶學勾了勾手指頭。「猴子哥，你幫我揹，回頭我弄了麅子肉，晚飯時你來我家吃。」從姜姓漢子嘴裡聽出這東西是麅子，而且這東西又是崔薇自己買的，與楊氏他們沒有半毛錢的關係，她請客自然是理直氣壯的。

崔薇的手藝王寶學也吃過兩回了，頭一回雖然是飯糰子，可不知為何，她弄出來的就是比自己家裡弄的好吃，現在又聽到有肉吃，王寶學眼睛一下子亮得如同兩輪小太陽般，一把就將背簍奪了過去，死死揹在了背上，防備似的看了聶秋文一眼。

聶秋文聽到崔薇說的請客吃飯的話時，頓時傻了眼。他在聶家雖然得寵，家中情況也確實比其他人有錢些，不過仍是難得嚐一次葷腥，如今崔薇買了這樣大一頭麅子，聶秋文頓時有些著急了，他也想吃肉，連忙就要去搶王寶學背上的背簍，一邊道：「猴子，崔妹妹可是先讓我揹的！」

王寶學哪裡理他，揹著背簍跑得飛快。

見了這情景，崔薇忍不住想笑，一邊與崔敬平也說著話，跟了上去。聶秋文追著王寶學兩人正扭著，最後誰也說服不了誰，乾脆決定一人揹一路，最後兩人都去崔家吃飯。這點主崔薇還是能做的，就算楊氏心中不痛快，可麅子是她買的，又有崔敬平在一旁說著，楊氏應該也不會多說什麼。

幾人一路出了鎮上街道，崔薇想著晚上要燒麅子肉，乾脆又買了些調料等物放在王寶學揹的背簍裡頭，眾人這才朝小灣村走回去。一路上幾人就擺弄著手上的彈弓，撿了路上的石子兒就朝天上的鳥雀以及河塘裡悠閒游著的鴨子彈去，倒也打中過鴨子，惹得鴨子「嘎嘎」叫，險些沒被水旁屋中住著的大人追出來嚇死。

這樣嘻嘻哈哈的回了村子時，王寶學二人也沒直接回去，拿了彈弓便四處追著狗打，或是對著樹上的鳥兒蟲子等物打得不亦樂呼，今日難得高興，崔薇也放他們半天假任他們去玩著，自個兒跟崔敬平各自揹了一個背簍回家。

第十九章

這會兒崔家大門已經被人打開了，楊氏等人邊上放著空了的籮筐與竹籃等，個個都坐在院子中。

「你們兩個倒是回來得快！」崔世福坐在石頭上，滿身大汗，一邊朝兒女這兒看了一眼，一邊就衝他們笑著招了招手。

一旁楊氏面前放了一個籃子，上頭蓋著白布，楊氏腳邊還有一個被捆著的鴨子，顯然是沒有賣出去的，楊氏臉色有些不大好看，不過見到兒子回來時，臉上卻是露出一絲笑意來，連忙起身給崔敬平背上的背篼取了下來，一邊就道：「你們今兒去哪兒玩了？娘也沒找著你。」她一邊說完，一邊將背篼放在地上，掂了掂並不重時，臉色好看了些，連忙牽了兒子走到籃子邊，從裡頭掏出兩塊白糕，一把就塞進了崔敬平手裡。「走餓了沒，來墊墊肚子，先嚐嚐。」

她正說話時，裡頭王氏抱著崔佑祖出來了，看到崔敬平手上的白糕，頓時饞得直流口水。「娘，也給我兩塊吧，我也餓了。」

「一天到晚不做事只知道吃。」楊氏聽她說話，臉色頓時拉下來，將白布重新蓋上了，一邊道：「這東西是準備給二郎吃的，妳自個兒餓了去煮飯吧！」

王氏臉色頓時一黑，見她這樣偏心，有些不忿，不過崔世福等人都沒有說話，她哪裡還敢去多嘴，恨恨跺了跺腳，卻是臉色陰沈不張嘴了。

崔敬平想了想，朝崔薇遞了一塊白糕過去，一邊道：「妹妹也走餓了，妳吃。」這東西幾文錢還沒有幾塊，楊氏難得大方一回買了五文錢的，就是為了哄兒子，如今看到兒子竟然給女兒一塊，連她自己都捨不得吃的，頓時眼皮就一跳，連忙扯了崔敬平的手道：「你自己吃，你妹妹不喜歡吃這東西的！」她一邊說完，一邊看也沒看崔薇一眼。

崔薇也不生氣，果然臉上就露出笑意來，看到崔世福臉色有些不好看的樣子，連忙從背簍裡翻了一大包東西出來，一邊打開了，一邊笑道：「還是娘瞭解我，我是不愛吃那種糕點的，三哥，你也別吃了，全留給二哥吧，我這兒還有好的呢！」她一邊說完，一邊衝崔敬平招了招手，那帕子一解開，裡頭精緻淡綠的糕點便露了出來，清香撲鼻，比起楊氏手中那些簡單的白糕，不知吸引人多少倍，連崔世福目光也看了過來。

崔敬平笑了一聲，果然將手裡的白糕又往籃子裡一放，朝崔薇走了過去。

剛剛那糕點崔敬平嚐過一塊，不知比白糕美味了多少倍，吃得他這會兒還心中惦記著，聽到崔薇的話臉上露出笑意來，連忙就攤開了手。崔薇給了他三塊大的，又分別給了崔敬懷一塊，末了還遞了一塊給崔世福，一邊笑道：「爹，您也嚐嚐！」一邊說完，她手中便只剩了兩塊的樣子，卻沒有要遞給楊氏的意思，楊氏臉色頓時便是一沈，陰得險些能滴出水來。

那頭王氏聞著糕點的香味也有些忍不住，連白糕也不看了，見崔薇手上沒幾塊了，連忙道：「四丫頭，妳這糕點哪兒來的？給我一塊，我吃了要給小郎餵奶的！」

若是她用這一招來對付楊氏，說不得就奏效了，不過她餵不餵奶卻不關崔薇的事，更何況就是這一句餵奶，之前的崔薇不知吃過她多少苦頭，聽她這樣一說，頓時便冷笑了一聲，撿了一塊糕點就要往嘴裡放。

楊氏看到崔薇手上這種漂亮的糕點，見她沒有給自己吃，更沒有提要給自己放著，心中早就火大了，這會兒看她竟然要自己吃，頓時便忍不住了，沈著臉道：「四丫頭，這稀罕物什，妳也給妳二哥留一塊！」

崔敬平手中的糕點是最多的，可楊氏看兒子吃得歡快，哪裡忍心讓他不吃了，女兒少吃一口也是沒什麼，自然便是喝止住了崔薇，說完便要上前奪崔薇手裡的糕點，一邊道：「這樣的東西妳哪來的錢買的，妳這死丫頭，不會是偷了家裡的錢吧？」說到這兒，楊氏臉色登時變了，伸手就要打崔薇。

崔世福臉也變了變，卻是皺了下眉頭，喝了楊氏一句。「事情沒有弄清楚，不要胡說八道！」

王氏在一旁抱著兒子，見崔薇理也沒理自己，根本沒有要給自己吃糕點的意思，頓時心裡一股無名火便冒了出來，此時哪裡還看得她好，新仇舊恨湧到一塊兒，恨不能崔薇立即被打死才好，惡狠狠的靠在門口尖叫道：「是她，就是她偷的錢，娘，你們走後，我親眼看到她偷的！」

楊氏一聽這話，連問也沒有問過，火氣頓時從心底裡便湧了出來，這樣精緻的糕點，就是一般點心鋪子恐怕都做不出來，她買的白糕幾塊都花了好幾文，這些糕點一看就不是便宜貨，最少要十幾文錢才能買得到！

一想到這兒，楊氏腦門頓時一熱，腦海裡頓時只剩了火氣，一把搶過糕點揣進懷裡，一邊劈頭蓋臉一耳光就要朝崔薇抽過去，嘴裡尖聲罵道：「妳這死丫頭，妳竟然敢偷錢，看老娘今兒不打死妳！」一邊說完，楊氏一邊便四處開始望著要找東西打崔薇了。

這些日子楊氏心裡堆積了不少火氣，平白無故被崔世福使出去的一百文錢，到如今她心中還有些難受，崔薇又恰好在這個關頭湊到她面前來，令她更是沒了理智。

崔薇見楊氏嘴中罵罵咧咧，頓時冷冷一笑，腳步往後微微一退，臉朝後頭躲了躲，楊氏那一巴掌揮起的勁風從她面門前揮過，落了個空！

楊氏見她還敢躲，愣了一下，頓時更是火冒三丈，伸手過來便要揪崔薇耳朵，嘴裡冷笑道：「反了妳了，竟然敢躲，今兒不好好收拾妳一通，妳還真逆了天了！」

「沒看過家裡剩的錢，娘憑什麼說是我偷的錢？」崔薇這會兒是真怒了，又朝後躲了一下，動作俐落地躲到了崔世福後頭，一邊看著楊氏冷笑。「我這些糕點可是去鎮上一個大戶人家裡接了活兒，人家給我的。您搶了我的糕點也就罷，憑什麼還說我偷錢？」

聽到這話，楊氏原本還脹得通紅的臉，頓時愣了一下，連崔世福下意識護著女兒的手臂都僵住了，眾人有些不敢置信，連崔敬懷都有些發愣，與崔敬平一起盯著崔薇看。

楊氏愣了一下，理了理頭髮，有些錯愕。「妳說什麼？」

「我在鎮上林老爺家接了活兒，替他家做帕子，林老爺家這才給了我一包點心，我現在還沒嚐過一口。娘搶了我的東西也就罷了，說我偷錢，我可真不敢承認的。」崔薇嘴角邊帶著一絲冷笑。

楊氏看著女兒這張略帶了有些厭惡的臉，頓時覺得面龐上火辣辣的燒著，舉起的手僵在半空中，胸口間一滯，頓時心裡火燒火燎的，難受得說不出話來。

崔薇說她搶東西的話像是有一耳光重重的打在了楊氏臉上，令她嘴唇動了動，楊氏下不了臺。頓時冷哼了一聲，先進了屋裡一趟，半晌之後出來時臉色還有些不自在，她沒有再罵，顯然崔薇之前說的話是真的了，雖然知道女兒不是偷了錢買糕點，但她懷裡的東西卻依舊沒有要交出來的打算。

崔薇臉上露出譏諷之色，也沒想過楊氏會將她搶去的東西再給自己送回來，她心中一片冰冷，幸虧自己有了要存私房錢的心，這些糕點被搶了，看楊氏的笑話一回也就算了，反正那林家她還要再去的，往後與那林管事打交道多了，也不是吃不上，只要能出了這個口氣便是了。

「妳這孩子，這糕點這樣精緻，妳二哥是個有學問的人，總得要讓他嚐嚐，妳一個丫頭家，也沒見過什麼世面，妳吃塊白糕吧！」楊氏說這話時，面上也露出一絲不自在的神色。

崔敬平臉上的笑意一下子就垮了下來，一邊將手裡的糕點遞了一塊給崔薇。

崔世福臉色陰沈厲害，一下子站起身來，拳頭捏緊了，瞪著眼睛看著楊氏。「把糕點還給孩子！」

楊氏這嫁給崔世福好幾十年，兩人孫子都落地了，崔世福知道這輩子虧待了她，沒給過她好日子過，因此對她一直都很體貼，兩口子成婚幾十年了，不像是別人家成日裡打打罵罵，楊氏從沒想到過，崔世福還有對她這樣擺臉色，那表情像是要吃人似的一天，頓時就愣住了。「你說什麼？」

「越活越回去了，妳不給孩子吃東西就算了，怎麼還搶她的東西？孩子自己得來的，她愛給誰就給誰，她自己想吃就吃，二郎讀了這麼多年的書，要是有本事，自己往後能掙得回來比這還要好的糕點，用得著妳來給他留？」從剛剛楊氏說自己女兒偷錢開始，崔世福心裡就窩了一把火，在他看來女兒一向懂事，絕對不可能做出偷錢的事情，就算是偷了錢，孩子年紀還小，好好教育一次就算了，若是換了崔敬平偷錢，楊氏還能捨得打他？後來又證明了崔薇沒有偷錢，崔世福這心裡更不是滋味，難得對妻子發了火。「二郎要是只有這點兒本事由妳護著，我看這書也不必讀了，與我一塊兒下地得了！」

沒想到崔世福會因為一個丫頭片子而這樣當眾給她沒臉，楊氏頓時又羞又惱，聽到他埋汰（注）自己兒子，這兒子就是楊氏的命，她哪裡還忍得住，一下子指著崔薇就開始罵了起來。「沒給她吃的還是沒給她穿的，要她到外面去找活兒幹，如今她還沒嫁人呢，這掙的東西本來就該我管著，小東西，難不成還要飛上天了？這糕點我就給二郎吃怎麼了，是餓著她了還是渴著她了，讓她睡田地裡去了？要想掙錢，行啊，以後她那破房子，我是不會給一文錢的，自個兒想法子，妳要是能掙著了，我也不眼紅，要沒本事，自個兒睡破房子就是！」楊氏喝完這話，冷笑了一聲，回頭翻了一個裝雞鴨的空籮筐倒過來，一屁股就坐了上去。

見她反倒凶狠了起來，崔世福臉色氣得鐵青，指著楊氏半晌說不出話來。

看到這樣的情景，王氏心裡說不出的痛快，只可恨楊氏沒有上前打崔薇一頓才好，如今眼見鬧了起來，可惜有了崔世福多事，崔薇那死丫頭沒挨著打，王氏頓時眼珠子一轉，準備添油加醋收拾她一通，想了想就道：「崔丫頭，妳是怎麼與林老爺搭上話的？妳如今年紀小小就不學好，淨學人家那些勾三搭四的，往後壞了名聲，我瞧瞧妳嫁得出去不！」王氏說到這兒，咧嘴笑了笑，一張腥紅的嘴上還帶了之前沒抹乾淨的胭脂，配上那張最近被曬得黑瘦的臉，越發顯得刻薄討嫌。

崔敬平這會兒看屋裡人吵起來了，他雖是年紀小，可他一向鬼靈精的，哪裡聽不出王氏這話用心險惡，若是壞了妹妹名聲，簡直是比要了崔薇命還慘，頓時便站了出來。「妹妹是賣涼拌木耳絲給林老爺，才去了林家府中的！大嫂，妳一把年紀了，可不能這樣亂說話！」

「你這小犢子，你說誰一把年紀了！」王氏聽到崔敬平這樣一說，頓時又氣又羞，她嫁給崔敬懷時才剛十六歲，如今就算是過了兩年，也不過十八歲，還沒有到十九呢，這死小孩就說她已經一把年紀，王氏頓時氣不過，罵了一句，回頭就看到楊氏陰沈沈的臉色，頓時心

注：埋汰，意指寒磣、醜化、中傷。

裡一跳，連忙又抱緊了兒子，指著崔薇大聲道：「好啊，妳這吃裡扒外的死丫頭，竟然敢拿著我家裡的東西私自去賣錢，妳這不學好的東西，從小就學著會搬娘家東西，往後長大可怎麼了得！」

「木耳絲是我自己上山採的，我願意賣就賣，願意吃就吃，不知什麼時候就成了大嫂的東西了？」崔薇冷笑了一聲，頂了王氏一句，頓時讓她面紅耳赤脹得說不出話來。

王氏這段時間吃得高興了，還真忘了這木耳是崔薇自己上山採的，如今被她一堵，半晌之後才惱羞成怒道：「死丫頭，如今嘴倒利索了，還知道還嘴，我說一句，妳說十句來堵！」說完，嘴裡還在不住罵罵咧咧著，也不知是誰嘴巴討人嫌的。

崔世福臉色漆黑，大喝了一聲。「好了！薇兒自己的東西，她自己作主，誰也管不著！」

崔世福這話一說出口，令原本還想問崔薇賣了多少錢的楊氏頓時間便臉色有些不好看了起來，心裡像是憋著一團火氣發洩不出來一般，令她極為難受，又看到崔薇那邊的背篼，頓時沈了臉罵道：「誰要讓妳將背篼弄髒的，還不趕緊去洗淨了，另一個是哪兒來的？」

好像是借著這罵聲，楊氏心裡的火氣才能發洩出來般，今日趕集時她與崔世福站了半天，只賣了一隻雞，剩了一隻鴨子提回來了，賣了些蛋以及糧食湊上還不足九十文錢，日子過得緊巴巴的，沒料到崔薇賣些沒聽說過的野菜竟然也能賣得出去，她心裡無名火直冒，又聽崔世福不給她留臉面，那句話怎麼聽都像是在暗指她剛剛搶崔薇糕點一般，楊氏氣惱之下大聲道：「她自個兒買的東西，愛怎麼弄怎麼弄，以後我反正不會管那破房子的事，她自己有法子，自己儘管去賣東西，翅膀硬了，妳有錢我也不貪，要想我出錢，一分也沒有！」

這話已經是楊氏說第二次了，崔世福頓時氣得身體都顫抖了起來，指著楊氏怒聲道：「阿淑，妳……」

見這兩夫妻掐上了，崔薇心裡對楊氏這話是真正贊同，可惜她也知道楊氏性格，不管她的破房子是真的，不想出錢給她修也是她內心的真心話，可若說她要是知道崔薇手裡有了二兩銀子而她不眼紅，崔薇頭一個就不信的！一想到這兒，崔薇頓時冷笑了一聲，故意給楊氏添堵，一邊就衝崔世福笑道：「爹，娘既然這樣說了，我也不瞞著，我今兒賣了三十多文，買了個麅子回來，爹，咱們父女倆和大哥、三哥今晚吃麅子肉吧，我還請了聶二哥和王二哥他們過來。」

楊氏初時只聽到了那句三十多文，頓時心臟就跟著跳了幾下，恨不能揪著崔薇的耳朵讓她將錢交出來，可回頭又見崔薇將那髒兮兮的背篼拿了過來，裡頭裝著一隻麅子的屍體時，頓時她眼前便是一黑，又聽到崔薇說花了三十多文買麅子，頓時一口血險些都吐了出來，眼睛通紅，指著崔薇就開始罵。「妳這倒楣孩子，三十多文錢買了這樣一個不頂事的東西回來，吃吃吃，就知道吃，家裡樣樣都要用錢的，妳如今竟然這樣就大手大腳用錢，我……」她想說要找東西打死崔薇，而另一頭崔世福臉色卻是冷了下來，看著她道──

「妳要幹啥？」語氣裡帶了一絲警告之意，看了楊氏一眼。「妳自己說了，女兒掙的錢是她自個兒的，妳也別想著，既然妳說了不眼饞她的東西，妳有志氣的就不要吃！」其實崔世福也心疼那幾十文錢，不過這些錢是崔薇自己掙的，若是他眼紅錢，大不了自己再想法子掙錢就是，再怎麼樣也沒有到要伸手管孩子要錢的地步。

楊氏聽了崔世福這話，一口氣險些沒有提得上來，她這會兒算是看清楚了，崔世福今兒是鐵了心站在崔薇那一邊，別說打了，連罵幾句兩夫妻都快要吵架。楊氏心裡這會兒什麼滋味都有，可她性情暴躁是暴躁，但不是真正傻的，為了一個沒幾年就要出嫁的女兒，若是跟崔世福鬧僵了才是真正划不來。

一想到這兒，楊氏忍下了心裡的一口怒氣，陰沈著臉，坐一邊去不吱聲了。要讓她說不吃那麏子的話，豈不是傻的？錢已經花都花了，不吃是白不吃的，又不能將錢變回來，她已經大半年沒沾葷腥了，如今有肉，怎麼可能不吃？一想到那花出去的幾十文錢，彷彿是割了自己的肉般，楊氏捂著胸口，半晌沒緩過氣來。

王氏瞧了瞧背篼裡的麏子一眼，頓時兩眼放光，她想到前些天自己娘家人被楊氏打了出去，如今恐怕是生了自己的氣，要是往後她沒有娘家支持，恐怕崔敬懷打死了她也沒人管的。倒不如借這個機會好好跟娘家拉近關係！一想到這兒，王氏頓時嘴饞了起來，連忙開口道：「薇兒，這麏子如此大，我想著咱們家也是吃不完的，現在天氣熱，放上幾天就要壞，不如讓妳姻伯娘與我哥嫂他們來吃吧？」剛剛還胡說八道想陷害崔薇，這會兒一聽到有吃的，王氏頓時便忘了個一乾二淨。

崔薇冷笑了一聲，看了王氏一眼，只覺得心裡說不出的厭煩，轉頭衝王氏笑了笑。「大嫂，我可沒說要請妳吃的。再說了，吃不完可不怕，我已經請了聶二哥與王二哥他們過來吃飯，就不用大嫂來擔心了！」

崔薇這話一說完，王氏便愣了一下，接著回過神來明白崔薇說的是什麼意思時，頓時又急又怒，連忙道：「那怎麼行？我現在正在餵小郎奶，要是沒好吃的，小郎也是吃不好的，我不請娘家人就是了！」說到這兒，王氏臉色有些不好看，像是極為委屈，吃了什麼大虧一般。

楊氏聽到要餵小郎奶時，神色動了動，不過想到剛剛崔世福讓自己也不要吃的話，頓時心裡就說不出的煩躁，也不好立即便幫王氏說話，坐在籮筐上頭不說話了。

第二十章

裝作沒看到楊氏陰沈著臉的樣子，崔薇先將自己的背篼提了起來，拿出了裡頭一大包東西，楊氏看得眼皮跳了跳，連忙道：「那是啥，拿過來給我瞧瞧！」

崔薇轉了轉脖子，將布裡裹著的錢死死捏著，深恐楊氏等人聽到了一點兒聲響，一邊頭也沒回。「這是鎮裡大戶人家要我幫著做的帕子等物，可不能碰壞了。」

見到女兒一下子拒絕了自己的要求，楊氏表情有些訕訕的，心裡說不出的難受，果然養個女兒是養不熟的，今日說話這樣絕情不說，連東西也不給看，她心中有些不滿，但崔世福剛剛還在那兒盯著，自己之前又說了不要崔薇東西，也不給她錢的話，如今還沒過多大會兒工夫呢，怎麼好自打嘴巴，因此楊氏雖然不信這是女兒接的活兒，可也不好立即便過去瞧。在她看來崔薇一個丫頭片子，平日又老實木訥，做的女紅又算不得多麼出色，能自己縫件衣裳便不錯了，又哪裡有大戶人家不長眼的會來找她幫忙做針線活兒，裡頭肯定是崔薇買的東西，她不肯實話實說而已。

楊氏越想心裡頭越不是滋味，嘴裡就不滿道：「我是妳娘，我瞧瞧怎麼了，難不成我還會給碰壞了不成？」

崔薇心裡冷笑了一聲，給楊氏瞧是不會碰壞，不過恐怕裡面的絲綢便保不住了。連雞腿腳上她都能刮得出層油來，就不信她看到這絲綢不動心！崔薇也不理她，將東西直接抱回了屋裡去，路過王氏時，王氏伸手就要來拽裡面的東西，崔薇轉了個身離了她遠一些，眼神冰冷的看了王氏一眼。

王氏原本還覺得崔薇藏了好東西沒有拿出來，可這會兒一看到小姑子眼神，頓時便想到了那日她砍自己兩刀時的神情，頓時手臂和後腳跟都隱隱發疼起來，心裡一股寒意湧了上來，連忙就將手縮了回去，嘴裡偷罵了幾聲。

將絲綢放進自己的床頭裡藏好了，崔薇將裡頭的銅錢全部取了出來死死的放在一個布袋子裡，外頭又拿袋子套了一層，直到搖了搖聽不出聲音了，這才鬆了一口氣。

若不是她的屋子到現在還沒有修好，她如今也不會將絲綢放在這邊。嘆了一口氣，想了想又將那粗布包著的絲綢塞到了床頭稻草下面，崔薇這才放心了些，出來時楊氏等人表情還有些不好看，院子中氣氛有些古怪，崔世福想到剛剛楊氏的話，以及被楊氏搶去沒有還給女兒的點心，頓時有些不大自在，抖了抖菸灰，連忙站起身來。「今兒地裡我也不去了，我給薇兒收拾院子去，大郎，你隨我一道！」

崔敬懷這會兒正有些尷尬，聽到父親這樣一說，連忙就答應了一聲，回頭拿了兩把鐵鍬便站了起來。崔薇心下有些感激，連忙揹起了那個裝了麅子的背篼，一邊道：「爹，我去將這麅子收拾了，咱們今晚上好吃。」楊氏聽到她這話，猶豫了一下，自個兒撿了衣裳進桶裡也準備拿到河邊去洗，那頭王氏眼珠轉了轉，楊氏便已經吩咐道：「我去洗衣裳，王氏妳將飯煮了，筐裡沒賣完的菜正好今兒中午吃。」

一聽到這話，王氏頓時有些不滿。「娘，爹和夫君給四丫頭做事，憑什麼要我來做飯。」

剛剛還在女兒身上吃了一肚子的氣，楊氏當著崔世福的面，再加上崔薇又沒做什麼事情被她捏著把柄，不好平白無故再罵人，正巧王氏就湊了上來，令楊氏頓時眉頭就立了起來。「妳死人啊，耳朵是不是上飯桌子了？我的話沒聽到是不是？讓妳煮飯就煮飯，要是不想煮，滾回你們王家去，也沒人使喚妳！」

看楊氏罵得正凶，王氏就算心裡鬱悶得要死，也不敢在這個時候觸她霉頭，連忙縮了縮肩膀，不情不願地答應了一聲，楊氏這才臉色不大愉快的別開了頭去。

這兩人吵著吵著，崔薇也不以為意，想了想今兒既然崔世福等人要幫她拆院子，她也不去將錢藏了，說不得要是他們挖出來，還當是祖宗之前埋下的可就糟了，倒不如放在自己身上幾天還要安全一些。

幾人在家門口各自分開，崔薇取了小刀揹著麗子跟楊氏一塊兒去了溪邊，崔敬平看情況不對，跟著崔世福父子去隔壁幫忙了，就得兩母女一塊兒去溪邊。可惜一路上兩人不只無話可說，走得還遠，楊氏不知怎的，看女兒默不作聲揹著背簍走自己後頭的樣子，心裡有些酸楚又有些不滿，果然這死丫頭就是個養不熟的，如今一點兒也不知道親近自己。

路上遇著趕集回來的人們，與楊氏打著招呼，崔薇就跟在後頭，一副乖巧的樣子，可是卻並不多話，使得楊氏心裡越來越煩躁，也不理她了，自個兒在溪邊搓了衣裳，便看到女兒已經將一頭麅子收拾了個乾淨，裡頭的內臟都清理了大半。

楊氏看她一個人蹲在石頭邊，小身子有些吃力的模樣，不由又有些心軟，到底是自己懷胎十月生下來的，可惜是個女兒。這樣的念頭一閃而過，楊氏原本軟和下來的神色又有些僵硬了起來，衝崔薇喊了一聲。「妳來搓衣裳，那皮我來剝吧！」

小孩子要給這麅子剝皮還真有些困難，崔薇做事就算再能幹，可到底力氣不夠，楊氏自己認為是一片好心，誰料崔薇頭都沒抬，便細聲細氣說道：「娘把我的衣裳放到一邊就是，我等下自己洗，如果娘洗完了，留個桶給我，先回去就是。」

一聽這話，楊氏腦門頓時一熱，心裡又氣又酸澀，看著崔薇半晌說不出話來。幸虧這會兒村裡的人都去趕集了，溪邊沒有人，否則若是被人聽到這話，恐怕真是連自己一張老臉也丟盡了！楊氏臉色陰沈得厲害，心中既是難受，又是火大，聞言便冷笑了一聲，果然將崔薇的衣裳朝一邊溪旁的土裡扔了過去。「妳有能耐，妳翅膀硬了，既然這樣，妳的衣裳自個兒洗就是，我回去了！」說完，留了個桶下來，三兩下將剩餘的衣裳在水裡浸了一遍，果然提起一個桶頭也不回地就離開了。

等她一走，崔薇才抬起頭來朝她離開的方向看了看，嘴角邊露出一絲冷笑來，兩人剛剛才鬧過那樣一通，楊氏該不會以為給自己剝個麅子皮，自己就得原諒她吧？或者她心裡說不定根本沒覺得她自己有錯，搞不好她還覺得自己不聽話，又不肯捨己為人，將糕點讓出來給崔敬忠吃，反倒是錯的呢！想到此處，崔薇神色又冷了些，也懶得再想楊氏，細心地將麅子皮剝好了，又將洗乾淨的麅子放進背篼裡，揹著走到衣裳邊，三兩下搓乾淨了，這才將桶放進背篼裡，回了家。

屋中楊氏不見身影，不過她洗的衣裳已經晾好了，令崔薇有些詫異的是院子裡也是冷冷清清的，像是沒人的模樣，她將背篼放下了，又將衣裳也晾好，進了堂屋裡看也是沒人。不知道為何，崔薇心裡一股不好的預感湧了出來，王氏平日沒事絕不肯踏出大門半步的，這樣熱的天，別人家裡都忙得很，她連門也不好往外竄，人家可不像她這樣閒的。因此幾乎都是待家裡不動的，這會兒卻不在屋裡頭。

崔薇腦門一跳一跳的，連忙按著胸口放著的一包銅錢，銅錢硌得人硬生生的疼，她這才進了屋裡。崔薇住的床上掛著的蚊帳掉落了半邊，她出門時明明還掛得好好的，一看到這種情況，崔薇心裡突然之間「轟」的響了一下，連忙鞋子也顧不上脫就爬上了床。床明顯被人翻過，亂糟糟的，那下頭的稻草鬆垮垮的將一床破草蓆拱得高高的，崔薇放絲綢下去時明明拿東西壓過的，這會兒卻變成這般，肯定是有人翻過了！

一想到這兒，崔薇頓時頭都要炸了，心裡一股火氣湧了上來。翻了翻床下，果然自己放粗布包裹的地方被人挪了窩。她摸上去手感就有些不對勁，粗布被人翻開過了，扯出來一看，裡頭的紅色絲綢不見了，只剩了一塊粗布揉在那稻草裡頭，崔薇頓時腦子裡便「砰」的一聲響，像是炸開了鍋一般，氣得渾身直哆嗦！是誰幹的？崔薇這會兒氣得心臟不住的「噗通噗通」跳動，陰沈著臉扯了那團粗布便下了床，連床也顧不上整理，一下子便出了屋來。

屋中靜悄悄的，崔家裡外就得這麼幾間房屋，楊氏跟崔薇是睡一個屋的，裡頭沒人，王氏房門鎖得緊緊的，也不在屋裡。王氏嫁過來時家裡陪了一些床單被套，她瞧得跟眼珠子似的，平日輕易不肯讓人進她屋裡去，深怕被人撈了東西，她房門上鎖也不奇怪，崔薇雙眼氣得通紅，把錢先放到床底下擱好了，乾脆拿了布走出房門來，剛站在堂屋門口，楊氏掐著幾條新鮮的絲瓜回來了。

她看到女兒跟要吃人似的樣子，臉色鐵青，目光陰沈，站在門口冷冰冰的看她，頓時嚇了一跳。「妳怎麼了？」

崔薇揚了揚手中的粗布，衝楊氏露出一個冷笑來。「娘可進房間裡了？」

她語氣有些不對勁，楊氏聽了出來，可見她這樣一說，頓時有些不滿，臉色也有些難看，冷笑了一聲。「妳將那些東西瞧得跟金銀寶貝一樣，我可不敢動妳的，要是不見了，指不定還要怪誰呢！」

楊氏語氣裡透著不滿，崔薇聽出來了，不太像是楊氏拿的，而且楊氏只比她早了幾步回來，這會兒又出去摘了絲瓜，應該不會有那個作案時間，不對勁的是王氏，她就在屋裡頭，而且這會兒竟然不見了，才是真正可疑的。一想到自己拿東西進屋時王氏想要扯過去看的眼神，崔薇心中頓時更加肯定，火氣也越發旺了，晃了晃手中的布，一邊問道：「大嫂呢？」

「妳怎麼跟人說話的，連娘也不會叫，妳是在問阿貓還是阿狗了？」楊氏這會兒極為火大，而且心裡還不痛快，趕集回來的事情她到現在還梗在心裡頭，崔薇這死丫頭不知道哄哄她也就算了，如今竟然還陰沈著臉，甩臉子給誰看！

楊氏氣得厲害，不過不知為何，看到女兒這副神色，她發了一陣火氣，卻仍是不快道：「我怎麼知道她跑哪兒去了，這殺千刀砍腦袋的東西，讓她煮飯回來就不見了人影，還要我去摘菜，這好吃懶做的賤人，一天到晚的偷懶，簡直不得好死！」

楊氏嘴裡咒了幾句，看崔薇神色不對勁，轉身進了屋裡一趟，出來時手上已將布放好了要往廚房裡鑽，楊氏嚇了一跳，連忙將絲瓜往旁邊一放，連忙拽住了她。「妳要幹啥？」

「她偷我的東西，我今兒非要跟她拚了！」崔薇氣得身子直哆嗦，手腳冰冷。

楊氏將女兒抱進懷裡死死抓著，看她氣得臉色扭曲，連額頭青筋都鼓了出來，心裡也有些發慌，聽她說王氏偷了她東西，也不知道小孩子東西有什麼重要的，一有事就非要打打殺殺的，連忙就道：「有什麼了不起的東西，她拿了就拿了，回頭我補給妳就是了，一個姑娘家打打殺殺的，成什麼體統……」

「那是鎮上林大老爺給的一丈綢子，是要我幫著做手帕荷包等物的，丟了娘有錢賠沒有？」崔薇掙扎個不停，反正她又不會吃虧，硬是非要掙脫楊氏進廚房拿刀找王氏拚命。

楊氏也顧不得女兒說她沒錢賠時的尷尬了，一聽到一丈綢子的話，頓時眼皮就跳了跳，開始她還不相信崔薇有那個本事接到活計，可這會兒聽到崔薇一說，又仔細看了看女兒臉色，不像是說謊的樣子，楊氏一下子就信了，頓時她便失聲喚道：「一丈綢子？」楊氏聲音都有些變了，她也跟著慌了起來，女兒掙扎的時候手肘撞得她胸口疼也顧不得計較了。

崔薇聽她知道害怕，也不再掙扎，被楊氏抱進懷裡她心中一片膩味，冷笑了兩聲。「是啊，那林老爺可是當初臨安城的知縣，人家如今雖然告老還鄉，可是了不得的大人物，好不容易讓我幫著做趟活計，若是東西掉了，咱們一大家人等著進衙門挨板子就是。這東西是大嫂拿的，到時拿小郎和大哥去頂罪就是了！」

她這樣一說，楊氏又聽到要讓自己的兒子和孫子去頂罪，頓時有些不大痛快，一巴掌就拍到了女兒後背上，厲聲道：「妳胡說八道些什麼，還不趕緊將妳大嫂找回來！」楊氏這會兒心裡是真有些發慌了，也不知道這死丫頭說的是真的還是假的，不過她雖然性情潑辣，但又沒見過什麼世面，看到村裡的地主老爺心中都有些發虛了，更別提那做過知縣，當過大官的人，楊氏一聽到就覺得雙腿發軟，再加上崔薇一向老實，還沒說過謊話，楊氏哪裡會當她撒謊，頓時六神無主，放開女兒拍著大腿就叫罵了起來。「這遭瘟的王氏，喪門星啊，這敗家娘兒們，回來看老娘不打死她！」一邊說著，楊氏看到崔薇，忍不住指了她鼻子就罵。「妳也是，好端端的去接什麼活兒，若是這回東西丟了，妳自個兒拿命去填！」楊氏說完，越發生氣。

崔薇冷笑了一聲。「我不接活兒不想法子掙錢，我要住的破房子，娘給我拿錢修嗎？」一說完，看到楊氏臉色大變，要吃人的模樣，崔薇連忙轉身便跑出了院子。

楊氏見她一跑，氣得沒地方撒氣，也顧不得煮飯了，回頭就朝崔世福幾人那邊跑過去了。等她一走，崔薇才又重新回來，鑽進屋裡將錢取了出來，想想這崔家可不是藏錢的好地兒，可是又不知道藏在哪兒好，乾脆跑到後頭柴房處，找了個空的耗子洞，將錢塞進去，外頭拿土疙瘩擋住了，這才鬆了一口氣。

這會兒連午飯也沒人煮了，個個都心急火燎的，崔敬懷聽到這事時險些睜著眼睛昏過去，臉上頓時火燒火燎似的發燙，也顧不得再拆那房子了，將東西一扔，滿面猙獰的就道：「我去將她找回來！」到了這個時間還沒回來，王氏一準兒是回娘家去了，崔敬懷知道王氏性子，也認定那東西八成是她拿了，否則這婆娘不至於連家也不敢回了。一想到這些，崔敬懷想到剛剛妹妹的臉，頓時心裡跟貓抓似的難受，若是王氏就在他面前，恐怕這會兒崔敬懷一鋤頭挖死她的可能都有了！

「你好好說說，將東西拿回來，孩子也抱回來，王氏就不要帶回來了！」楊氏這會兒急得臉色發白，一想到王氏，又氣得咬牙切齒，臉色也跟著扭曲了起來。

若是以往，聽到這話崔世福少不得要勸上幾句，不過王氏捅了這樣大的樓子，而且還敢做這樣的事情，他心裡也不大痛快，回頭便衝楊氏道：「妳先準備著，若是大兒媳婦真將東西弄走了，妳將屋裡的錢準備一下，若是到時王氏還不回來，也好賠上去！」

聽崔世福這樣一說，崔敬懷臉色通紅說不出話來，而楊氏則是炸開了鍋。「賠錢？」她聲音一下子提高了不少，幾乎像是尖叫了般，扠了腰便大喝道：「家裡什麼光景，你比我還清楚，哪裡有錢賠給人家？那地裡的稻穀要熟了，不請人來幫忙收割？你是想讓咱們一家人來年喝西北風吧！我沒錢，誰惹的事，讓誰自個兒想法子去，王家教出這樣的女兒，自個兒去收拾爛攤子，我不管！」

楊氏說完，忍不住一下子就哭了起來，也顧不得兒子還在身邊了。

崔敬平聽得分明，也不知道妹妹何時去鎮上接了活兒，想來就是賣東西的時候，連忙就朝家裡跑去了。

而一聽到賠錢的話，楊氏心裡便不是個滋味，今日上街便只賣了七、八十文錢，一家人一年到頭連新衣裳都捨不得扯上一身，哪兒來的餘錢？這幾十文錢是要等著打稻穀時用的，到時請人做事與置辦飯菜哪樣都要錢，她又哪兒來多的賠給人家？再說那綢子自己連摸都沒有摸過，鎮上倒是有人賣的，可是楊氏雖然眼饞，不過連價錢都不敢問上一回，一想到自己平白無故可能又要支出一筆錢，楊氏越發傷心了起來，不只是將王氏，連帶著將崔薇也給恨上了。

「崔薇那死丫頭果然是來討債的。要不是她多事，家裡哪裡有這樣的麻煩，哪家姑娘不是像她一樣過的，偏生她還要鬧騰，也不知道性子隨了誰！」楊氏氣得不住口地罵。

崔世福卻是手哆嗦著從腰間解了煙袋子下來，顫抖著點了吸上一口，由著楊氏唸了半天，衝表情沈默難堪的大兒子揮了揮手，示意他趕緊離開了，半晌之後才開口道：「錢不夠，先將玉米高粱等都賣了，馬上要收花生了，也一併拿到鎮上賣。大兒媳婦嫁到崔家，就是崔家的人了，王家不會認的！」

崔世福既然都這樣說了，表明他心中已經是下了決心，楊氏心裡說不出的絕望來，雙腿一軟就癱坐在了地上，忍不住捶著地就大哭了起來。「王氏這賤人，她媽當年賣身不知才生了她這小東西，不要臉狗娘養的東西。」她嘴裡罵了幾句，又罵了幾句王家。

崔世福知道她心裡不大痛快，也沈默著不出聲，由著楊氏罵了半晌，這才嘆了口氣，高大結實的身子一下子矮了半截下去，整個人像是突然之間老了一大截。

楊氏還在罵著，看到丈夫這模樣，心裡又酸了起來，就是有滿肚子的怨氣，這會兒看到崔世福的樣子，也再罵不出口了，只拿衣襟擦著眼淚珠子，一邊有些惶恐道：「賣了玉米，這一年豬吃什麼？」

她這樣一說，崔世福也跟著沈默了下來，兩夫妻相望著不說話。

另一頭崔薇藏好了錢，也沒出門，就在院子裡坐了半晌，想著自己來到古代後的情景，崔家裡每天熱鬧得跟唱戲一般的生活，王氏的鬧騰不休，突然之間心裡膩味得很，剩餘的錢看來也要儘快花出去，果然是日防夜防，家賊難防，這回她要早些將屋子收拾好搬過去才是正經，成日這樣鬧騰著，王氏不嫌煩，自己都累得慌了。

——未完，待續，請看文創風166《田園閨事》2

詼諧幽默・輕鬆搞笑・字裡行間藏情／莞爾

田園閨事

全套六冊

穿越到這古代窮兮兮的崔家，她叫天不靈叫地不應，
在這兒，女兒身命賤不值錢，她偏要自己賺錢給自己鍍金身。
在這兒，家家戶戶不是打雞罵狗，就是家長裡短的……
她偏要把心思全放在自己身上，她要有房、有錢、有閒、有好日子，
再可以的話，就考慮找個靠譜的好男人嫁了！

文創風 165 1

一覺醒來她竟成了一個名叫崔薇的七歲小女娃兒，
這崔家窮得連吃雞蛋都要省，而且崔薇的娘還重男輕女得很過分！
以前她可是十指不沾陽春水，現在卻得從早到晚幹活。
如果她不想被折騰到死，最好能藉機從這個家分出去……
她打算靠自己掙些錢，經營起她自己古代田園的小日子……

文創風 166 2

有了自己的房子後，接著就是杜絕娘想侵吞她房子的念頭，
她打算出錢向娘把自己買下來，理直氣壯地擁有自己的所有權！
一切似乎都按著她所想要的發生，都在她掌握之中……除了聶秋染！
他是這個村裡的年輕秀才，聰穎、斯文、好看……可她就覺得他很腹黑，
即便他骨子裡詭計一堆，但憑她這個穿越來的，就不信他能將自己算計去！

文創風 167 3

都已經獨立一戶過生活，她還是不得安寧，她打算買隻靈性又凶猛的狗顧家。
她能求的，只有那個聶家的腹黑秀才聶秋染……
明知這樣要欠腹黑又難拿捏的他天大的人情，她也認了！
於是他偷偷帶她出城買狗，回來時卻被大家發現她私自跟男人出城……
聶秋染倒是挺身而出說要娶她。唉，這下她得賠上自己了……

文創風 168 4

原以為聶秋染這腹黑秀才說要娶她是為了幫她解圍，沒想到他是認真的，
唉！她也算是聰穎過人，還是穿越過來的人，
但一面對他，不管她再怎麼說，情況好像全照他的意思走。
而且自從他說要娶她之後，他便大搖大擺地常往她這兒跑，
賴著她、愛吃她做的菜，連她的賺錢大計都插手管起來了……

文創風 169 5

兩人成婚後，她過得挺好，只除了他的怪癖——她懷疑他是白色絨毛控！
每次從城裡給她帶禮物，從耳環、髮飾到披風全都是帶著白色絨毛的，
還硬要親自把這些絨毛玩意裝扮在她身上，當她是他專屬的芭比娃娃，
嫁了他後，他更是名正言順地玩起妝扮她的遊戲……囧！
幸好，除了這項癖好之外，他好得沒話說，不然她可不在意休夫呢！

文創風 170 6 完

兩人本來和和美美地過起有名無實的小夫妻生活，直到——
她癸水來了，不再是娃兒的模樣，眉眼開了，身段婀娜了，
偏又遇上她之前的傾慕者上門，他終於忍不住醋勁大發！
之前她覺得他將自己當妹妹一樣的照顧著，她一直過得很安心，
現在他大吃飛醋，一心想佔有她，圓房這事兒看來是逃不掉了！

愛恨嗔癡慾，信手拈來／雨久花

神醫病殃殃

全套七冊

他以為自己是因為同情她沒多少日子好活才不肯和離，
最終才發現，這根本是他自欺欺人的藉口，
原來，他早已深深愛上了這個女人，他的妻子……

文創風 158　1

她也太衰了吧？穿回古代卻碰上將軍夫婿沈鍾磬迎娶紅顏知己的熱鬧場面，
緊接著，當她還茫無頭緒之際，她丈夫就發話趕她去祖宅住了 ?!
也好，這種元配都上吊了還有閒情逸致納妾的冷血丈夫，她也不屑！
不料，到了祖宅後，她才發現這副軀殼的原主人甄十娘竟懷孕了！

文創風 159　2

甄十娘化身為簡大夫，靠著寄賣的阿膠打出名號，漸成遠近馳名的神醫，
偏偏就因這阿膠太有名，沈鍾磬也找上藥鋪，欲採買一些送給愛妾，
幸好，除了「瑞祥藥鋪」的老闆夫妻外，沒有外人曉得她就是簡大夫，
若被夫家知道她堂堂將軍夫人竟在外行醫賣藥，還不知要如何收拾她呢！

文創風 160　3

產子時血崩，之後又沒錢調養身子，還得努力工作讓一家子溫飽，
這使得甄十娘空有一身好醫術，到頭來卻落了個燈盡油枯命不久的境地，
既然她沒有時間追尋幸福了，那麼，不和離便是她目前最好的選擇，
想為兩個兒子留下一份家業，最快的辦法就是從沈鍾磬身上獲取！

文創風 161　4

她不祈求和他天長地久，也不奢望他會無可自拔地愛上她，
只希望，這份小小的平淡中的幸福，能夠這麼持續下去，
更希望，他在得知她的大夫身分、得知他有兩個兒子後，能不發火，
唉，要他不發火實在有點難，要不她先自首吧，都說坦白從寬不是？

文創風 162　5

那楚姨娘為了上位，一再對她趕盡殺絕，害她好忙，
嘖，她短命，沒時間浪費，只想專心為兩個兒子打下一番事業啊！
而他明知愛妾痛下殺手之事，卻還將之嬌養在府中主持中饋 ?!
原來，這就是愛與不愛之間的差別啊，她算是徹底看清了……

文創風 163　6

即便知道為了兩個兒子的生命著想，她該讓他絕育以絕後患，
但，她卻不忍心看他自戕，斷了後半生的幸福。
就算他另有所愛，她也希望他能保重自己，開心地活著，
只要他和兩個兒子過得好，那麼，她在泉下也會瞑目的……

文創風 164　7 完

那一日，她無意間聽見他在佛前起誓，求佛祖把他的命續給她，
他說不求永生，不求永世，只求今生能與她共白首，
結果，因為憂心她日漸孱弱衰敗的身子，他竟一夜間白了髮！
原來，佛祖竟是要他們這樣白髮相守？佛祖，祢何其殘忍……

文創風 165

田園閨事 1

國家圖書館出版品預行編目資料

田園閨事 / 莞爾著. --
初版. -- 臺北市 : 狗屋, 2014.03
冊 ; 公分. -- (文創風)
ISBN 978-986-328-252-5 (第1冊 : 平裝). --

857.7 103001985

著作者	莞爾
編輯	王佳薇
校對	黃薇霓　曾慧柔
發行所	狗屋出版社有限公司
地址	台北市104中山區龍江路71巷15號1樓
電話	02-2776-5889～0
發行字號	局版台業字845號
法律顧問	蕭雄淋律師
總經銷	知遠文化事業有限公司
電話	02-2664-8800
初版	103年3月
國際書碼	ISBN-13　978-986-328-252-5
原著書名	《田园闺事》，由起点女生网（http://www.qdmm.com/）授權出版

定價250元

狗屋劃撥帳號：19001626

網址：love.doghouse.com.tw　E-mail：love@doghouse.com.tw